It has been three years since the dungeon had been made.
I've decided to quit job and enjoy laid-back lifestyle
since I've ranked at number one in the world all of a sudden.

AREA 12 INVESTIGATIVE REPORT

VOLUME : 03

TOP SECRET

This confidential document is under the control of JDA

PROJECT : D Genesis

WRITTEN BY :
Kono Tsuranori

ILLUSTRATION BY :
ttl

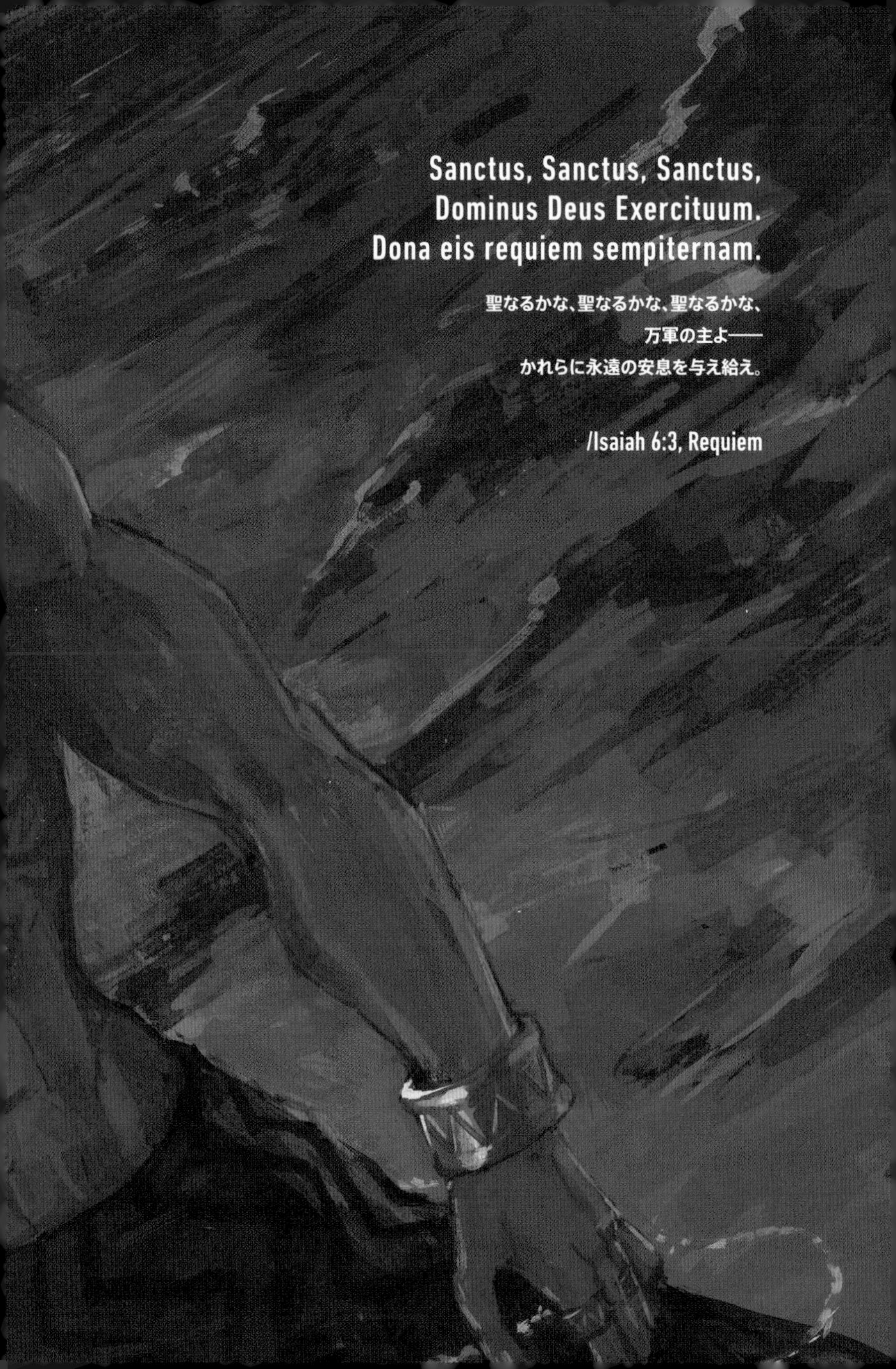

Sanctus, Sanctus, Sanctus,
Dominus Deus Exercituum.
Dona eis requiem sempiternam.

聖なるかな、聖なるかな、聖なるかな、
万軍の主よ――
かれらに永遠の安息を与え給え。

/Isaiah 6:3, Requiem

2016/12/23

JDA

Japan Dungeon Association

D GENESIS
ダンジョンが出来て3年

WRITTEN BY Kono Tsuranori
ILLUSTRATION BY ttl

03

It has been three years since the dungeon had been made. I've decided to quit job and enjoy laid-back lifestyle since I've ranked at number one in the world all of a sudden.

CONTENTS

CHAPTER	PAGE
序　章　プロローグ	005
第04章　ヒブンリークス	013
終　章　エピローグ	375
人物紹介	383

INFORMATION

CAUTION

この物語はフィクションです。
登場する人物・団体・イベント・商品その他の名称は架空であり、
それが、どんなにどんなにどんなに似ていたとしても、実在のものとは関係ありません。
This story is a fiction.
The names of individuals, groups, events, products and other indications are fictional,
and no matter how similar they are, there are no connection with actual things.

"Omnia mala exempla ex rebus bonis orta sunt;"

——— *Julius Caesar, Bellum Catilinae LI, 27 / Sallustius Crispus*

"Technological progress is like an axe

in the hands of a pathological criminal."

——— *Albert Einstein*

序章

プロローグ

‥

It has been three years since the dungeon had been made.
I've decided to quit job and enjoy laid-back lifestyle
since I've ranked at number one in the world all of a sudden.

PROLOGUE

二〇一八年　十二月某日

SECTION：

日比谷　帝国ホテル

その日、デヴィッド＝ジャン・ピエール＝ガルシアは機嫌が悪かった。

教化スケジュールを無理に変更してまで、わざわざ極東の島国にやって来たというのに、知りたいことが何一つ分からなかったからだ。

「あれだけ大騒ぎになっているオークションの主催者が、Ｄパワーズとかいうふざけた名前のパーティだということ以外、何一つ分からない？」

ホテルの高層階から、街を見下ろしつつ腕を組んで憤然としていた彼は、この国の経済界トップ連中のダンジョンへの感度の低さに呆《あき》れていた。

彼はヨーロッパの政財界に築いた、それなりに強力なコネを利用して紹介してもらった日本の政財界の人間を、マリアンヌの力で抱き込みながら色々と探りを入れていた。

しかし、日本の政財界の人間は、誰《だれ》も詳しいことを知らないどころか、オーブのオークションそのものを、絵画のオークションなどと同程度の意識で捉えていることに驚いた。

「抱き込むべきは、ＪＤＡ（日本ダンジョン協会）の上層部と自衛隊……後はマスコミ関係か」

ダンジョンの管理を行っている組織と、そこを中心に攻略している組織なら、さすがに詳しいことが分かるだろう。それにマスコミの連中はどこにでも首を突っ込みたがる馬鹿な犬と同じだ。時折思わぬ拾いものもあることだし、手懐《てなず》けておいて損はないだろう。

まずはどこから切り込むべきか……対象者をはっきりと絞り込むことさえできたなら、そこから先は『ナイトメア』の独壇場だ。相手が男だったなら、だが。

眼下に見下ろす日比谷公園は、真冬にも関わらず木々の緑が公園全体に広がっていた。大きな噴水の周りには、赤や緑の屋根を持った、ロッジのような建物が立ち並んでいた。頭が黒く服も黒い、まるで蟻《アリ》の群れのような人々が、その建物の周りを忙しそうに歩いていた。

窓に手を伸ばした男は、それをプツリと潰《つぶ》すように人差し指を押し付けて、一人口角を上げていた。

SECTION：ベルギー　ブリュッセル

『東京は寒いんでしょうね』

「え？」

突然のフランス語に振り返ると、そこにはシックなワインレッドのドレスをまとっているにも関わらず、妙に扇情的な印象の女性がほほ笑んでいた。

『あなた、ジェインのお嬢様でしょう？』

『ええ、まあ』

思わずフランス語で答えたが、アーシャのフランス語は英語に比べるとかなり怪しかった。

一体、どこの誰だろう？　目立つ容貌《ようぼう》だけに、会ったことがあれば覚えているはずだけどと、彼女は訝《いぶか》しんだ。

『お元気になられて良かったわね。おかげで私は、マイアミでヴァコンスの予定が、東京なんてつまらない場所に変更されちゃって。デヴィッドの気まぐれもいい加減にしてほしいわね。せめて沖縄だったら少しはましだったのに』

『すみません。何のお話ですか？』

『いいのよ。それじゃあ、東京の魔法使いさんによろしくね』

何が何だかよく分からなかったが、彼女は勝手に納得してアーシャから離れて行った。それをぼんやりと見送っていたアーシャに、ヨーロッパの社交界で時々見かける、三十過ぎの洗練された男が声をかけた。

「どうしました？」

「あ、ミシェル様。ごきげんよう」

「こんにちは。それでどうかされたのですか？」

「いえ、あの方はどなたでしたっけ？」

ミシェルは、彼女が見ていた先を追った。

「ガルシアさんの側近の方ですね」

「ガルシア？　アルトゥム・フォラミニスの？」

「ご存じでしたか。ああ、そう言えば……」

アーシャが酷《ひど》い怪我《けが》をしていたことは、公知の事柄だ。一部では癒やしの教団とも呼ばれている、かの深穴《しんけつ》教団にアプローチしたことがあったとしてもおかしくはない。もっとも奇跡は日本でなされたらしいが。

「確か、サラ＝マグダレーナさんとか」

「それはまた……」

サラは、いわゆるキリストが十字架にかけられ埋葬されるのを見守った三人の女性に傅《かしず》いていた従者だ。しかし後世、マグダラのマリアとイエスの間に生まれた子供だという説がフィクションを中心に広く語られている。

「もっともあそこは、聖女様もマリアンヌ＝テレーズ＝マルタンですから」

ミシェルはおどけたように肩をすくめた。テレーズ＝マルタンは、バラと十字架を抱えるフランスで人気の守護聖人だ。

「彼女のそれは本名と伺《うかが》っていますが」

「名前と性質はしばしば一致するということですか。だが――」

男は少し先で、男性と楽しげに言葉を交わしているサラをもう一度目で追いながら言った。

「清廉な宗教団体の中心にいる、ともすれば扇情的とも言えるほど艶《あで》やかで社交的な美女。一部ではよろしくないお話も耳にします。お気を付けて」

「よくない噂《うわさ》？」

「おっと、これは言い過ぎでしたね。では、ごきげんよう」

アーシャの父親が広めた魔法使いの噂は思った以上に独り歩きしているようで、あれ以降、様々な人から話を聞かれていた。中でも、アルトゥム・フォラミニスの関係者だと思われる人々は、東京での出来事について、根掘り葉掘り、時には不躾《ぶしつけ》とも思えるほどの勢いで尋ねてきたのだ。

彼らは色々な言葉でアプローチしてきたが、要約すれば『誰が魔法をかけたのか』ということだった。かの教団は、どうもケーゴたちに大きな興味があるようだった。

自分と同じような悩みを持った人たちが情報を求めているくらいならいいだろうが、どうも彼らの態度は、熱っぽくて気味が悪かった。

「なにかあるのかしら……」

：

サラは、マイアミに行く予定だったが東京に行かなければならなくなったと言った。奇跡を売りにしている宗教団体が、いま東京に行く理由はなんだろう？

アーシャは、後で、ケーゴに相談してみようと心にメモをした。

第04章

ヒブンリークス

It has been three years since the dungeon had been made.
I've decided to quit job and enjoy laid-back lifestyle
since I've ranked at number one in the world all of a sudden.

CHAPTER 04

二〇一八年　十二月六日（木）

SECTION：

代々木八幡　事務所

衝撃的な碑文の内容が明らかになった翌日、俺《おれ》は三好《みよし》と、〈マイニング〉を始めとする記述の真偽を確かめるための準備を始めていた。

エクスプローラー五億人達成に対して俺たちにできることは何もない。

だからそれ以外の情報を、ヒブンリークスの公開が近づき、あわただしくなる前に検証しておこうと思い立ったのだ。

とは言え、準備と言っても、その大部分は注文した食品の完成を待つだけだったたし、多少の時間的な余裕があったこともあって、週末には、再び御劔《みつるぎ》さんたちの訓練に付き合う予定だ。

三好のやつは、ダンジョンデートとか最悪っぽくないですかと突っ込みを入れてきたが、デートというより修行だからいいんだよ。

また、今回、パーティ機能を使うことは時期尚早と見送った。なにしろどこにも発表されていない情報だ。何事もないとは思うが、余計なことが起きる可能性を増やすこともないだろう。

二〇一八年　十二月八日（土）

SECTION：

代々木ダンジョン

「やあやあ、ヨシP。お久しぶりぶり」

　YDカフェの、いつもの目立たない隅の席には、御劔さんと共に、実に大きな態度の斎藤《さいとう》さんが座っていた。

「なんだよその変な挨拶《あいさつ》は。大体まだ二週間しか経《た》ってないだろ」

「月に二回も私と遊べるなんて、芳村《よしむら》さんって凄くツイてるよね！」

「はいはい。で、今日は？」

　彼女は前回以降、どうやらコンパウンドボウにハマっているらしく、三層に数多く出るウルフを狩ってみたかったのだそうだ。

「ゴブリンと違って動きが俊敏だから、より攻略のし甲斐《がい》がありそうじゃない？」

「まあ、今の二人ならそれほど危険もなさそうだからいいけどさ」

　現実の獣を対象にした狩りとは違って、死体が残らないダンジョンの狩りは、言ってみればVR（バーチャルリアリティ）のゲームで遊んでいるようなものだ。生き物を殺すことに対する嫌悪感はほとんどないし、動物愛護団体の非難を受けることも今のところはない。

　ステータスを育てるための訓練としては、圧倒的に一層のスライムの方が高効率なのだが、あれは『禅』にも通じる何かがあって、無心で叩《たた》き続けると悟りが開けてしまいそうになる。単なるストレス発散や、アミューズメントのつもりなら、ウルフの方が確かに面白いだろう。

実際、そういう利用は確立されていて、通常初心者層と呼ばれている代々木の四層までが、別名、アミューズメント層と呼ばれているのは伊達《だて》ではないのだ。もちろん一層は除く。

腐ってもダンジョンだ。油断をすれば、命を落とすことになりかねないが、それはダンジョン外で行われる狩りや釣りでも同じことだろう。

そんな斎藤さんだったが、初めこそ喜々として、「いやー、ゴブリンと違って、素早くて面白いね」なんて言っていたくせに、しばらくすると、「ＧＴＢ（ゴブリントレジャーボックス）っぽいものもないし、なんにも出ないから、すぐ飽きちゃうねー」なんて言い出す始末だ。

エクスプローラー五億人を達成したら、食料を落とすようになるのだろうが、現時点では何のトロフィーも残さない四層までのモンスター討伐が、ある程度高レベルの探索者の冒険心を飽きさせるのは仕方がない。ゲームのように得点が表示されたりしたら、また違うのだろうが、そんなことは――いや、待てよ？

もしもカメラで討伐の認識ができたとして、それを得点化して表示する軍事用のアイガードみたいなゴーグルが作れたら、ちょっとしたアミューズメント施設ができるんじゃないだろうか？

食料ドロップのための探索者登録は、代々木やＮＹのような先進国の都会の傍《そば》のダンジョンでは動きが鈍いだろう。だが人気のアミューズメント施設があるとしたら？

現実にそういう施設を造ろうとすると、色々と乗り越えなければならない問題も多いだろうが、検討の価値はあるんじゃないだろうか。

今までそういう企業が登場していないのは、準備にかかるコストに対して、生命の危険があることへのリスクを含めたリターンが少なそうだからだろう。初日に死者が出たりしたら、ここぞとばかりにマスコミに叩かれ続け、数ヶ月後には閉鎖なんてことも容易に起こりうる。

しかし、生命の危険に関するリスクはバンジージャンプだって同じことだと割り切って、ついでに探索者による護衛サービスなんてのをくっつけてやれば――先進国における探索者の増加に、多少は役に立つかもしれない。

そんなことを考えながら、二人の安全の確保のために、こっそり倒していたモンスターの下二桁〇〇匹目はウルフだった。

▶	スキルオーブ：AGIxHP+1	1/	7,000,000
▶	スキルオーブ：超感覚	1/	500,000,000
▶	スキルオーブ：危険察知	1/	2,000,000,000
▶	スキルオーブ：生命探知	1/	24,200,000,000

さすがはウルフ、〈生命探知〉を持っていた。ただし、激レアとは言え、コボルトを狩れば、月に二～三個はいけるだろう。ここは〈危険察知〉にしておこう。

二〇一八年　十二月九日（日）

SECTION：

代々木ダンジョン　一層

続く日曜日は、御劔さんと二人で修行僧のようにスライムを叩いて歩いた。

来年になれば彼女はメジャーになるだろう。こんな付き合いも今年限りかな、などと考えながら、ご飯を食べて、次の約束をして別れた。なんでも年内はそれなりに時間に融通が利くそうで、いつでも連絡してくださいとのことだった。

SECTION：

代々木八幡　事務所

「あ、先輩。お帰りなさい。デートはどうでした？」

「スライムを修行僧のように叩き続けるデートなんかあるかい」

「ずいぶん変わったカップルなのは確かですね、それ」

事務所のハンガーにコートをかけて、ソファに腰かけると、三好がお茶を持ってきた。

「そう言えばアーシャから連絡がありましたよ」

「アーシャ？」

アーシャ＝アーメッド＝ジェインは、先月〈超回復〉の縁で知り合ったインドの富豪のお嬢さんだ。すっかり良くなって、社交界へも復帰したと聞いていたけれど、ひと月も経たないうちに一体どうしたんだろう？

「先輩に電話が繋《つな》がらないって怒ってましたよ」

「ああ、ダンジョン内にいたからだな。まさか、なにか副作用でも起こったのか？」

「それなら、先にパパリンから連絡がありますよ」

アーシャの父親である、アーメッド＝ラフール＝ジェインは、非常に立派なビジネスマンかつ大富豪なのだが、奥さんによく似た娘を溺愛《できあい》していて、彼女のことに限ってダメ男になるのだ。

「そりゃそうか」

「なんでも、年の瀬にこっちへ来る用事があるからついでに遊びに来るそうです」

「年の瀬?」

「なにか経済界のパーティーか何かに出席するパパリンにくっついて来るそうです」

「へー、さすがはセレブリティ」

「電話では言えない、話したいことがあるみたいでした」

「話したいことねぇ……面倒じゃなきゃいいけどな」

「先輩。わざわざインドだかヨーロッパだかから日本くんだりまでやって来るんですよ? 簡単な話なわけありませんよ……プロポーズですかね?」

「ヤメロ、パパリンに殺されるぞ。だけど年末に遊びに来るって言われても……ずっと事務所でとぐろを巻いてるわけにもいかないよな。一体どこに連れて行く? 日本的な場所となると、明治神宮とか成田山か?」

「二年参りとかですか? どっちも三百万人級の殺人的な人出ですよ」

確かに明治神宮の境内なんて、毎年人の頭しか見えないもんな。

「外国人なら浅草寺とかの方がいいかな?」

「どっちにしろ、三百万人級ですね」

「うーん、後は……ディズニーランドとかじゃダメかな?」

「まあ、時期も年の瀬としか聞いていませんし、滞在日数も分かりませんから、そこは具体的な日程が分かってから考えましょう」

「そりゃそうだが、それだと場所の予約がなぁ」

「どうせ、賑《にぎ》わうところは今からだって取れませんよ。いざとなったら、修行僧のようにスライムを叩くってことで」

「あのな……」

わざわざ年の瀬に日本まで来てスライムを叩き続けるとか、どんな罰ゲームだよ。

「問題は食事だよな」

ヒンドゥー教の食に関するタブーはイスラム以上にややこしい。しかもカーストや個人によって、その守り方も様々だときては、専門家でも一律厳しい基準に合わせた対応しか取れないありさまだ。その先は、結局お客様に尋ねるしかないのだ。

その辺に厳しい上位カーストの人の中には、カーストが異なる人はおろか肉食した人と一緒に食事を取らない人もいるそうだ。唾液が不浄だということらしいが、欧米のビジネスマンと食事の席で親交を深めるのは難しそうだ。

「大丈夫じゃないですか？　アーシャの家って、国内ではどうだか分かりませんけど、外国では、その国に応じて柔軟な対応をしているみたいですし」

「そうなのか？」

「だって、前回招待されたのお寿司《すし》屋さんですよ？」

「魚は大丈夫だって言ってたじゃん」

「先輩。普通のヒンドゥー教徒に生ものを食べる習慣はありません」

もっとも習慣がないだけで、生もの自体は、浄でも不浄でもないものとされているらしい。

「パパリンの方は、『マヌ法典』を上手《うま》いこと使ってる感じでしたよね」

ヒンドゥー教で、肉食がNGっぽくなったのは『マヌ法典』の成立以降だ。

この法典（現代版）の第五章に、可食や不可食についての五十六箇条がまとめられていて、以降、ヒンドゥー教徒の食習慣に大きな影響を与えることになる。

その内容を一言で言うなら『殺生はNG。でも供物として捧げられたものや、扶養の義務を果たすために殺すのは殺生じゃないからね』などという実に曖昧《あいまい》で、解釈次第でどうとでもなりそうなものなのだ。

三好が言っているのは、この五十六箇条を上手く解釈することで、教義に触れないよう立ち回っていることだろう。もちろんインドの名士として、カーストやインド文化における浄・不浄の問題が、食習慣に与えた影響を完全に無視するわけにはいかないだろうが。

「不敬であるぞ」

「ははー」

結局、異教徒同士の文化交流は、お互い広い心で説明し合い、理解し合うしかないわけで、それができなきゃ顔を合わせないようにするか、相手を滅ぼすしかないわけだ。

ダンジョンの向こう側との出会いも似たようなものだなと、ふとそう思った。

「で、先輩。私たちも明日から代々木に潜るんですか？」

「そうだな。今回はやることが多いから結構長丁場になるぞ。まずはパーティの検証あたりからかな」

「あ、それなら検証してみたいことがいくつかあるんです」

「なんだ？」

「アルスルズたちのご褒美を集めるついでに、ＬＵＣ（運）がドロップに与える影響とか、他にも細かいことがいくつか」

「十層か？」

「序盤のメインはそれでお願いします」

「なら、明日は早めの時間に来てもらえるよう、鳴瀬《なるせ》さんに連絡しておいてくれ」

「え？　鳴瀬さん事務所の鍵《かぎ》を持ってますよ？」

「出かける前に、カヴァスたちとの顔合わせは必要だろ」

「あー、私たちがいなくなった後、突然室内で顔を合わせたりしたら――」

「冗談で済むなら、それも面白いかもしれないけどな」

「済みそうにありませんよね」

そもそも俺たち立ち合いの元で顔合わせをやったところで、どんな反応が返ってくるか分からないのだ。

「大体、ヘルハウンドって大っぴらに飼えるのか？　処分しろって言われたらどうする？」

「そりゃもう、闇《やみ》に隠れて生きるしかありませんよ」

「どこの妖怪人間だ、それ」

「ともかく最善を尽くしましょう」

三好はいつになく真面目《まじめ》な顔で気合を入れていた。

二〇一八年　十二月十日（月）

SECTION：代々木八幡　事務所

その日の東京は、ぼんやりとした薄曇りで、風のない寒い日だった。

「おはようございます」

白い息を吐きながら、いつもよりも早い時間に事務所を訪れた鳴瀬さんは、心配そうな顔をしてダイニングのテーブルについた。

「お二人は、今回、十八層へ行かれるんですよね？」

「そのつもりですが、何か？」

「それなんですが……」

鳴瀬さんは、どう言おうかと悩むように言葉を選びながら話し始めた。

「調べてみたら十八層には色々と、曰《いわ》くがありまして……」

「曰く？」

彼女は自分のバッグから、数枚の書類を取り出した。

検索を行う必要のない、複数の情報を同時に参照するような用途では、未《いま》だにタブレットよりも紙の方が圧倒的に理解度が高い。それは触覚であったり紙の配置であったり、つまりは文字が綴《つづ》っている意味以外の情報が豊富で、かつそれが記憶のトリガになるからだ。

俺たちは鳴瀬さんが並べた十八層の情報が書かれた数枚の紙に目をやった。中心になるのは十八層の地図だ。

「あれ？　十八層って……全体が調査されていないんですか？」

その地図には結構な領域に空欄があった。特に十八層へ下りて来た階段の右側は、広く未調査領域になっていた。

「そこは崖《がけ》があって雲海が広がっているそうなんですが――」

鳴瀬さんの説明では、当時それを見た自衛隊が、あまりに危険そうだったため、崖下《がけした》の調査を後に回したのだとか。そうして、十七層に上がる階段の位置から放射状に調査を行った結果、幸い崖の上で下り階段が発見されたため、そのまま調査隊は下層へと下りて行ったそうだ。

「それ以外は調査が行われなかったんですか？」

俺はその円形に行われた調査領域から、著《いちじる》しく逸脱して山の方へ伸びている調査済みマップを不思議そうに指で辿《たど》りながらそう尋ねた。

「はい。原因はそのルートなんです」

そう言って彼女が指差したのは、俺が辿ったマップの先にある、バティアンと書かれた山の頂上だった。そこは未調査領域ではなく、立ち入り禁止領域となっていた。

「立ち入り禁止？」

それはダンジョン内で初めて目にする表記だった。

「なんですそれ？」

鳴瀬さんは一呼吸置いた後、声を落として、まるで怪談を話すかのような様子でその事件を語り始めた。

「最初に十八層を調査した自衛隊の隊員にクライマーがいたんです」

彼はその山を見て、バティアン(注1)峰だと言ったらしい。その後の山頂付近の調査は、その隊員が中心になったということだ。

「円の外はほとんど調査されていないのに、より面倒くさそうな山頂付近の調査が行き届いているのは、それが原因ですか」

その話を聞いた三好が面白そうに口を挟んだ。

「もしも探索中に抜け出して登頂していたり、その罰が二十八日間の謹慎だったりしたら伝説でしたね！」

「なんで？」

ケニア山のいくつかあるピークのうち、レナナ峰の初登頂は、第二次世界大戦中に三人のイタリア人によって成し遂げられたが、彼らはイギリス軍の捕虜だったそうだ。

それがあろうことか脱走して山を登り、下山後に収容所に戻って来たのだとか。その結果、彼らは二十八日の間、独房に入れられたそうだ。

「『俺たちは天使じゃない』かよ」

「脱走したけれど戻っちゃうところはその通りです。ただですねー、あの映画は正直ちょっと許せません」

「どうして？　一九五五年版はいい感じのクリスマス映画だろ。俺は、『素晴らしき哉、人生！』

や『三十四丁目の奇蹟』よりも好きだな」

「いいですか、先輩。クリスマスディナーの後——後ですよ？　ディケムの一八八八がほとんど全部！　四分の三以上残ってるんですよ?!　あの時点でもたぶん三十年もの！　主人公と同じ歳《とし》ですから。デュコテル家許すまじですよ！」

俺は、拳《こぶし》を握り締めてエキサイトする三好に呆《あき》れながら言った。

「お前は、もうちょっと映画を見る視点を変えた方がいいぞ」

『戦争の犬たち』を見て、クリストファー・ウォーケンがパクられるグレンフィデックを気にするやつはいても、ラストの兵士たちが飲んでいるシャンパーニュの銘柄を気にするのはこいつだけだ。たまたま衛星放送で一緒に見た映画の感想が「意外とまともなグラスで飲んでますよね。普通ラッパとかしちゃう場面な気がしますけど」だったときは、もっと他にあるだろと突っ込みそうになったものだ。

それにしても、脱走して登山とは物好きなことだ。もちろんダンジョン内でそんなことをやったとしたら、すぐに魔物にかこまれて命を落とすだろうが。

「その隊員も、他には目もくれずに夢中で山頂を目指したそうです」

俺たちの話を微笑《ほほえ》みながら聞いていた鳴瀬さんが、表情を曇らせながら続けた。

（注1）　バティアン峰

標高五千百九十九メートル。アフリカ大陸で二番目に高い山で、ケニア山のいくつかあるピークのひとつ。
因《ちな》みに、ケニアにあるからケニア山なのではなくて、ケニア山があるからケニアと名前が付いたのだそうだ。

そりゃあ、そこまで行ったら登頂するのがクライマーの性《さが》だろう。そう考えた俺の目の前に、一枚の報告書の写しが差し出された。

「これは？」

その報告書には、最初に登頂を目指した自衛隊員三名のうち二名が、そのエリアに入ったとたんに二階級昇任したことが書かれていた。

「は？」

「その事件が起こったために、残りのエリアの調査は中止されたそうです」

「事件って……」

俺はその報告書を詳しく読んでみたが、彼らが命を落とした原因は書かれていなかった。

「原因不明なんですか？」

鳴瀬さんはこくりと頷《うなず》くと、「何かがいるそうです」とぽつりと言った。

「何か？」

どうやら、詳しいことは何も分かっていないようだった。調査報告には、原因はおろか死亡した自衛隊員の、医師による所見ひとつ書かれていなかった。ただ、死んだことと、そこに立ち入ってはならないことだけが無機質なフォントで綴られていた。

「まあまあ先輩。厄介事はスルーが私たちの身上じゃないですか」

三好がそんな場所には近づかなきゃいいんですよと気楽に言いながら鳴瀬さんに尋ねた。

「何がいるにしろ、ここからは出て来ないんですよね？」

「今のところは」

それを聞いて俺は、十八層が過疎なのはこいつのせいじゃないの？　と内心考えていた。

「お話は分かりました。その辺りには近づかないように――」

「それが……ゲノーモスの生息地は、この山の周辺に点在している地下洞窟《どうくつ》なんです」

「――なるべく近づかないようにします」

「気を付けてくださいね」

十八層の説明が一段落し、一連の情報類を三好がデータで鳴瀬さんから受け取っているのを横目に見ながら、俺はさりげなく切り出した。

「それで……なんと言いますか、出かける前に鳴瀬さんに紹介したいものがあるんです」

「紹介したい……もの？」

俺はどう言うべきか迷ったので、飼い主（？）の脇腹《わきばら》を肘《ひじ》でつついた。アルスルズの紹介だ。

何しろ護衛として一頭は残していく予定だ、もしも知らないまま、鉢合わせたりしたら――自宅の庭や室内をヘルハウンドが歩いていれば、深く考えなくても大騒ぎになることは確実だ。

「ほら、三好」

「ええっと、鳴瀬さん。落ち着いて聞いてくださいね」

「ええ？　怖いですね。いったい何です？」

笑顔をわずかに引きつらせながら、鳴瀬さんが落ち着かなげに膝《ひざ》の上の手を組みなおした。

三好がバスガイドよろしく、掌《てのひら》で横を指し示しながら「あちらをご覧ください」と言った。

「はい？」

ソファに腰かけたまま、右を向いた鳴瀬さんは、そこにちょこんと座っているカヴァスを見て思わず悲鳴を――

「わー！　待った！」

俺は素早く彼女の口をふさいだ。何しろここは住宅街だ、いかに防音されているとは言え、真っ昼間に衣を引き裂くような悲鳴が漏れ聞こえるなんてのは外聞が悪すぎる。

「んぐー!!」

口を押さえられながらも、驚愕《きょうがく》に目を見開いた鳴瀬さんは、カヴァスから離れようと、手足をバタバタと動かして、俺に体を押し付けてきた。

「だ、大丈夫ですから！　落ち着いて！」

なんだか、女性を拉致しているような気分になりながら、なんとか鳴瀬さんをなだめた俺は、暴れるのをやめた彼女から手を離した。

解放された後も、しばらくは、陸に上がった金魚のように口をパクパクさせていた彼女は、三好の方を振り返りもせずにカヴァスを見ながら、「こ、これ、なんです？」と震える声で言った。

「えーっと……ペット？」

「ペットぉ？」

鳴瀬さんはそれを聞いて、思わず三好をジト目で見ながら懐疑的な声を上げた。

「まあ、そうですね。ほら」

三好がそう言ったとたん、カヴァスが鳴瀬さんのほっぺたをペロリと舐《な》めた。

「ひっ……」

息を呑《の》んで飛び上がった彼女は、音を立てて首をねじりながらカヴァスと目を合わせると、そのまま一人と一匹でしばらくの間見つめ合っていた。室内を支配する妙な緊張感にあてられた俺たちも思わず息を止めて、事態の推移を見つめていた。

しばらくして、ふうと息を吐いた鳴瀬さんは、「よ、よく見ると愛嬌《あいきょう》があって可愛《かわい》いかもしれませんね」と、恐る恐るカヴァスの鼻先を撫でた。

緊張感から解放されたのか、カヴァスも少し力が抜けて、頭と目尻が下がっているような気がした。

「それに思ったよりもいい手触りですよね」

カヴァスたちの毛並みは、想像するよりもずっと柔らかな手触りをしていた。戦っているときは割と硬そうに見えるから、魔力を通して強度を上げたりしているのかもしれない。いずれにしても、いわゆるモフモフだと言っても過言ではないのだ。

鳴瀬さんも段々慣れてきたのか、あちこちを触ったり撫でたりしていた。どうやら、モフモフを楽しむ余裕まで出てきたようだった。

落ち着いてから聞いた彼女の話によると、鑑札や検疫についてはＷＤＡ（世界ダンジョン協会）に規定そのものがないそうだ。今までにサモナーもテイマーも現れていないからだ。

そして、ペットとして飼う場合の行政への届け出だが、ヘルハウンドの場合、特定動物リストにも特定外来生物等一覧にも掲載されているはずがないので、それらが適用されることはないだろうとのことだった。

　つまりは単に犬として届け出て、鑑札の交付を受けて、狂犬病の予防注射を接種するしかないのだが、問題は、彼らに狂犬病の予防注射が、どういう影響を与えるのか、まるで予想ができないというところだ。

「いずれにしても、多少は猶予があるはずですから、色々と正確なところを調べておきます。しばらくは秘匿して様子を見ましょう」

「よろしくお願いします」

　さすがは専任管理監。頼りになるぜ。

　ヘルハウンドを飼っていることが知られると、どこかの研究機関が実験動物扱いで引き取ろうとする可能性などもあったが、個人の財産に対してそんなことを勝手に行うことは、日本では難しい。飼い主が、譲らなければいいだけの話なのだ。ビバ、ジャパン。

　誘拐される可能性も――そう考えてはみたが、そこにちょこんと腰かけているカヴァスを見て、そんなことは不可能だと思い直した。

　結局、ダンジョンに関するルールは、三年前からずっと常に後追いで、問題が起こる度に場当たり的に対処するしかないのが実情だ。今回の一件もまた、その一つになるだろう。

　とにかく、一頭は必ず事務所の敷地内でガードに付いているから、安心して翻訳に勤《いそ》しんでもらうよう、鳴瀬さんに伝えて、俺たちは事務所を後にした。

「いやー、あんなに驚くとは思いませんでしたね」

「振り返ったらヘルハウンドが座ってましたなんて状況、普通は驚くだろう。むしろよく気絶しなかったよ」

頬《ほお》ペロリなんてされた日には、味見をされているようにしか思えないに違いない。

「うーん。あんなに可愛いのに」

「そりゃ、飼い主のひいき目ってやつだ」

客観的に言って、あいつらは怖い。行動はまるっきり犬っころだから、しばらくすれば可愛く見えてくるのだが。

代々木の入り口から、一層へ下りたところで、俺たちは、人のいない部屋の隅へと移動した。

「それじゃあまずは、パーティのテストといくか」

「了解です」

ダンジョンシステムとしてのパーティは、まだ一般には発表されていなかった。クリスマスのヒブンリークスオープン時に、その信憑《しんぴょう》性を担保するのに使われるからだ。だから最初に試して以来、今のところは誰《だれ》ともパーティを結成していなかった。今回はそのテストも兼ねているのだ。

俺は、三好とDカードを触れ合わせると、『アドミット』と念じた。

特に視覚や聴覚に刺激を与えるようなエフェクトは発生しないが、相変わらず相手との間に不思議なリンクができたように感じられた。

「この『繋がった感』が、パーティ加入を報《しら》せるＵＩなんですかね？」

自分のＤカードの裏を見ながら三好がそう言った。

「かもな。ちょっと感覚的だが」

もっとも、Ｄカードの裏にはパーティメンバーのリストが表示される。だから、パーティに加入したかどうかは、それを見ることで視覚的にも確認することはできた。

俺たちは、念話や経験値の分割割合や、パーティ位置の確認などを、ためつすがめつしながら十層へと下りて行った。

SECTION :

代々木ダンジョン　十層

探索者が聞いたらひっくり返るだろうが、今晩は、俺たちにとっては比較的安全な十層で休むつもりだった。なにしろドリー（キャンピングカーだ）をひっくり返すようなモンスターはいないし、それを見とがめる探索者もいない。ドリー内からモンスターを攻撃できる三好にとっては、まさに天国のようなフロアなのだ。

「もう一回、三百七十三匹を目指しちゃいます？」

「あれなぁ……もしも翌日の零時まで消えないってルールだったりしたら、門を出てもずっと追いかけられるってことになるぞ？」

もしも探索者がいたら、最悪のトレイン&ＭＰＫ（注2）になりかねない。しかもゲームと違って、巻き込まれてキルされた人間は復活しない。

「出現させるにしても、二十三時で終わり付近にしておきましょう……」

そんな話をしながら最短距離をぶらぶらと歩いて、十層へと下りる階段に到着したのは六時間ほ

（注2）　トレイン&MPK
MMO用語。トレインはモンスターを引き連れて歩き回ること。
MPKは、モンスタープレイヤーキル、またはキラー。
モンスターを引っ張っていって他のプレイヤーを殺すことです。

ど経過した頃《ころ》だった。

一般的には忌み嫌われている十層だが、実際検証にはとても向いていた。

標準ドロップアイテムを持っているモンスターが結構な数湧《わ》き続け、しかもわざわざ近寄って来てくれるのだ。モンスターの種類も非常に偏っているため、同一のモンスターを数多く倒すことも容易だ。

標準ドロップアイテムのドロップ率や、魔結晶のドロップ率にＬＵＣが与える影響を検証するにはもってこいの層だった。

俺たちは、適当にアンデッドの群れを蹴散《けち》らしながら、十一層への階段とは逆の方向で、十層への階段からは十分に遠い、相も変わらず誰もいない場所へと移動すると、ドリーを出して乗り込んだ。

「ふー」

目を閉じながら、ダイネットのソファにどさりと座った。三好は、各種モニターを立ち上げて、周囲の監視を有効にしていた。

「下二桁のためにモンスターの数を数えるのだけが大変だな。カメラ映像から倒した数のカウントとかできないかな？」

「便利そうな認識ＡＰＩは全部クラウド上ですからダンジョン内では使えませんし、仮に使えたとしても動画を送信するには結構な時間がかかりそうですから事実上使えないようなものでしょう。モンスターの認識はＡＩに学習させればスタンドアローンでも何とかなりそうですけど、倒したかどうかを映像から判断するのは、画角の変化を考慮すると無理じゃないでしょうか」

命中したモンスターは識別できても、それが本当に死んだのかどうかは、ボディが消えるまで分からない。もしもそれが、カメラの画角からはずれてしまったときに消えたりしたら、生きていて移動したのか、討伐されて消えたのか、区別がつかないってことだ。

「ならさ、適当な判定ならできそうか？」

「単に攻撃が命中したかどうか、とかですか？」

「そうそう。後はまあカメラ内にあって消えたら死んだと判定するとか。そんなに厳密でなくてもいいんだ」

「厳密でなくてもいいなら、可能でしょうけど……」

会話しながら一通りのセンサーを有効にした彼女は、俺の左側にある三人掛けのソファに腰を下ろして体を乗り出すと、白状しろと言わんばかりの笑みを浮かべた。

「で、先輩。それで何をしようって言うんです？」

「い、いや、ほら、こないだ斎藤さんたちとダンジョンに潜ったろう？」

そこで、彼女が楽しくウルフ狩りを始めたけれど、しばらくすると飽きた感じになっていたことを話した。

「結局代々木の初心者層って、少し遊ぶにはいいけれど、本格的にプロ層へ挑むほどそこで鍛える人は一握りじゃないか」

「まあ、そうですね」

最初からプロ志向の探索者は、それをモチベーションに頑張れるが、そうでないファン層は、最初こそドキドキして楽しむのだが、慣れてしまえばすぐに飽きてしまうのだ。

インセンティブがあるでなし、自己顕示欲が満たせるでもなし、仕方がないと言えば仕方がないのだが、それだと、攻略組のすそ野がいつまでたっても広がらない。

「だから、そういうゴーグルを作って、敵を倒すと得点が表示されるようにしたら、楽しみつつステータスアップをする人も増えるかなぁと……」

「ついでに探索者五億人に向けて、都市部のダンジョンを活用できるかも、ですか？」

「まあな」

あれが公開されれば、今後食糧難が予想される地域や、現在食糧難に陥っている地域は、それこそ国策扱いで探索者を増やしてもおかしくはない。しかし、先進国にあるダンジョンの探索者登録は、今のままだと大きくは動かないだろう。そしてダンジョンは世界中に百個もないのだ。

「一ダンジョンで百万人を追加しても、全体じゃ一億人に届かないからなぁ……」

「毎日数万人を登録したとしても、一年で一千万人も登録できませんからね」

「そういうこと。ただし、登録者数ってことで言うなら、パーティ情報が公開されれば都市部でも一気に増えるとは思うけどな」

なにしろテレパシーが使えるようになるのだ。そりゃ誰でも使ってみたいだろう。だが、こと攻略ということになると、五層以降へ進む探索者の絶対数が問題なのだ。

「小さなゴーグル一つで全部やらせるのは難しいかもしれませんけど――」

そう言って三好は、今の話を形にし始めた。

「二層なら、上から電源ケーブルを引っ張れそうですから、サーバーを持ち込んで、Ｗｉ‐Ｆｉで接続してやれば、そういう施設を造ることは可能かもしれません」

代々木は一層への入り口と出口の距離がとても近い。だから二層までなら電源ケーブルを引いても、見張りを立てておけば、スライムに溶かされる危険は少ないだろう。

「ちょっと個人で遊ぶには大掛かり過ぎちゃいますけど、ＪＤＡや民間会社が運営して、三十分ワンゲームでいくら、って感じで、マッチングまでしてやれば、サバイバルゲームっぽく普及するかもしれませんね。例えば『協力プレイでウルフを撃破！』とか」

「ポイントもランキングにして見られるサイトとかを作ってやればやる気も出そうだ」

「ただ、ダンジョンですからねぇ……」

「しかし面白そうだろ？　リアルＶＲＭＭＯだぞ？　意味が分からない言葉になってるけど」

「だけどリアルデスゲームですよ？」

「――まあそうなんだよな」

「ちゃんと念書を取っておかないと、死人でも出たら最後、責任を取り切れませんよ」

「まあなぁ」

仮に念書を取っていたところで、法的な責任は回避できても、プレイする気分の低下はどうしようもない。

「って誰が好き好んでそんなのをプレイするんだよ！　もしもＳＡＯからログアウトできるんだっ

たら、事件が起こった時点で全員ログアウトしてるだろ」

「そりゃそうですね」

「……俺たちもしかして、バカかな?」

「まあまあ先輩。発想は面白いと思うんですよ。ほら、リアルデスゲームって言うとあれですけど、eスポーツって言えば、一気にアリな気がしてきません? ボクシングだって、F1だって、事故が起これば人は死にますから」

「できるだけ安全に配慮して、アミューズメントやスポーツとして成立すればOKってことか」

「プロモーターをやりたがる人はいるかもしれませんよ」

「なんだ、その他人事感は」

「だって、先輩。そんな商売やりたいですか?」

そう言われると、ちょっと自分でプレイしてみたいかなーと思ったくらいで、それを使って商売するなんてことは考えてなかったな。どう考えても面倒くさすぎる。

「嫌だな……」

「ですよね! 開発したり、草の根で遊ぶことは面白そうだからいいですけど、リアルデスゲームで商売するのはパスですよ、パス」

ゴーグルの基本技術は遊びで開発してみることにして、俺たちは食事をした後、ここへ来た目的を果たすべく立ち上がった。

「仕方がない、倒したモンスターは、地道にカウントしますかね」

俺はそう言って、バンクベッドへと移動した。

「じゃ、とりあえず、お互いにスケルトンを百体ずつ倒して、骨の取得数を比べてみよう」

「OKです」

「あ、その前に今の三好のLUCを確認しておこうぜ」

三好のステータスの調査は多少面倒だが、要するに、三好が俺を鑑定して、結果がゼロになる最小の値を見つければいいだけだ。すでに以前の三好のステータスは分かっているから、そのときの値から、一ずつ上げていけば比較的簡単にその値を見つけることができる。

その準備のために、俺は〈メイキング〉を呼び出した。

NAME	芳村 圭吾
RANK	1
SP	674.029
HP	250.00
MP	190.00
STR	[-] 100 [+]
VIT	[-] 100 [+]
INT	[-] 100 [+]
AGI	[-] 100 [+]
DEX	[-] 100 [+]
LUC	[-] 100 [+]
→	三好 梓

「ん――んん?!」

いつもと違う表示に、俺は思わず声を上げた。表示された俺のステータスの下に、『三好 梓』の名前が表示されていたのだ。

「これって、まさか……」

俺が恐る恐る、三好の名前をタップすると、そこには、予想した通りの表示が現れた。

NAME	三好 梓		
SP	2.863		
HP	21.70		
MP	32.50		
STR	-	8	+
VIT	-	9	+
INT	-	18	+
AGI	-	11	+
DEX	-	13	+
LUC	-	10	+

「み、三好、これ」

俺はバンクベッドの上から上半身を乗り出すと、その画面を指差した。が、三好にそれが見えるはずがなかった。

「なんです？　何かあったんですか？」

「あ、いや……三好がいままでに得たＳＰ（経験値）っていくつだっけ？」

「？　ちょっと待ってください」

三好は自分のPCの記録を呼びだして、その値を確認した。

「……4・86くらいですね」

〈メイキング〉の画面には、SP2・863とある。つまり自然にSPに割り振られているのは、得ているポイントの大体五〇%くらいだということだ。

「なんです、先輩？　気になりますね」

「いや、実はな……」

俺は〈メイキング〉で表示したステータスに、三好の名前が表示されていたことを話した。そうしてそれをタップしたとき何が起こったのかも。

要するにこれは、パーティメンバーのステータスをいじれる機能なのだ。

「マジですか?!」

「マジっぽい」

三好は一瞬目を輝かせたが、すぐに正気に戻ったように落ち着いて言った。

「だけど先輩……」

そう言って首を傾《かし》げた三好は、疑問点を確かめるように先を続けた。

「取得したSPは、行動に応じて自然にステータスに割り振られているわけですよね？」

「たぶんな」

御劔さんたちの様子を見る限り、その仮説は間違っていないはずだ。

俺の時は自然な割り振りが発生しなかったが、あれは〈メイキング〉を取得したことと、何か関係があるのだろう。

〈メイキング〉の取得までに少し時間があったことを考えると、ＳＰが自然にステータスに変化するのは、それを得てしばらくしてからなのだろう。摂取した栄養素が、実際に体を作るまでには、それなりの時間が掛かるのと同じようなものなのかもしれない。

「以前先輩が話してくれたステータスエディタの機能だと、すでに振られているステータスは元のＳＰに戻せないんですよね？　なら、ここで編集可能になったとしても意味なくないですか？」

弱らせることはできるかもしれないが、強化できないのなら確かに意味は薄い。

「いや、それがな……」

俺は、実際に三好のＳＰが２・８６３残っていることと、そこから、自然に割り振られたＳＰは２ポイント程であることを説明した。

「それって、自然にＳＰが割り振られるのは、取得したＳＰのほぼ五〇％ってことですか？」

「この例だけを見ればそうだな。もしかしたら、残り半分は長い時間を掛けてステータス化されるのかもしれないが」

「それって、もしかして……」

三好は再び興奮すると、勢い込んで言った。

「先輩とパーティを組めば、取得しているＳＰの半分は、好きなステータスに割り振り放題ってことですか?!」

「ま、まあ、そうだな」

「先輩！」

「いや、待て三好。これをカネにしたり、よく知らない探索者のために使うのは無理だろ」

なにしろ俺とパーティを組む必要があるのだ。それだけで中々にハードルが高い。自然にそれができるのは、三好を除けば、御劔さんと斎藤さん、それに鳴瀬さんくらいだ。

知らない人に向かって、「やあ、君。ボクとパーティを組まないか？」なんて、リアルで言えるはずがない。仮にゲームの世界でだって俺には難易度が高そうだ。

そして、もしも興味を示されたとしても、とりあえず能力の確認にDカードを見せろと言われるのがオチだろう。そうしてそれを見せることはできないのだ。

三好は少し考えてから言った。

「そこは持って行き方次第じゃありませんかね？」

「持って行き方？」

「そうですね……例えば、ダンジョンブートキャンプだとか銘打って、先輩とパーティを組んだ後、数日間、謎《なぞ》の活動をするわけですよ」

「謎の活動？」

「そこは何でもいいんですよ、死にそうな目にさえ遭えば。それで、終了時に少しだけSPを希望の所へ追加してあげれば、あーら不思議、ブートキャンプに参加すると思い通りの成長が！　一度に上げないで少しずつ何度も上げるのがポイントです」

「死にそうな目って、お前な……」

「人間、楽をするよりも、努力に努力を重ねた結果、得られた力の方が納得できませんか？」

どちらかを選べと言われたら絶対に前者だが、より納得感があるのが後者だということに異論はない。

「まあ、それはな」

とは言え、それで劇的な効果が確認されたりしたら、世界中から申し込みが殺到しそうな案件だ。俺はそれなりに自由を満喫したいのだ。それだけに、かかずらわせられるのはお断りだ。

「毎日そればっかりやらされる人生は嫌だぞ」

「んー、そこは参加者に何かの条件を付けて絞るとか」

「条件？」

「例えば、一年間は代々木の『探索』に力を貸さなければいけない、とか」

「探索？」

「攻略って言うと、最前線へ出なければならない感じが強いですけど、そんなことができる人は一握りでしょう？　それにエヴァンスと違って、本当に代々木がなくなったら、困る人が大勢いそうな気がしますし」

「それは……ありそうだな」

なにしろ都市部のダンジョンは、その都市との関係が深い。社会的にも経済的にもシステムに組み込まれているものが、いきなりなくなってしまうと色々問題が起こるだろう。

「名目は攻略でも、条件は探索でいいと思いますよ」

「参加条件の設定か。うまくすれば他国からの申し込みなんかは減るかもしれないが……結局一度に参加できる人数は所詮七人だ。月に二百人も申し込んでくれば、一日で終了するプログラムだとしても、丸々一ヶ月は、かかりっきりになるぞ？」

「以前話してた基金があるじゃないですか。あれと絡めて事業化するような規模にすれば、先輩とパーティを組んでもらった後、訓練自体は別の人を雇えばいいんじゃないでしょうか」

ハートマン軍曹（注3）がやりたいなら別ですけど、と三好が笑った。

あれか……確かに少しやってみたい気もするが、あれを演じるメンタリティは……ないな。大体、修了生に殺されるフラグにしかならないだろ、あれ。

「それに、訓練中にモンスターを倒す場合、経験値は先輩が総取りすれば丸儲《もう》けです」

「え、それって酷くないか？」

「報酬ですよ、報酬。どうせ一人あたりは大した数字になりません」

時折話題に上る、銀行利息の一円未満の部分をかき集めて横領して大儲けみたいな感じか。

「それに、どうせやるなら積極的に開催した方が、参加者を選別できて楽ですよ」

なるほど。参加者をこちらで恣意《しい》的に抽選するというわけか。

「代々木攻略という名目があれば、積極的にダンジョンに入っているベテランを優遇してもおかし

（注3）　**ハートマン軍曹**

映画『フルメタル・ジャケット（FULL METAL JACKET）』（1987年）に登場する、おそらく世界で一番有名な鬼教官。訓練キャンプで、デブでのろまな男を（原作だと）最優秀訓練生に鍛え上げるが、訓練所を離れる前夜、彼に射殺される。

くありません。なにしろ初心者に参加されても効果はゼロですから」

余剰ポイントの割り振りが主たる目的だから、そもそも余剰ポイントのない探索者じゃ、効果を得ることができない。だから初心者だと困るのだ。

「それでも偉い人のごり押しで、伸び代がゼロの探索者が押し込まれたらどうする？　効果は期待できないぞ」

「いざとなったら、〈鑑定〉を公開してもいいと思っています」

「え？」

確かに、応募してきた人に向かって、「君には伸び代がないから受けつけられない」と告げるのに、「私は〈鑑定〉を持ってますから」と言うのは有無を言わせない力になるだろう。なにしろそれを否定する手段はないのだ。

「一応Ｄパワーズのフロントマンで、がっつり報酬も頂いてますから。名前が売れるのは今更ですしね」

すでに、世界で唯一のオーブハンターとして、レジェンドなんて言われてるんじゃなぁ……三好のＩＤが古いもので助かった。ぽっと出だったりしたら、もっと騒ぎが大きかっただろう。

最初のイタリアンで話したとおりの展開とは言え、身の危険が増すかもしれないのは複雑だが、今では狙撃さえ防いでしまう犬っころたちにも守られているし、脅威を上回る有用性があればお目こぼしを頂けるというのもデューク東郷《とうごう》が証明している。フィクションだけど。

「そしたら、世界中からの鑑定依頼で、きっとがっぽりですよ！　それにスカウターが開発できた理由にもできて一石二鳥ですよ！」

おどけたように言ってはいるが、こいつ特有の強がりなのは分かっている。

「分かったよ」

俺は苦笑いを浮かべながらそう言った。

他の〈鑑定〉持ちが現れたらどうするんだよとか、言いたいことは色々とあるが、私的な組織が私的に行うキャンプなら、私的に抽選しても文句を言われる筋合いはもともとないだろう。

「いずれにしても、動き出すのは、子パーティのメンバーに〈メイキング〉が作用するかどうかを確かめてからだな」

「ああ、それができると楽になりますね。同時募集人数も増やせますし」

「できなきゃ最大六人だな」

「七人じゃないんですか？」

「教官も入れておかないと不便だろ」

「あー」

ダンジョン内でキャンプを行っている間、俺が地上にいてもパーティが維持できるのかどうかとか、他にも調べておかなければならないことは沢山《たくさん》あるが、それはまた後で確認しておこう。

「ともかくこの話は、地上に戻って、知り合いで色々と試してみてからだ。今回の目的は、ドロップに対するＬＵＣの影響の確認と〈マイニング〉だしな」

「了解です」

そうして俺たちは、ＬＵＣとドロップ率の関係を実地に調べ始めた。

俺と三好のＬＵＣは丁度十倍なので、検証には都合がよかった。

その結果、標準ドロップアイテム――今回はスケルトンの骨なのだが――のドロップ率は、ＬＵＣとあまり関係がなく、概ね二五％前後だった。

「骨は先輩も私もあんまり変わらない感じですが、魔結晶は凄い差が付きましたね」

魔結晶は、標準ドロップアイテムのドロップ率に、ＬＵＣ／１００を掛けたくらいの率だった。つまり三好が俺の十分の一だったのだ。

「百二十五体倒して三個はちょっとへこみますよ」

特殊ドロップ――この場合はヒールポーション（１）――は、まったく計算できなかった。なにしろ三好は、それをドロップさせることができなかったのだ。

「ヒールポーション（１）は先輩が三個で私がゼロですから、なんらかのＬＵＣの関与はありそうですけど……」

討伐数は、どちらも百二十五で止めてある。百じゃないのは単に止められなかったからだ。

スケルトンは過去にも討伐数が結構あるので、そこも含めて次の仮説を立てた。
・モンスターには基本ドロップ率ＢＤＲ(BaseDropRate)がある。今のところ〇・二五くらいだ。
・モンスターには特殊ドロップ率ＲＤＲ(RareDropRate)がある。今のところ〇・〇二くらいだ。
・標準ドロップ品は、ＬＵＣにほとんど依存せず、ＢＤＲのまま。
・特殊ドロップ品は、ＲＤＲ×（ＬＵＣ／１００）くらいのドロップ率になる（暫定）

・魔結晶は、ＢＤＲ×（ＬＵＣ／１００）くらいのドロップ率になる。

「って、ところでしょうか」

「そうだな。後はいろんな人のデータが集まるといいんだが……自分が倒したモンスターの数を種類別に真面目に記録してくれる人なんて、まずいそうにないもんな」

「ですねぇ。私たちだって、数値化というモチベーションがあるからやってますけど、たった二種類が交じっただけで相当面倒ですもん」

一層ならスライムだけだったのでそうでもなかったが、十層にはゾンビとスケルトンが交じって登場する。それを、別々にカウントするのは、思ったよりもずっと面倒だった。

〈メイキング〉が倒したモンスターの履歴でも表示してくれれば楽だったのだが、そんな機能は残念ながらなかった。

「ＷＤＡが、モンスターの基本ドロップ率すら発表していないのは、エクスプローラーに何体倒しましたか、なんて聞くのが無理だったからだと思いますよ」

それは確かにそうだろう。仮に聞いたとしても、間違いだらけで、まともな統計になるとは思えない。先行していた自衛隊あたりは独自の統計を持っているかもしれないが、一種の軍事機密のようなものだろうし、公開されるとは思えなかった。

明日は目的の十八層だ。無い物ねだりを諦《あきら》めた俺たちは、シャワーを浴びると、すぐに眠りの階段を下りていった。

二〇一八年　十二月十一日（火）

SECTION：市ヶ谷　JDA本部

「三好梓《あずさ》が、ヘルハウンドをペットにした？」

　昨日、正確なところを調べると言った手前もあって、美晴《みはる》は早速その件について、報告がてら斎《さい》賀《が》に相談していた。

　その話を聞いた斎賀は、鳩《ハト》が豆鉄砲を食ったような顔をした後、がっくりと顔を伏せた。

「はい。しかし、ＪＤＡには、サモナーやテイマーに関する規定がありませんでした」

「そりゃあないだろう」

　そんなスキルを持った探索者は、今のところいないのだ。

　常に後手後手に回らざるを得なかったダンジョン協会が、存在するかどうかも分からないスキルを想定して、あらかじめ法的な仕組みを準備しておくなんてことはあり得ない。そんなリソースはどこにもないからだ。

「特定動物リストにも特定外来生物等一覧にも掲載されていませんでしたので、単なる犬として処理するしかありません」

　彼女が言っていることは、きちんと法に則《のっと》っていた。ただ、法の方が現実に追いついていないだけだ。日本では憲法の三十九条で、法の不遡及《そきゅう》が保証されている。そのペットがなにか問題を起こさない限り、いまさらヘルハウンドをＮＧだと言うわけにはいかないだろう。

「あ、ああ。で、その犬？　は、大丈夫なのか？」

「大丈夫と申しますと？」

「つまり、それってモンスターだろ？　襲われたりしないのか？」

「可愛いです」

「可愛い⁉」

美晴は、翻訳をしながら、ずっと一緒にいたヘルハウンドにすっかり骨抜きにされていた。ここでもモフモフは正義だったのだ。

「そ、そうか。まあ、ちょっと大きなレトリーバーみたいなものだと思えばいいのかもな」

やって来たのは地獄からかもしれないが。

「そうですね。肩高は三倍くらいありますけど」

「三倍⁉」

例えば、ラブラドール・レトリーバーの肩高は五十センチ～六十センチくらいだ。つまり……

「肩高が百五十センチもあるのか⁉」

「それくらいはあるかもしれません」

ヘルハウンドの標準的な肩高は、せいぜい百センチと言ったところだろう。つまりヘルハウンドとしてもかなり大きい個体ということになる。

肩高一メートル、最大級のベンガルトラが三百キロ程、アムールトラでも三百五十キロといったところだ。馬にはシャイヤー種のように一トンを超えるものがいるが、それが、犬？

「それって犬と言えるのか？」

「見た目はともかく、行動は犬でしたね」

見た目はともかくってなんだよと斎賀は不安に駆られたが、そこを突っ込むとよくない未来が待っていそうだったので、意思の力でスルーした。

「それでどうするって？」

「一応、区の手続きについては調べてきました。後は、WDAやJDAに何か既存の手続きがあるのかどうか調べて、それに従うしかありませんね」

「まあ、そうだな。もっともそんな手続きはDAにはないはずだ。なにしろ日本でそれを管轄する部署はうちだろうからな」

ダンジョン管理課に手続きが存在しなければ、日本にそんな手続きは存在しないのだ。

「分かりました。後は、トラブルがあると困るので各種手続きが終わるまでは、当分秘匿しておいてほしいそうです」

「秘匿？」

「正式にペットとして所有が認められる前にオープンになると、色々な研究所あたりから横やりが入って取り上げられることを警戒されているようでした」

「ああ、なるほどな。了解した。しばらくの間Dパワーズ以外が同じ問題を抱えることは、まずなさそうだから、この件に関しては専任管理監に一任する。何か決まったら、報告してくれ」

「了解です」

SECTION :

代々木ダンジョン　十八層

「「うっわー」」

十八層に下りた俺たちは、突然現れたその風景に圧倒されていた。

黒っぽい大地の上には、大きな岩がゴロゴロと転がっていて荒涼とした風景が広がっている。足下にある鋭く切り立った崖の下には、見渡す限りどこまでも雲海が広がっていた。

「まさか、あの雲海の下までずっとダンジョンが広がってるんじゃないだろうな」

「見た目、何十キロもありそうです」

「この層のマップが完成してないってのも納得だな」

「一応データはコピーしてきました」

そう言って三好は、十八層のマップを表示したタブレットを取り出した。

以前見た紙の情報の通り、調査された領域は、上り階段の位置から放射状に広がっていたが、下り階段の位置で、まるで調査が打ち切られたかのように終了していた。突出した例外は山頂方向だけのようだ。

「なるほどな。調査隊の気持ちは分かる」

足下はるかに広がる雲海と、下りていけそうな崩れた斜面を見ながら、俺はため息をついた。

だって果てが見えないのだ。見晴らしがいいだけに、余計くじけそうになるだろう。

そうして、上を見上げると、そこには鋭く尖《とが》った氷食尖峰《ひょうしょくせんぽう》が並んでいた。

中でもひと際目立っている大きなピークは、まるで、アルミニウムの穴に水銀を入れて立ち上がらせたアマルガムのようにせり上がっていた。

俺は、足下の黒い岩を、こつんとつま先で蹴飛《けと》ばした。

「玄武岩か」

三好がこくんと頷くと、山を見上げながら「確かにケニア山ですね、あれは」と言った。

俺は目をすがめながら、その山を見上げた。

「ともかく目的の洞窟群は、あのピーク——通称バティアンの麓《ふもと》にあるらしいですよ」

「あそこって、例の立ち入り禁止エリアか？　何かがいるって言う」

「ぴんぽーん」

十八層であの山を見て、クライマー魂を発揮した自衛隊の隊員は山頂で命を落とした。そうして、今もってその原因ははっきりとは分かっていない。

「何かがいる、ね。そういうのって、逆に好奇心を刺激したりしないか？　考えなしの素人や、マスコミあたりがすぐにやってきそうな気がするんだが」

「先輩。ここは腐っても十八層ですよ？　そんな場所にホイホイ来られるＴＶ局のスタッフなんていやしませんし、もしも考えなしの素人が無理やり潜ったとしても、十層辺りでこの世からおさらばしちゃいますよ」

「吉田陽生とかは？」

世が世なら、吉田陽生が隊長を務める、世界中のダンジョンに謎の生物やダンジョンの秘密を追いかける探検企画が出されてもおかしくはないだろう。

「あの人、意外と真面目だという噂がありますからね。モキュメンタリーには抵抗があるかもしれませんよ。それに、仮に来たかったとしても、今どきのダンジョン番組は数字が取れませんから、無理でしょうね」

機材を持ってここまで来るには、大勢の探索者の護衛も必要になるだろうし、確かにコストがかかり過ぎるのだろう。深海や宇宙の番組がほとんどないのと同じことだ。

「しかし、ちょっと興味をそそられるよな。こないだのへカテみたいなユニークかな？」

「かもしれません。ただ伝承の通りだとしたら――神様ですね」

「神様ぁ？」

「なにしろあれは、キリンヤガですから」

三好がもう一度山を見上げながらそう言った。

原住民のキクユ人たちは、ケニア山のことをキリンヤガと呼んでいる。意味はずばり「神の山」だ。そう言われれば、マイク＝レズニックの小説で読んだことがある。ただし、あの神の名前はンガイだったはずだ。

「山頂には、エンカイっていう太陽神が、黄金の椅子《いす》に座っているそうですよ」

「神様ねぇ……」

「しかもエンカイは、キクユ語なら『ンガイ』ですよ、先輩。ニャル様が出てきそうです！」

「もしもここが、ウィスコンシン州の北部の森ならな」

ンガイは、ニャルラトテップが拠点にしていた森の名前で、ウィスコンシン州の北部にあったとされている。もちろんエンカイとは何の関係もない。

「だけど、このダンジョン、語呂遊びが洒落《しゃれ》になりませんからね」

確かにそうかもしれない。もっとも、ウィザードリィの昔から、洋ゲーのＲＰＧは言葉遊びにまみれているものだ。ダンジョンが洋ゲーかどうかは議論の分かれるところだろうが、そう言ったフレーバーは確かに感じられた。

「もしも十八層にニャル様が出たら、尻尾《しっぽ》を巻いて逃げ帰り、ベッドで布団を被《かぶ》ったら最後、もう二度とダンジョン様には近づかないことを誓うよ」

俺は大きく息を吸って身体を伸ばすと、気持ちを切り替えてバティアンを見上げた。

「よし、そんな恐ろしげなものが潜んでいる山頂の探検は、どこかの誰かに任せておいて、俺たちはこそこそと麓に挑むぞ」

「なーんか、フラグっぽいですよ、そのセリフ」

「よせよ」

三好のセリフを聞いて、なんとなく嫌な予感に襲われた俺は、〈保管庫〉から一つのオーブを取り出して、彼女に渡した。

「なんです？」

「こないだウルフから出た〈危険察知〉だ。念のために使っとけ」

「先輩は？」

「お前の鑑定結果じゃ、そいつは使用者本人の危険を察知するものっぽいしな、俺が使うと三好には危険っていうレベルを見逃す可能性があるだろ」

それを聞いて納得したのか、三好はそれを高く掲げて頷くと、「そろそろ本当に人間をやめちゃいそうですよっ！」と言いながら、オーブを使用した。確かにそろそろスキルの個数が洒落にならないレベルになってきている。

「いったいどこまで使えるんだろうな」

「ゲームなんかだと、バランスの問題もあって、大抵所持数に制限がありますけど……」

「なんだよ？」

「いや、現実は大抵クソゲーですから。スキル一個あたり、いくらか寿命が縮むとかだったりしたら嫌ですよねー」

「ペナルティか……全然考えてなかったな。だけど、もしもそうなら碑文や鑑定に出るんじゃないの？」

「ほら、スキルにはレベルって概念がありそうですし」

低レベルの鑑定には表示されないってことか……。

「やな推測だな」

「でもほら、今のところは何ともありませんし、たぶん平気ですよ！」

いや、寿命だったりしたら気が付いたときは死んでるんじゃないのと思ったが、さすがにそんなに大きなペナルティがあるなら鑑定結果に現れるだろう。

　言うだけ言って、斜面を登り始めた三好を追いかけながら、俺たちはゲノーモスたちの待つ地下洞窟へ向かって歩き始めた。

「しかし、本当に誰もいないな。人気《にんき》がないって、鳴瀬さんが言ったとおりだ」

「一層といい、十層といい……最近すっかり、人気《ひとけ》のない層ばかりに縁がありますね」

「そこは、ラッキーだと思おうぜ」

　幸いこの層でも、俺たちの攻撃手段はそのまま通用した。

　アルプスアイベックスのようなモンスターや、歩く高山植物みたいなモンスターを倒しながら、俺たちは、一時間ほどで地下洞窟の入り口だと思われる場所へと辿り着いた。

「これがケニア山に一番近い洞窟らしいですけど……」

　ゲノーモスの分布は、ケニア山に近いほど密度が上がるらしい。なにしろ今回はある程度大量のゲノーモスが必要だから、なるべく数の多い場所を選択したのだ。

　その場所は、少し大きめのガマ(注4)の入り口のような場所だった。もっと大きな入り口があると思っていた俺は、意外ともいえるサイズに驚いていた。

「しかしこんな洞窟、よく見つけたもんだな」

「と言うか、よく入ろうと思いましたよね、ここへ」

　三好は、その入り口の周囲を注意深く見回して、安全を確認しながらそう言った。

「さっきのクライマー隊員みたいに、ケイビング大好きなケイブマニアとかがいたのかもな」

「日本ケイビング連盟とか、日本洞窟学会とかあるらしいですからね」

「マジデスカ」

「ダンジョンができたとき、クローズアップされてましたよ」

「そうか、ダンジョンも洞窟と言えば、洞窟なのか」

ダンジョンができる以前から、いろんな大学には、探検部だの地底研究部だの、果ては洞窟研究会などという組織まで存在していたらしい。

もっとも最後のは山口大学だから、本来は秋芳洞の研究会なのだろう。ダンジョンができた当時、そういった専門家（？）たちがしきりとマスコミにかり出されていたのだ。

ヘッドライトをつけたヘルメットを被《かぶ》って入り口をくぐると、そこは、結構細い、溶岩洞窟っぽい場所だった。

「巨大な溶岩樹型ですかね、これ」

そう言われれば、確かに壁も玄武岩質だ。

玄武岩質の溶岩は粘性が低い。もしもこの山が活火山だった頃にできた穴だとしたら、その可能性は高いだろう。

「奥にはツチグモが潜んでいて、非時《ときじく》の花が咲いていそうだ」

（注4）　ガマ
沖縄の各所にある洞窟のこと。通常は石灰岩でできた鍾乳洞《しょうにゅうどう》への入り口。

諸星大二郎《もろほしだいじろう》先生の描かれた、稗田礼二郎《ひえだれいじろう》のシリーズには、富士の溶岩樹型を通って、非時の花を見つけちゃう話があるのだ。そうしてこの道は、まさにそういう感じだった。しばらく先で洞窟が広がるまでは。

視界が開けたとき、俺はぽかんとそれを見ていた。

「三好……すまん。これはどう見ても……人工洞窟だな」

「ですよね」

突然広がった空間で、俺たちは、出会ったものの、あまりの荘厳さと思いがけなさに、開いた口がふさがらなかった。そこは、明らかに人為的に造られた地下の神殿前の広場だったのだ。

そこここに点在しているほのかに輝いている水晶のような物質と、光を発する地衣類のようなもののおかげで、地下だというのに薄ぼんやりと明るかった。

「先輩……あの石、放射線を発してたりしませんよね」

たしかに、キュリー夫人の伝記にある、精製されたラジウムが青い光を放つシーンを彷彿《ほうふつ》とさせる光景だが――

「いや、ラジウムはあんなに明るくないと思うぞ」

注意勧告も出ていないし、〈超回復〉を信じて触ってみたが、とくに温かさも感じない。ただの淡い光だと考えてもよさそうだった。

見上げれば、どっしりとした石柱には、それを軽快に見せる細かな装飾が施され、尖頭アーチや、フライング・バットレス様のものも散見される。人類の歴史で考えるなら、色々な時代が混じっているようだが、全体的に見ればゴシック様式に近かった。

「先輩。ゲノーモスって、モンスターなんですよね？」

三好がその建築物を見回しながら、呟《つぶや》くようにそう言った。

「そうだな」

「だけどこれ、文化的な活動に見えますよ」

確かにそこにある建築物そのものはその通りだが、それをゲノーモスが造ったのかどうかは定かではない。ダンジョンがフレーバーテキストよろしく、地下に荘厳な神殿を造り上げ、ゲノーモスたちは、単にそこに棲《す》みついただけという可能性も十分にあるだろう。

そのとき、神殿の向こうで蠢《うごめ》くいくつもの子供ような影が現れた。

「先輩、下二桁は？」

「後、七！」

「了解」

俺は、神殿の向こう側から駆けてくる、小さなシルエットに向けて、ウォーターランスを撃ち始めた。三好はアルスルズを影から出して周辺のガードを命じながら、鉄球をばらまいている。三頭しかいないのは、一頭は事務所で留守番中だからだ。

戦闘を始めてすぐに、一回目のオーブチョイスがやって来た。

▶ スキルオーブ：マイニング	1/	10,000
▶ スキルオーブ：器用	1/	1,000,000
▶ スキルオーブ：暗視	1/	8,000,000
▶ スキルオーブ：地魔法	1/	90,000,000

その表示を見た瞬間、俺は思わず拳を握り、小さくガッツポーズを取った。

想定通りとは言え、ドロップ確率はスキルオーブとしては破格の高さだ。こんなの、誰かがとっくにゲットしていたとしてもおかしくもなんともないだろう。

「こんな地下にまでやって来る探索者自体が少なかったんじゃないですか！　それより先輩、まじめにやってくださいよ！」

地下洞窟のゲノーモスは、まるで無限に湧いてくるようだった。

「おい、三好。これ、あっという間に三百三十七匹に届きそうだぞ?!」

今までと同じなら、館が登場した瞬間にゲノーモスはいなくなる。しかも明日の零時までは、まだまだ時間があるのだ。それまで館のモンスターに追いかけまわされるのは避けたかった。

「たぶんですけど、館は出ないと思います」

「なんで?!」

俺はますます圧力を増すゲノーモスの軍団を、水魔法と報いの剣でなぎ倒しながらそう訊《き》いた。獄炎魔法のインフェルノは、閉鎖空間で使うのが憚《はばか》られたのだ。

「鑑定したとき、名前の前にアスタリスクが付いてるんですよ!」

「アスタリスク?」

三好はある時、鑑定したモンスターの名前の前にアスタリスクが付いたものがいることに気が付いたそうだ。

「それがゾンビだったんです」

ゾンビはすでに館を出現させているため、何匹倒そうと新たに館を出現させないことが分かっている。

「アスタリスクの付いたモンスターは、すでに館を出現させた後ってことか?」

「誰かがゲノーモスで館を出したことがあるならそうでしょうけど……いずれにしても、館を出現させないモンスターじゃないかと思うんです」

その時、二回目のオーブチョイスがやって来た。もの凄く早い。

「なんか、こういうゲーム、昔、見たことがあるぞ……」

そうだ、ファーストクイーンだ。俺たちが生まれるずっと前のゲームだが、ゲノーモスたちは、ゴチャキャラシステムもかくやと言わんばかりの勢いで、広場の奥から大量に湧き出していた。

二回目のオーブチョイスが目の前に現れた頃、ゲノーモスたちは立ち止まって何かをもごもごと呟き始めた。

「なんだ？」

そう呟いた瞬間、どこからか石礫《いしつぶて》が飛んで来て足元で大きく跳ねた。

それはただの石だったし、大きさだって乳児のこぶし大だったが、当たれば十分に怪我をしそうだった。当たり所によっては、酷いことになるかもしれない。

「やばいぞ、三好。ちょっと下がれ！」

「り、了解！」

俺は、三好を俺の後ろに下がらせると、両手に盾を取り出して、飛礫《つぶて》をガードしながら辺りを見回した。

「ここは、撤退しかないが……」

広場へ入ってきた道の方は、すでにゲノーモスの群れに回り込まれていた。

「どうにか逃げられそうな場所は、あそこしかありませんよ！」

三好が神殿方向を指差して叫んだ。

場所が場所だけに一瞬躊躇《ちゅうちょ》したが、このままぐずぐずしていても、大量のゲノーモスの群れの中で孤立させられるだけで、それは絶対に避けなければならなかった。

「仕方がない、神殿へ待避だ！」

盾を収納した俺は、三好を小脇に抱えると、荘厳な造りの神殿に向かって全力で駆けだした。

後ろで大暴れしている三頭に向かって、「囲まれる前に引き揚げて！」と三好が叫んでいる。

いかにヘルハウンドとは言え、あれだけの物量に囲まれたら潰されるだろう。適当なところで、さっさと逃げ出せよ、お前たち。

ゲノーモスの包囲は、俺たちを包み込むように縮められていたが、幸い俺が神殿の階段を駆け上がる方が早かった。

外側の装飾はゴシック様式のように見えたが、扉の内側はギリシアやエジプト風に柱が多用されている構造だった。俺は、後ろから追いすがってくるゲノーモスの群れを尻目に、正面の扉のある場所へと飛び込むと、力任せにそれを閉じた。

大きな音を立てて分厚い扉が閉まると同時に、部屋は闇に包まれた。どうやらヘッドライトは石《いし》礫《つぶて》にやられたようで壊れているようだった。表から何かが扉に当たる音がドンドンと聞こえてきたが、しばらくすると、それも聞こえなくなった。

SECTION：
代々木ダンジョン　十八層　地下神殿

周囲の闇の中には、三対の金色の瞳《ひとみ》が浮かんでいた。どうやら全員逃げ切ったようだ。

「先輩、静かになりましたけど」

たしかに静かにはなった。しかし残念なことに俺の生命探知は、沢山の生き物が扉の向こうに留《とど》まっていると告げていた。

「だめだな。大勢残ってるみたいだ」

「大勢いるなら、ここからでたらめに鉄球を撃ちまくってみます？」

「いや、変にやつらを刺激して、ドアを壊されでもしたら面倒だ。それは最後の手段ってことにしておこう」

そう言って俺は、〈保管庫〉の中から、ＬＥＤカンテラを取り出すとスイッチを入れた。

ＬＥＤだけに千ルーメン程度のそれは、その部屋全体を克明に照らし出すには力不足だったが、小さな光の空間を俺たちの周りに作り出すことには成功していた。

俺は三好に予備のヘッドライトを渡して、自分も同じものを身に付けた。

部屋の奥には、細い回廊が、ずっと先まで続いているようだった。

「アイスレム。この先に何かがいないか、少し見てきてくれる？」

三好がそうお願いすると、こくりと頷いたアイスレムが、てくてくと回廊を進んでいった。さすがはヘルハウンド、きっと夜目が利くのだろう。

「さてと。扉の向こうに戻れないんだとしたら、奥に向かうしかない訳だが——」

俺は、小さなLEDランタンを紐《ひも》で括《くく》って、ドゥルトウィンの首に結びつけると、そのまま少し先を歩いてもらうことにした。しばらく俺の影でガードをしてくれていた関係で、三頭の中では一番俺と仲がいいのだ。

日没までにはまだ時間がありそうだが、午後ももう大分遅い時間になっている。俺たちは準備を整えると、先行したアイスレムを追いかけて奥へと向かって歩き始めた。

回廊をしばらく進むと、部屋のような空間に突き当たった。かなりの広さがあるその部屋には、大きな柱が整然と部屋中に立っていた。

「まるでアモン神殿の多柱室ですね」

アモン神殿はエジプト王の権力の肥大化とともに拡大されていった、多柱室の集大成だ。

整然と並ぶ柱の影が、俺たちが移動する度に揺れ動き、奇妙な生き物のように踊っていた。ただし、生命探知に反応はない。アルスルズの鼻にも何も引っかからないようだった。

「もしもこの神殿が、エジプトの神殿と同じ構造なら——」

「なら？」

「いずれ聖所に到りますよ」

「聖所ってなんだ？」

「さあ？　聖なる場所ってことでしょうけど……神の山《キリンヤガ》の地下に隠された神殿にある聖なる場所で

すよ？　今から期待に身が震えますね」

三好がことさらおどけたようにそう言った。

「こっちは今にも、ちびりそうだよ」と、俺は苦笑でそれに応えた。

周囲を一周りしてみたが、この部屋にも側道はなく、道は奥へと続く一本だけだった。

俺はちらりと時計を見た。不思議なことに昼夜がある層は、外と時間が一致しているのだ。

「日没まで一時間もなさそうだ。まあ、行けるところまで行ってみるか」

それからしばらく歩き続けたが、やはりモンスターはいなかった。さすがは聖なる場所ということなのだろうか。

いくつかの柱廊と中庭を通り過ぎ、どん詰まりにあった産道のように細い道を、身をかがめながら数メートル進んだ先にその部屋はあった。

「ここが聖所か？」

それは八畳間よりも少し大きい、四メートル四方くらいに感じられる、八角形の部屋だった。

「意味的には子宮にあたる部分のはずです」

三好は興味深そうに、辺りを調べていたが、その部屋にめぼしいものは何もなかった。

隠されていた奇妙な魔法陣以外は。

「うぉ?!」

なにかのスイッチに触れたのだろうか、それとも誰かが入れば自動で起動するようになっていたのだろうか、その部屋に入ってしばらくした後、隠されていた魔法陣が発動し、床にきれいな文様を描いたかと思うと、突然気持ちの悪い浮遊感に襲われた。それはまさに――

「高層ビルのエレベーターみたいですね」

俺たちは輝く魔法陣の上に乗せられたまま、上へと向かって移動していたのだ。

「それって、行き先は……」

俺は思わず上を見上げた。

「フラグってのは、偉大ですねぇ……」

三好が感心するように、そして諦めたように、そう呟いた。

「もし、上で待ってるのがエンカイだとしたら――」

「？」

「マサイ出身のナオミさんという文化人類学者が八三年に上梓した本に、マサイから聞き取った話（注5）を纏《まと》めた本があるんですが、エンカイはそこに登場するんです」

なるほど。彼を知り己を知れば百戦殆《あや》うからずってやつだな。一戦で充分だけど。

（注5）　マサイから聞き取った話を纏めた本

Naomi Kipury（著）『Oral Literature of the Maasai』より。
マサイに関する、文化人類学的にも面白い本。
著者による、凄く分かり易い英語が併記されているので安心です（なにが）。
なお、スマホで井戸を掘ったマサイの Luka Sunte は、ムーのtwitter取材で、
「Enkai is one God」と言っています。
ついで、olapa は神ではないのか？　という質問に、Yesと答えています。（2018）

「彼には、オラパっていう奥さんがいて、最初は仲良しなんですけど、彼女がちょっとしたミスをしたとき、エンカイが暴力を振るうんです」

三好は、"in just the same way women are beaten by their husbands."っていう一節を見て、ああ、マサイも男が女を殴る社会なんだなぁと思いました、なんて暢気《のんき》に感想を述べていた。

いや、だからなんなんだよ。

「だけど、オラパさんも超短気な人で、エンカイに向かって反撃します。そのときエンカイは額に酷い傷を負うんです」

四角い灰皿でも投げつけられたかな。

続けて三好は、「さらにその反撃で、オラパさんは片目を引き抜かれるんですけどね」と怖いことを言った。それが月のクレーターなのだそうだ。オラパとは月のことらしい。

「エンカイは額の傷を恥じて、強く輝くことで人に見られないようにしたそうです。そして、それが太陽なんです」

「なるほど。未だに太陽が輝いてるってことは、傷は癒えていない。つまり、額がアキレスの踵《かかと》かもって話だな？」

「いえ。オラパ(olapa)のolなんですが、これって実は――」

「実は？」

弱点の話じゃないのか？　いったい何の話なんだ？

「――男性を表す接頭辞なんだそうです！　つまりＢＬ!!　いやー、マサイにもＢＬがあるんですかね？」

「知るか‼」

　まったく、真面目に聞いてた俺が、バカみたいじゃないか。

　しかし、男の奥さんと夫婦げんかをして、額を割られたからって目を引っこ抜くとは……酷い絵面だ――って、待てよ？　マサイ？

「ちょっと待て、三好。マサイの山ったら、キリマンジャロじゃないのか？」

　彼らの生活圏は、ケニアとタンザニアの境目だ。神が宿るほどの高山と言えば、キリマンジャロしかない。

「あ、エンカイはマサイ語で、ンガイがキクユ語です。そして、キリマンジャロとケニア山の上にいるのは、同じ神様らしいんですけど、ンガイにはそういう話がないんですよ」

　なるほど。まあ、近い地域の神話あるあるだな。

「とにかく額を狙えばいいんだな」

「神話がそのまま反映されていれば、ですけどね」

　その可能性はとても高いと、ダンジョン内の他の事象がそう告げている。すると、おちゃらけた空気を脱ぎ捨てた三好が、真剣な顔をして言った。

「二階級を飛び越えた自衛隊員は、エリアに入った瞬間にやられたそうです。エリアの手前で命拾いをした人は、目の前で何が起こったのか理解できなかったと述懐しています。何がいるにしろ、先手を取るべきです」

「了解。ああ、下二桁が……」

「先輩、もし僕《しもべ》がいたとしても、欲を出しちゃだめですよ」

どうやら三好の〈危険察知〉がさっきからド派手な警告を鳴らし続けているらしい。そのまま上がれば、少なからず命の危険があるようだ。

「近江《おうみ》商人にそれを言われるとは……心配するな、命が一番大切だ」

永遠とも思える数十秒が経過して、上昇速度が落ちたような気がすると、すぐに冷たい空気が上から流れ込んできた。見上げれば小さな穴の先に、赤く色づいた空が見えた。どうやらそろそろ日没らしい。

俺の〈生命探知〉が、はっきりと、そこに何かがいることを示していた。

「今のところ、お供はいなさそうだな」

三好は一頭ずつ三頭の犬を首だけ呼び出し、ランタンをはずして、戦闘準備は万端だ。てか、身に付けたものごと影に潜れるんだな。知らなかった。

そうしてついに、エレベーターは終点へと到着した。

SECTION :

代々木ダンジョン　十八層　山頂

そろそろ沈もうとしている太陽で、半逆光になった位置にそれはいた。

金色に輝く椅子に、ほおづえをついてゆったりと座るシルエットが、少しだけ顔を上げた気配がした。あれがエンカイか？

到着するやいなや、すかさず三好が、そのシルエットに向かって鉄球を放った。

次の瞬間に起こったことは、ＡＧＩ（素早さ）１００の俺でもギリギリ目で追うのが精一杯だった。三好には、まったく認識できなかっただろう。初めてそれを見た自衛隊員と同じように。

それは、三好の撃ちだした鉄球を左手を軽く振るだけで弾《はじ》くと、次の瞬間には三好の前まで移動して、振り上げた拳《こぶし》を振り下ろしていたのだ。

「三好！」

風前の灯火《ともしび》と化した三好の命を救ったのは、その拳と彼女の間に割り込んだ、黒い塊だった。

彼女はそれに押されて、後ろへと突き飛ばされたのだ。

身をひねった黒い塊は、かろうじてエンカイの拳から逃れたが、それでも擦《かす》っただけのそれに吹き飛ばされて、派手に転がった後はぴくりとも動かなかった。

逸《そ》れた拳は、そのまま地面に激突すると、大きな音とともに直径一メートルはありそうなクレーターを作り出した。

それを見た俺は、すばやく〈メイキング〉を起動して、自分のAGIに100ポイントを追加した。今のままでは瞬殺されかねない。

「アイスレム！」

そう叫んで黒い塊に駆け寄ろうとした三好に、エンカイが追い打ちを掛けようとしていた。

三好とエンカイの間には、二つの黒い塊が現れて、一頭がエンカイの腕に噛《か》みつこうとし、一頭が三好の盾になろうとしていた。

俺は数本のウォーターランスをエンカイに向けて撃ち出すと、それを上回る速度で近づいて、その脇腹に力一杯蹴りを入れた。

カヴァスの噛みつきは、エンカイが噛みつかれた腕を振るだけで弾き飛ばされ、何本かの歯が折れて飛んだ。そうして、俺の放ったウォーターランスは、エンカイに当たって霧散した。

効果があるのかないのか、いまいちよく分からなかったが、脇腹への一撃が効いたのかヘイトは俺に移ったようで、エンカイはこちらを振り返ると、そのまま拳を振り上げ殴りかかってきた。

こいつ脳筋タイプか？

しかし、その拳は、アイスレムの様子やクレーターの状況を見る限り、アラミドの盾で受け流せるようなシロモノではなさそうだった。

だが、AGI100の時は、ギリギリ目で追うのが精一杯だったその攻撃も、200の今なら、速めのスローモーション程度に感じられた。ステータス万歳だ。

俺はその攻撃をするりと躱《かわ》すと、そのままエンカイの後ろへと回り込み、近距離から全力で、目の前にあった延髄に向かって鉄球を投げつけた。

ゴキャッと派手な音がした割に、エンカイは少しよろけただけで、すぐに態勢を立て直すと、首をコキコキと鳴らして調子を見ていた。

その隙《すき》に撃った、極炎魔法のフレイムランスは、ウォーターランスと同様エンカイに当たって霧散した。ダンジョンが作り上げたコピーとは言え、さすがは神様。魔法への耐性がべらぼうに高そうだ。

俺はその隙に素早くＳＴＲ（力）に１００を加えると、八センチの鉄球を握り締めて真正面から突っ込んだ。仮にも相手は神様なのだ。戦闘を長引かせて、攻撃用の範囲魔法でも使われた日には対処のしようがない。とにかく額だ、そこに賭けよう！

「うぉおおおお！」

戦闘中に大声を上げるのはバカのやることだと思っていた。だが、今は自然にその声があふれ出す。鬨《とき》の声とか雄叫《おたけ》びとか、魂のプリミティブな部分に触れる何かがそこにはあった。

突っ込んでくる俺を狙いすましたように、エンカイの右拳が突き出される。

俺はそれを左手で自分の右側に受け流し、全力で右手の掌底を、鉄球付きでエンカイの顎《あご》へとカウンター気味に打ち込んだ。

その衝撃でエンカイの頭がのけぞり、僅《わず》かに足が浮きあがる。

空気がねばりつくような、引き伸ばされた時間の中、俺はその勢いを利用して上に跳ぶと、全力でその額をめがけて鉄球を投げ下ろした。

それでもエンカイは、顔の前に両腕を上げてそれを防ごうとした。しかし、三好の放った鉄球よりもはるかに威力のあるそれは、ガードを割って彼の額へと滑り込んだ。

その刹那《せつな》、わずかに開いたガードの隙間に十数発の鉄球がねじ込まれた。チャンスを狙っていた三好の仕業だろう。足が浮き、両腕を弾かれたエンカイは、なすすべもなく、そのすべてを自らの額で受け止めた。

重力に従って、エンカイと共に地面へと落ちていきながら、のけぞったエンカイと目が合った瞬間、俺は、自分が住んでいるキリンヤガの頂が世界の頂上で、何者も自分の頭より高く飛んではならないと彼が言った物語を思い出した。

神の上にいる——その奇妙な感覚に唇をゆがめながら、俺は、新たな鉄球を握り締めると、もう一度全力で彼の額に向かってそれを叩き込んだ。

まるで変形して見えるほど速く、糸を引くように飛んだそれは、エンカイの後頭部が地面に触れるタイミングで、何にも妨害されることなく彼の額へと吸い込まれた。

遅れて俺の耳に、何かが潰れるような音が届き、後頭部から地面に落ちたエンカイは、何度かバウンドした後、動かなくなった。

その瞬間、雲海の向こうに沈んだ太陽の最後の残照が静かに消えて、エンカイの体が黒い光に還元された。

「太陽神の死と夜の訪れって、なかなか詩的なシチュエーションですね」

息を荒げる俺の元へ、三好が三頭を引き連れて近づいてきた。どうやら、アイスレムは助かったらしい。必死でポーションを振りかけた甲斐があったってもんだな。

「それって、明日の朝になったら、何事もなく復活するってことか？」

俺はエンカイが消えた地面を見つめながら、嫌そうに顔をしかめた。

「神話あるあるですね」と三好は力なく笑って肩をすくめた。

まったくもって冗談じゃない。

今回は、たまたま速攻で弱点らしき場所を攻めて事なきを得たが、あれが神様の全力だとはとても思えなかった。

何しろ今回は魔法らしきものをまったく使っていなかった。それに空だって飛べそうな気がするし、どんな悪辣《あくらつ》な攻撃手段が隠されているのかもはっきりしない神様級を相手にするのは、たった一度でお腹一杯だ。できれば一生、お知り合いにはなりたくないものだ。

俺たちはエンカイのドロップらしきものを集めつつ、ざっと山頂を調べると、自衛隊が作成したマップに従って、すばやく頂上を後にした。

山頂から少し下りたところに、ちょっとした山襞《やまひだ》の奥にある広がった場所が見つかったので、俺たちはそこにドリーを取り出して野営を始めた。

十層と違って、ここにはアイベックスのように、四つ脚で少し大型のモンスターがいる。開けた場所にドリーを停めると、そういうやつらに体当たりされて、気が付いたら崖の下なんてことが起こりかねないのだ。

ドリーに乗り込んだ俺は、早速、ダイネットのテーブルの上に、エンカイがドロップしたアイテムを並べて、三好に鑑定を依頼した。
「うわっ、さすが神様。サスカミですね」

ンガイの腕輪　Bangle of Ngai

AGI +50%
MP +50%
Magic Damage Reduced by 80%
90% Damage Taken Goes to MP
Auto Adjust

ンガイが自らを護るために
創造した腕輪。

ンガイの指輪　Ring of Ngai

All Status +20%
Auto Adjust

ンガイが自らを護るために
創造した指輪。

三好が書き出したノートを見ると、それらは結構な壊れ性能だった。

魔法のダメージを八〇％カット？　あのバカみたいな魔法耐性はこの腕輪のせいだったのか。

もっともダメージの九〇％をＭＰに振り分けるのは諸刃《もろは》の剣だ。

「リングは先輩向きですね。私じゃ10が12になっても嬉《うれ》しくも何ともないですから」

「なら、腕輪は三好が使えよ。少しは死に難《にく》くなるだろうし」

「分かりました。でもお揃《そろ》いっぽくて、ちょっと誤解を招きそうなデザインですよ」

そんな軽口を叩きながら、三好が腕輪に左腕を通すと、一瞬でサイズが変化して、彼女の左手首に落ち着いた。

「おおー、凄い！　これがオートアジャストってやつですか」

「そういう技術が拡散すれば、そのうちスニーカーや服にもそういう機能が付くだろ」

「そりゃ便利そうですけど、一体いつになることやら」

「本当なら二〇一五年(注6)に実現してたはずなんだけどな」

「残念ながらここはエメット＝ブラウン博士のいない世界ですから」

　俺も指輪をつまみ上げた。

　少し大きめのそれは、オートアジャストでどの指にもフィットするんだろうけど、右手に付けると邪魔になりそうだ。なので、左手の一番邪魔にならない小指をチョイスした。

「先輩、男性のピンキーリングは、ちょっとチャラくないですか？」

「え、そうなの？　てか、別にピンクじゃないだろ、これ」

　その指輪は、精緻《せいち》な民族的文様に彩られた、やや幅広の物だった。

「ピンキーリングっていうのは小指に付ける指輪のことですよ。まあ、セクシーだとかオシャレだとか言う人もいますけど……」

「ああ、はいはい。ただしイケメンに限るってやつね。いいんだよ、一番邪魔にならない指にしただけだから」

　俺はそう言って三好の意見をスルーしたが、左手の小指に付けたリングが恋人くれくれサインであるなどと誰が想像しただろうか。ファッション業界は意味不明なルールが多すぎる。

　俺は、指輪の効果をチェックするために〈メイキング〉を開いた。

NAME	芳村 圭吾			
RANK	1			
SP	523.448			
HP	432.00			
MP	240.00			
STR	-	200	+	[240]
VIT	-	100	+	[120]
INT	-	100	+	[120]
AGI	-	200	+	[240]
DEX	-	100	+	[120]
LUC	-	100	+	[120]
→	三好 梓			

「おお、ちゃんと二〇％増しになってるっぽい」

「先輩、私は？　私は？」

（注6）　二〇一五年に実現
映画『バック・トゥ・ザ・フューチャー PART 2』（1989年）。

NAME	三好 梓
SP	50.937
HP	22.25
MP	33.05 (49.575)
STR	[-] 8 [+]
VIT	[-] 9 [+]
INT	[-] 18 [+]
AGI	[-] 11 [+] [16.5]
DEX	[-] 13 [+]
LUC	[-] 10 [+]

「ちゃんと適用されて……んん？」

「どうしました？」

「お前、余剰ＳＰが、50・937になってるぞ」

「うっそ……それってやっぱり神様のせいですかね？」

「だろうな」

ゲノーモスの経験値は初回で０・１３だ。三好も百やそこいらは倒しているだろうが、それでもトータルでは、たった１・５５１にしかならない。

ゲノーモスの数は曖昧だが、そのほかのモンスターは正確に討伐数が記録されていた。そこから逆算すると、大体45ポイントくらいがエンカイの分だろう。

「はー、サスカミ。先輩と二人分だとすると90ポイントですよ。登場層×５ってところですね。神様係数ですかね、５」

「そりゃ凄い係数だな。それはともかく、お前、何を伸ばしたい？」

全ポイントを好きなようにできるのは今だけだ。しばらく経てば、半分は自然にステータスに変わるだろう。

「そうですねー。やっぱＩＮＴ（知力）？」

代わるがわる影から首だけを出しているアルスルズの口に向かって、順番にカラアゲを放り込みながら三好が言った。

「40を加えたら、あと十匹召喚できるとか考えてないだろうな」

「何故《なぜ》それを……」

「分からいでか」

てか、あと十匹も召喚してどうするんだよ、ご褒美の魔結晶の消費量が、一気に跳ね上がって鼻血が出る未来しか想像できないぞ。

「もっと、こう。ＬＵＣとか上げた方がいいんじゃないか？」

「そっちは先輩にお任せしますよ。今の値が検証には丁度いい感じですし。普通の人のドロップ率も推し量れるでしょ？」

「それもそうか」

「ＳＴＲやＶＩＴ（体力）を多少上げても、エンカイみたいなのが出てきたら、瞬殺されることに変わりはありませんし、均等振りもどうかなと思うわけですよ」

確かにゲームの世界じゃ均等振りはダメキャラ育成の定番行為だ。

「んじゃ、せめて攻撃を避けられるように、ＡＧＩは上げといた方がよくないか？」

「ＩＮＴ・ＡＧＩスタイルですか」

三好は少し考えていたが、急に思いついたように言った。

「ところでアルスルズって強くなるんですかね？」

それは俺も知りたい。

エンカイには擦《かす》っただけでやられていたが、ゲノーモスは普通に噛み殺していた。経験値的に言えば、ゲノーモスはヘルハウンドの二倍だ。

「そいつら最初っから、まったく普通のヘルハウンドっぽくなかった気がするけど……鑑定できないのか？」

「やってみたんですけど、分かるのは今の状態くらいでした」

現在のＨＰ／ＭＰっぽいもののパーセンテージみたいな表記らしい。絶対値じゃないと強さは測れないよな。

「それって、モンスターとかも？」

「今のところそうです。モンスターの場合は、名前と例の余剰表記もありますけど」

「んじゃ、エンカイは――」

「正しいところは全然」

スキルは成長することがある。将来的にはどうなるか分からないが、今のところは戦闘の役には立ちそうになかった。

それはともかく、もしもアルスルズが強化されないのだとしたら、この先、戦闘には何の役にも立たなくなる階層がやって来ることは間違いないだろう。

「ゲームの世界なら、主人のパラメータによって強化されたり、普通に経験値取得で強化されたり、後はイベントや、特殊なアイテムで強化されたりなんですけどね」

「魔結晶を食べさせると強化されるとかか？」

「そんな感じです」

「いっそのこと本人たちに訊いてみれば？」

こいつら基本的に俺たちの言っていることを理解しているようだから、「はい／いいえ」で答えられるような質問をうまく組み合わせれば意外と情報が得られるんじゃないだろうか。

「あ、そうですね！」

そう言うと、三好は早速、カヴァスに色々と訊き始めた。いや、おまえ、ステータスの割り振りはどうするんだよ。

仕方がないので、俺はぼんやりと表の様子をモニターで眺めながら、明日以降のことを考えていた。鳴瀬さんには、しばらくは潜っているかもしれないから、事務所は自由に使ってくださいと伝えてある。

「ま、向こうにはグレイシックがいるからな。事務所内にいる間はほぼ安全……」

そう言いかけた俺の目の前の影から、ヒョイとヘルハウンドの頭が飛び出して、呼んだ？とばかりに小首を傾げた。

「なっ……おい、三好。これ、グレイシックなのか？」

実は俺には四頭の見分けがほとんどつかない。俺に懐いているのがドゥルトウィンだろうという
ことくらいしか分からないのだ。

三好がこちらを向いて、「そうですよ」と言った。

「いやいやいやいやいや、グレイシックって事務所で留守番中だろ？　え、じゃあ鳴瀬さん、今、無防
備なの？」

「いえ、今はアイスレムがいると思いますよ」

「はぁ？」

アイスレムは、さっき三好をかばって殴られていたはずだろ？

混乱する俺に、三好が詳しい説明をしてくれた。それによると、事務所の警備はどうやら適当な
ローテーションで行われているらしい。

「でなきゃ、一頭だけ留守番なんて、誰も言うことを聞いてくれませんよ」

それはまあ分からないでもないが……。

「待て。それじゃなにか？　こいつ等の影に潜って移動する能力って、ダンジョンの中と外でも有
効ってことなのか？」

「ある程度以上離れたときは、お互いを目標に入れ替わることで移動するみたいですから、完全に
自由にって訳にはいきませんけど」

「いや、三好。それってダンジョンの中と外で連絡が取れるってことなのでは……」

「え？　でもこの子たち、しゃべれませんよ？」

「そいつら、カンテラを付けたまま影に潜ってただろ。それって、手紙を身に付けさせればそれが届くし、記録媒体を身に付けさせればムービーでもテキストでも送り放題じゃないのか？」

「ああ、配達ですか。だけど、身に付けたアイテム毎入れ替われるかどうかは、やってみないとなんとも言えませんね」

「だが、もしもそれが可能だとしたら、あるのかどうかも分からないアイテムを目当てに、コロニアルワームに向かって突撃しなくてもいいじゃん！」

「さすがの先輩も、あれには関わりたくないってことですね」

「当たり前だろ」

あんな気持ちの悪いモンスターに平気で向かって行けるのは、訓練された軍の皆様方だけだ。俺には無理。絶対。

もっとも、〈異界言語理解〉の時に、各国の探索者たちがトラウマになるほどアタックしたにも関わらず、誰にもそんなアイテムをドロップさせることはできなかったようだし、わざわざ地雷を踏みに行くことはないだろう。

「お前ら、使えるかもなぁ」

グレイシックは嬉しそうにハッハッと舌を出していたが、俺が何もくれないことが分かると、影から首を出したまま三好の方へとすり寄って行った。現金なヤツ。

三好がカヴァスから聞き取った、アルスルズの強化に関する内容は、非常に曖昧だったが指針にはなった。要約すると次の三つのようだった。

・主の（たぶん）ＭＰの増加に連動してステータスが増える気がする
・魔結晶の摂取によって、ステータスとスキルが増える気がする
・戦闘によっても成長するかも

「うーん、曖昧だな」

「そこは仕方ありませんよ。私たちだって、ステータスが少しくらい変動しても、はっきりとは分からないですからね」

「そりゃそうか」

急に倍になったりするならともかく、長い時間をかけて1上がったくらいでは、確かにはっきりとは分からない。

「気分だとしてもＭＰが重要そうですし、ＩＮＴ中心で良くないですか？」

「それはいいが、大量に召喚するのは面倒が増えそうだから、今のところはやめとけよ」

なにしろ一旦召喚すると、現時点では任意に追い返すことができないのだ。あまりに多ければ、一頭くらい研究に寄付してくれとか言うやつが必ず現れる。

それにこいつらよく似てるからなあ。四頭でも混乱するんだから、十頭もいた日には、絶対に覚

えられそうにない。

「そうですね。そうだ、ＡＧＩですけど、攻撃はともかく先輩と一緒に行動するとき、今のままだとキツイことがあるので上げておいてください」

「移動速度問題か。人目のあるところじゃ抱えて走るのも難しいしな」

「人目がなくても嫌ですからね、それ」

「じゃ、ＡＧＩを20に、ＩＮＴを40に増加——させたぞ。何か違うか？」

NAME	三好 梓				
SP	19.937				
HP	23.60				
MP	69.60 (104.4)				
STR	-	8	+		
VIT	-	9	+		
INT	-	40	+		
AGI	-	20	+	[30]	
DEX	-	13	+		
LUC	-	10	+		

「おお？　なんか体が軽いかもしれません！」

「腕輪の力で一気に三倍近くになってるからな。あんまり調子乗ってると壁にぶつかるぞ」

俺は最初に１００にしたとき、あまりの移動速度に壁に激突した。

ＶＩＴも一緒に上げた後だったから大過なかったけれど、三好のＶＩＴは一般人並みだ。トマトケチャップになるのは見たくない。

「先輩じゃあるまいし、そんなヘマはしません」

「はいはい。あ、後、鑑定で少しでも分かり易《やす》くなるように、ＳＴＲやＶＩＴも10の倍数にしておくか」

「それはいいかもしれませんね」

三好は自分のパラメータが書き出された紙を見ながら言った。

「じゃ、ＳＴＲとＶＩＴを10にして、後は、ＩＮＴを50、残りをＤＥＸ（器用さ）で」

「オッケー」

「残り１ポイントくらいならすぐに溜《た》まりそうですから、それを加えていずれはＤＥＸを20にしてください」

「分かった」

結局、現在の三好のステータスはこうなった。括弧内はアイテムの補正後の値だ。

NAME	三好 梓			
SP	0.937			
HP	27.00			
MP	86.80 (130.2)			
STR	-	10	+	
VIT	-	10	+	
INT	-	50	+	
AGI	-	20	+	[30]
DEX	-	19	+	
LUC	-	10	+	

ＨＰが非常に心許《こころもと》ないが、腕輪の能力で、ダメージの九割はＭＰが吸収してくれるから大丈夫だろう。

「これでアルスルズが強化できてるといいな」

「はい」

「そうだ、アイテムと言えば……おまえ、椅子をがめてただろ」

三好がギクッとオーバーなリアクションをすると、後ろ手を組んで悪びれずに言った。

「あはは－、バレました？　ドロップアイテムじゃないアイテムってゲットできるのかな－と思いまして」

「いや、あんなでかい物、バレない訳ないだろ！　それで、鑑定はしたのか」

「収納するときに。名前は『the throne of Ngai』。本当に黄金でしたよ？　重すぎてここじゃ出せませんけど」

そう言って三好は、その時の内容を書きだした。よく覚えているな。

ンガイの玉座　the throne of Ngai
ンガイの黄金でできた椅子。

Regenerate HP +200%
Regenerate MP +200%

玉座に座らんとする者は、相応しき力を見せよ。

さもなくば、その者は玉座に拒絶されるだろう。


「ンガイの玉座ときたか。確かに百キロくらいはありそうだったが……」

「先輩、百キロならここに出せますよ。金の比重は一九・三くらいですからね。ざっくり二〇と考えると、百キロだと、たった五千立方センチしかありません」

五千立方センチと言えば、十センチ×十センチ×五十センチだ。

「じゃあ、もしも全部が純金でできているんだとしたら、百キロじゃ、椅子の脚一本分くらいにしかならないわけか」

「そうです。だから多分――六百キロ以上ありますよ、あれ」

「はー、しかし純金の椅子に座ったら、足や背もたれが曲がったりしそうなものだけどな」

「そこが『ンガイの黄金』と記されている所以《ゆえん》なのでは」

「しかし、効果を見る限り、まるで健康椅子だよな、これ」

「疲れは取れそうですよね」

HP／MPの回復速度二倍は場合によっては便利だろう。

「で、このフレーバーテキストは？」

そう尋ねる俺に、三好は腕を組んで眉間《みけん》にしわを寄せた。

「微妙ですよねぇ。ンガイ以外が座ったら呪《のろ》われそうです」

「ツタンカーメンのマスクじゃあるまいし、今どき呪いなんて――まあ、ないとは言えないが」

呪いなんて馬鹿げている。いるが、ダンジョンができてモンスターが闊歩《かっぽ》しているなんて状況が、以前から見ればすでに馬鹿げているのだ。もはや何でもありなのかもしれない。

「字面通りに受け取ると、呪われるというよりも、椅子に座れないようにもとれるな」

「力を見せよってところが怪しいですよね。椅子に座ったとたんに、擦《こす》られたランプよろしく、何かが現れて戦闘になったりして」

「やめろよ」

あまりにありそうな展開に、俺たちは目を見合わせて、今のところ座るのは止めておこうと誓い合った。

「山頂で取得したアイテムはこんなもんだな」

「あ、山頂じゃありませんけど、実はもう一つあるんです」

そう言って三好は、〈収納〉から一本の木の枝らしきものを取り出した。

「なんだそれ？」

「ムフフ」

三好は、必要以上にどや顔で、ニヤニヤしながらそう言った。

「いや、そんな悪巧み丸出しの、気持ちの悪い笑顔はいいから」

「気持ち悪いって失礼ですね。これは『ムフフ』なんですってば」

「むふふ？」

「ブラキラエナ・フイレンシス。通称『ムフフ』と呼ばれる木なんですよ。ムフフはスワヒリ語らしいですけど」

ムフフは非常に硬い木で、重機が乗っかるような場所の床材に使われたりもするらしい。

「本来は、低地乾燥林に生える木なんですが、ケニア山同様、この辺にも生えていました」

「で、それが？」

「これって、切り取っても、黒い光に還元されないんですよ」

三好はそう言って、ムフフを〈収納〉にしまうと、突然真面目な顔をして座りなおした。

「先輩。ダンジョンのモンスターって、倒せば消えちゃうから持って帰れませんよね？」

「そうだな」

「なら、ダンジョン内にある木とか石とか、持って帰れるんでしょうか？」

そう言われると、そんなことはあまり気にしたことがなかった。

ダンジョン行の後、埃《ほこり》っぽくなった服は地上に戻って来ても埃っぽいままだ。だから、そういったものは、持って帰れると考えてもいいんじゃないだろうか。

「持って帰れるんじゃないか？」

「なら、持って帰った後、拾った石や木はどうなるんでしょうね？」

俺は三好が言いたいことが何となく分かってきた。

モンスターならリポップする。だが、ダンジョン内の移動可能な物体は？　壁は破壊不能かも知れないが、そこに生えている植物は切り倒せるのだ。なら、そこにある植物はリポップするのだろうか？　拾い上げられた石ころは？

「常識的に考えたら、そのままだろう」

「でも、たぶん誰も検証したことがありません」

きっかけは三好が作った3Dマップ作成ツールだったらしい。

二層以降へ下りるようになった後、いつも通る道で、3Dマップ上に形作られる植物の形状がいつも同じだったのだ。

もちろん誰もそれに影響を及ぼしていないという可能性はある。しかし本当に誰も枝を折ったりしないのだろうか。単なる手慰みにも。

「そうは言っても、切り倒した木が、ある日突然復活したら目立つだろう。そんな話、聞いたことがないぞ？」

「それは、この三年で調査した人がいないだけかも知れないじゃないですか。大体先輩、誰も手入れしているとは思えない下草が、三年間で伸びたり枯れたりしてなさそうな理由はなんです？」

それは確かにその通りだ。森林層の通路の草が伸びて邪魔になったから刈ろう、なんて話は聞いたことがない。

そう言えば似たような疑問は、ボス戦で召喚されるお供にだってある。

倒されたハウンドオブヘカテのお供たちは、再召喚されるかボスが死ぬまで消えなかった。それなら、その倒したヘルハウンドを、誰かが地上へと持ち帰れば、果たしてそのまま持って帰れるのだろうか？　決着をつけず、相手を倒さず、延々とヘカテの相手をする探索者がいれば、そのまま地上で解剖などの調査を行うことができるのだろうか？

ダンジョンは、ドロップアイテムを持ち帰ることを、言ってみれば人類に許可している。だが、それがどこまで許されるのかということは、突き詰めて調べられてはいなかった。

「それで、近場の『ムフフ』を切り取って、復活するかどうか確かめようってことか？」

「丁度、ドリーの入り口の横にありましたから。なにしろ石ころじゃ、もしも同じ位置にリポップしなかったとしたら、どうしようもありませんし」

モンスターは倒されたところで、すぐに同じ位置にリポップするわけではない。おそらく同一フロアのどこか別の場所にリポップしていると思われるが、それを確かめる術《すべ》は、広さのある代々木では、今のところない。もしも石ころがリポップするとしても、それを確かめる術はないのだ。

「もしも切り取った部分が復活するとしたら、なにかいいことがあるのか？」

ダンジョン内にはそれなりに大きな木もあるが、木材資源として活用できるほどではない。せいぜいが一品物の家具をダンジョン産の木から作ったという付加価値をつけて売るくらいだろうし、社会に対して大きな影響力があるとは思えなかった。

「食料ドロップの話があったじゃないですか」

「？　ああ」

「あれ自体は、飢餓地域にとって素晴らしいことだと思うんですよ」

探索者の数っていう壁はありますけどね、と三好が肩をすくめた。

「それで思いついたんですが、ダンジョンって、その内部に色々な環境が存在してますよね」

「代々木にも溶岩層（十一層）とか氷雪層（十九〜二十層）とかあるもんな」

「農業が不可能な寒冷地や乾燥地にあるダンジョンでも、その中には、農業に適した環境を持った層があると思うんです」

代々木で言えば、二層〜四層の草原や林の層だな。

「もしそこで、広く農業を行うことができたとしたらどうでしょう。仮に、植えた麦とかが普通に育ったとして、ダンジョンはそれを持ち帰ることを許すでしょうか？」

「普通に生えてる木を切り取って持ち帰れるのなら、そこで育った麦も収穫できるかもしれないってことか？　黒い光に還元されずに」

「そうです」

「だが、それが可能だとしても、それなりに広いと言われてる代々木ですら半径5キロ程度だぞ。大規模な農業は無理だろう？」

「そこですよ、先輩。だからこの実験の結果がとても重要なんですよ」

「お前、まさか……」

今はまだ、単にダンジョン内の切り取られた植物がリポップするかという確認にすぎない。だが、その次の段階では、外から持ち込んだ植物が、ダンジョン内の植物化するかって話に繋がるだろう。そうしてもしも――

「もしもダンジョンが、その中に生えている植物を、切り取られる前の状態にリポップさせるとしたら――」

「そうです。そして、もし外部から持ち込んだ――種から育ててもいいですけど――穀物が、最初からダンジョンにある植物だと、ダンジョンに認識されたりしたら――」

「無限に収穫し続けられるかもしれない、魔法の畑が生まれるってことか！」

「凄いですよね」

確かに凄い。もしもそうなったりしたら世紀の大発見だ。だが、ちょっと待て。

「しかし、それとンガイの玉座は関係ないだろう」

三好は目を見開いて腰を浮かせると、両の拳を握り締め、それを上下に振って力説した。

「何を言ってるんですか、先輩！　もしもあれが黄金でできていて、ンガイの復活と共にリポップするとしたら、六百キロもの黄金を、毎日おかわりし放題なんですよ！　たった十日で菱刈鉱山一年分の金を算出する大鉱山なんですから！　五十層なんて無視ですよ、無視！」

いや、それ、そもそも農業関係ないからな。第一——

「その案には、絶対に避けて通れない、命に関わる大問題があるだろ！」

あんなのと毎日戦うとか、どこの戦闘狂だよ！　まあ、玉座はともかく、90ポイントもあるＳＰについては、かなり魅力的だとは思う。思うが、逆に言えばそれだけのＳＰを割り振られている理由があるはずなのだ。絶対、何か隠し玉があるに違いない。

「てへへ。まあ、そうなんですけどね」

「まったく。後はンガイの復活が、実は椅子の上で行われるなんてことがないことを祈っとけ」

「げっ。それはまったく考慮していませんでした……」

三好が珍しくあたふたと焦《あせ》っていた。

二〇一八年　十二月十二日（水）

SECTION：

代々木ダンジョン　十八層

翌朝、目を覚ました三好は、顔を洗うよりも早くドリーを飛び出して、昨日カットした、ブラキオサウルスを見に行った。

「どこの大型恐竜ですか、それは」

「気にするな。それで、ムフフはどうなったんだよ、ムフフは」

「むふふふ」

そう言って、三好が指差した場所を見ると、彼女が持っているのと同じ形をしている枝が何事もなく生えていた。

「そこを切ったのか？」

「確かに」

三好が見せてくれたタブレットには、その部分の枝がカットされている木が表示されていた。

「するのか、リポップ」

「無限収穫畑への、偉大なる第一歩ですよ！」

「まあ、問題は持ち込んだ植物がダンジョン内のものだと認識されるところなんだけどな。お前の話じゃ、ダンジョン内の植物は成長しないんだろ？」

仮にまいた種がダンジョン内のものだと認識されても、成長しないのでは種のままだ。もしもそれがリポップするとしても、ダンジョン中を探して拾い歩くのは無理だ。

「そこなんですよねぇ……最初からどっかに生えてませんかね、麦」

「それじゃ、自然に生えてるところ以外、畑にできないじゃん」

「ですよねぇ……」

「いずれにしても、こいつは、色々と試してみないと分からないことだらけだろ。とりあえず今回の目的を果たしに行こうぜ」

「ですね。麓に戻りましょう」

なお、幸いなことに、エンカイは玉座の上には復活しなかった。きっとあの産道の奥にある、聖所で復活するのだろう。たぶん。

その日、俺たちは、一層のスライムもかくやと言わんばかりの修行モードで、ひたすらゲノーモスを狩り続けた。〈マイニング〉は、その検証を色々な人や国にやらせるためにも、ある程度の個数が必要だったからだ。もちろんオークションアイテムにするつもりだった。

なにしろ出現確率が一万分の一だということは、〈メイキング〉のクールタイムは八・六四秒だ。もはや、ゼロと同じで、全く問題にならなかった。

昨日の教訓を生かして、神殿前の広間には入り込まず、洞窟の入り口付近からアルスルズを囮《おとり》に敵をつり出して攻撃していれば、特に危険らしい危険はなかった。

石礫の防御には、なんと重ねた布団が有効だった。凄いぞ布団。火を使う魔物がいないのが幸いだったからだが、布団を頭から被って、魔法と鉄球をばらまいている俺たちは、客観的に見てもおかしな人たちに見えただろう。

　倒しても倒しても、ゲノーモスは尽きずに現れ続けた。

　それはまるで、〈マイニング〉を取らせるための手段なのではと疑ってしまうくらい、いつまでも、いつまでも湧き続けていた。

「そろそろ、二十層へ行って確認するか」

〈地魔法〉・〈暗視〉・〈器用〉を一つずつ取得した後、七個目の〈マイニング〉を出現させたところで俺は三好に提案した。

「そうですね。先輩のＭＰもちょっと怪しそうですし」

「回復は早いんだが、何しろ数がなぁ……」

　入り口から、一度くらいはインフェルノを撃ってみたかったが、ＭＰの回復と次の群れの湧きを考えると、使用するタイミングがなかったのだ。残念。

「じゃ、二十層で〈マイニング〉の確認をしたら、上に戻りますか」

「了解」

　俺たちはその場から速やかに撤退した。何かの縛りがあるのか、ゲノーモスたちは、通路の途中までしか出て来なかった。

「あの習性を利用して、安地から狩り放題になりませんかね？」

「奥の広場に行かないと、湧かないんじゃないか？　最初入って来た時いなかったろ」

「あー、なるほど」

「逃げることはできそうだけどな」

そんな話をしながら俺たちはマップに従い最短距離を辿って、二十層へと下り立った。

「さて、RU22-0012の信憑性やいかにってやつだな」

鉱石のドロップ確率とLUCの関係の検証のために、お互いに〈マイニング〉を使った後、三好が恭《うやうや》しく言った。

「微妙に間違ったことが書かれている碑文もありますからねぇ……記念すべき最初の一撃は先輩にお譲りしますよ」

代々木の十九層と二十層は、氷雪層だ。登場する(注7)モンスターは、イエティ、アボミナブル、アイスクロウラー、そしてスノーアルミラージといったところだ。

すぐ先に現れたスノーアルミラージを感知した俺は、鉄球を投げつけた。するとその鉄球は、スノーアルミラージの上半身をまるで障子のように何の抵抗もなく貫通し、スノーアルミラージは爆散するように黒い光になって消し飛んだのだ。

「……オーバーキルにも程がありますね」

「STR200はやりすぎだったか……」

「十八層とは言え、神様を葬っちゃうような攻撃ですからねぇ……」

ともかくスノーアルミラージは銀色のインゴットをドロップした。

「おお？　いきなり銀かな？」

それを拾い上げた俺は、そこに表示された名称を見て眉《まゆ》を寄せた。会社を辞める原因になったトラブルがバナジウム関連であったことを思い出したからだ。

「バナジウム？」

「バナジウムですね」

ドロップした金属の大きさは、大体百十三ミリ×五十二ミリの金地金サイズだった。

ただし厚みが金地金の三倍くらいあった。バナジウムの比重は金の三分の一弱だ。つまりは一キロのインゴットなのだろう。

確率は、三好が三三％、俺が一〇〇％で、どのモンスターもほぼ同じだった。こちらもＬＵＣに関わりがあるようだ。

それだけ確認した俺たちは、そそくさと地上へと戻る準備を始めた。いくらドリーでも氷雪層で夜を明かすのは御免だったのだ。

そうして翌日、俺たちは地上へと帰還した。

（注7）　登場するモンスター
イエティとアボミナブルは所謂雪男。アイスクロウラーは、地面を這《は》いずってくる蛇や芋虫状のモンスター。

アルミラージは角のある兎《ウサギ》です。

二〇一八年　十二月十三日（木）

SECTION：

代々木八幡　事務所

俺たちが急いで地上へ戻って来たのは十三日の午後も遅い時間だった。

「ただいまー」

「あ、お帰りなさい。それで、いかがでした？」

すっかり事務所に馴染《なじ》んでいる鳴瀬さんが、まるで昔からここで働いている事務員であるかのような自然さで、俺たちを出迎えてくれた。

「色々確かめてきましたよ」

彼女は報告書用のメモを取るためだろうか、ペンを取り出して、レポート用紙になにかを書き留めていた。

「まずはパーティに関する記述はどれも正しいようでした」

「これでヒブンリークスの信憑性が担保されそうですね」

「本当に。なんとか一安心というところです」

「そして〈マイニング〉ですが、ちゃんとゲノーモスがドロップしました」

それを聞いた鳴瀬さんは、ポカンとした顔で、ペンを取り落とした。

「も、もう手に入れられたんですか？」

慌ててペンを拾い上げた鳴瀬さんは、いとも簡単に、未知のスキルを手に入れてくる俺たちに、驚いたような声を上げた。

「ええ、まあ、なんとか」

「ついでに、二十層ドロップもばっちり確認してきましたよ！」

三好が早速バッグから銀色のインゴットを取り出して、机の上に置きながら言った。

「ええ？　しかも使われたんですか!?」

未知のスキルの使用には危険が伴う。

今の俺たちには〈鑑定〉があるからそうでもないが——って、〈鑑定〉を手に入れる前から、名前だけ見て平気で使ってたような気もするが、よく考えてみれば、〈超回復〉なんて、〈不死〉と同様、体がスライム状になっちゃう罠《わな》だったとしてもおかしくはなかったのだ。

歴史上なにかを確かめるのに、自分の体を使うことは、多くの科学者がやってきたことだ。科学者の前に「クレージーな」と付く場合がほとんどなのだが。

どうしても試したいことがあり、自分でその結果を確信している場合、その科学者はリスクテイカーとなりがちだ。自分自身を使う限り、ヘルシンキ宣言(注8)にも抵触しないからだ。

一九五六年、心臓カテーテルによってノーベル生理学・医学賞を受賞したヴェルナー＝フォルスマンは、研修医時代に自分の左腕の大静脈から右心房へと尿カテーテルを挿入してみた。その実験のせいで病院を解雇されたが、三十年後にノーベル賞を受賞することになる。

もっと近いところでは、ダンジョンが現れた年に、マイケル＝スミスが、自分自身を実験台にした研究を行った。蜂《ハチ》に刺されたとき、どこが一番痛いのかを検証したのだ。

一番痛かったのは鼻の穴だったそうだが、彼はそれで、迷誉ある生理学・昆虫学賞を受賞して十兆の金を誇らしげに受け取った。たとえそれがイグノーベル賞で二〇一五年のジンバブエドルだったとしても。なお、一九九三年にノーベル化学賞を受賞したカナダ人のマイケル＝スミスとは、もちろん別人だ。

今にして思えば思慮が足りなかったと言えるのかも知れないが、考えても結論のでない事柄は実際に試してみるしかないのだ。

「ええ。でも、鉱物ドロップ以外の影響は、特にないようです」

鳴瀬さんは安心したように息を吐きだしたが、次の瞬間「しかも、ドロップも確かめてこられたんですね」と驚いていた。

「二十層だけですけどね」

俺はテーブルの上のバナジウムを指差した。

「二十層でドロップしたのはバナジウムでした」

「バナジウム⁉」

バナジウムは、俺たちが勤めていた化学系の領域でも使われるレアメタルだが、需要の大半は、

（注8）　ヘルシンキ宣言

一九六四年に採択され、現在までに何度も改訂されている、世界医師会によって作られた人体実験に関する倫理的原則。法的拘束力はありません。

製鋼添加剤としての利用だろう。価格は一キロで一万円弱くらいだったはずだ。金なら一グラムで五千円弱するんだから、文字通り桁が違う。

「？　確かに高騰していますけど、それほど高価とも言えないでしょう？」

「先輩、それは純度の低いものの話ですよ。ダンジョンのやることですから、これって最低でもフォーナインクラスのインゴットだと思いませんか？」

　フォーナインは九九・九九％ということだ。４Ｎと書いたりもする。古いオーディオマニアなら、スピーカーケーブルに６Ｎだの７Ｎだののケーブルを使っていたはずだ。

　そう言われれば確かに。なにしろダンジョンのドロップアイテムで、名称にバナジウムだと書かれているのだから、ヘタをすれば一〇〇％バナジウムのインゴットの可能性すらある。

「そうだな。もしかしたら、一〇〇％の可能性もあるかもな」

「でしょ。現実には、そんな金属バナジウムはありませんから」

　バナジウムは地球上にそこそこ存在している資源だが、なにしろ鉱床の品位（注9）が低い。

　しかも、高純度金属バナジウムを得るための効率の良い画期的な手法は確立されておらず、純度を上げれば上げるほど高価になるそうだ。

「九九・七％～九九・九％でも、一キロで八万円～十一万円くらいの差があるんです」

「へー。意外とするんだな」

「トン単位の仕入れ価格ですよ。小売りだったら関東化学の４Ｎキューブなんか、百グラムで十万円もしますからね」

キロ百万は凄いな。一ドロップならヒールポーション（1）と同じくらいだ。て言うか、十倍は酷くないか？　それでも金には遠く及ばないが。

「価格はともかく、資源としては、南アフリカと中国とロシアに偏在してますから、安定供給や安全保障という観点からは大ニュースじゃないですか」

ああ、そういう観点もあるか。確かに国家としては重要だろう。

「しかし、所詮は一キロのインゴットですよ。需要を大きく満たすのは難しいでしょう？」

「前の会社にあったちょっと前の資料だと、金属バナジウムの年間需要は千トンくらいだそうですよ。需要の中心であるフェロバナジウムはもちろん除いてですが」

「それを全部をモンスターでまかなおうとしたら、金属バナジウム分だけで三百万体討伐する必要があるぞ？」

それを聞いて鳴瀬さんが不思議な顔をした。

「え？　それって計算が……」

「普通だと、ドロップ率が三体に一個くらいなんです」と三好が補足した。

さすがに一日八千二百体以上狩るのはなぁ……百チームで挑んでも、一チーム平均八十二体の討

（注9）　品位
この場合は鉱業用語で、鉱石中に含まれる鉱物の含有率のことです。人の品格とは違うので注意。

伐か。こいつは辛《つら》そうだ。あの層、寒いし。

「代々木だけでまかなおうとしたらそうですけど、日本には結構ダンジョンがありますから」と鳴瀬さんが言った。

そう言えば、それも結構な謎なのだ。

世界中にある三十六だか三十七だかのエリアの内、発見されているものが八十ちょっとくらいとされているが、日本には踏破された超浅深度のものも含めれば九個のダンジョンが存在していた。

他の国には人跡未踏の場所も多く、単に見つかっていないだけとも考えられているが、それにしても偏りすぎだ。

偏在には理由があるはずだが、現時点ではよく分かっていないそうだ。

ともかく、二十層でバナジウムが産出するのは、おそらく代々木だけだろうが、他のダンジョンの別の層に、それがあるかも知れないことは間違いない。

「ともかく、RU22-0012の内容は証明されたわけですよね」

「少なくとも代々木の二十層では」

そのとき三好の携帯が振動した。

「あ、ちょっとすみません。翠《みどり》先輩っぽいです」と言って、ダイニングの方へと離れていった。

「それで、やっぱり公開はクリスマスですか？」

鳴瀬さんは上司への報告のタイミングもあるから、気が気じゃないだろう。

「いろんな準備が終わるのがそのくらいですからね。モニカ——アメリカが公開するのも、おそらくそのくらいになるんじゃないかと思います」

「そうですか」

「そう焦らなくても〈マイニング〉は、代々木なら結構な個数が得られると思いますよ」

なにしろドロップ率が一万分の一なのだ。オーブの出現率としては群を抜いて高い。その上、あの無限湧きだ。高レベルの範囲魔法持ちならほとんど楽勝だろう。あの場所なら強力な銃器も持ち込めそうだし。

「どうして分かるんです？」

「ええっと……ほら、今回も数日でゲットできましたし」

「それはDパワーズさんだけ……いえ、分かりました。そう言えば、こっちも大体整理が終わりましたよ」

そう言って鳴瀬さんは、隣の部屋から翻訳資料の詰まったタブレットを持ってきた。

それによると、登録されている二百六十六枚の碑文のうち、百六十一枚がダンジョンマニュアルに、八十二枚が歴史書っぽいものに、残りの二十三枚が意味不明なものに分類されるそうだ。そして、内容的にダブっていると思われるものが、四〇％くらいあるらしい。

「二百六十六枚って、思ったよりも多いですね」

「平均すると、毎年一つのダンジョンから一枚発見される位なんですけど」

ああ、そうか。毎年八十枚だとしても三年で二百四十枚になるのか。

「そう言われると、なんだか少ないような気がしてきました」

「深層に行くほど発見頻度が上がっているようなので、今後はペースが上がるかもしれません」

被りも増えて混乱するかもしれませんけど、と鳴瀬さんが肩をすくめた。

碑文の発見は、モンスターからのドロップもあるそうだが、そのフロアのどこかに隠されていたり、フロアの地面に、ただ落ちているなんてこともあるそうだ。

「翻訳したものの付加情報を見る限り、エリアボスに準じるような特殊な個体周辺から得られたものが重要な要素であることが多いようです」

鉱石ドロップのＲＵ22-０００１２はエリアボスで、食料ドロップのＢＦ26-０００３はヘカテのように突然現れたユニーク個体周辺で発見されたそうだ。

「これなんかもそうですね」

鳴瀬さんがそう言って指差したページには、ＧＢ26-０００７と書かれていた。

「これはマン島のダンジョンから出たものなのですが、なんとダンジョンの安全地帯について書かれていました」

「安全地帯？」

その碑文には、ダンジョン内の三十二層以降に発生するセーフエリアと、セーフ層についての概要が書かれていた。

「セーフ層って、フロア全体がセーフエリアってことですか？」

「そのようです」

「先輩。そんな層が見つかったら、街ができますよ、絶対」

電話が終わったのか、三好が会話に戻ってきた。

「翠さん、なんだって？」

「例の機器の話です。とりあえず明日見に行くことにしました」

俺はそれに頷くと、セーフエリアの話に戻った。

「ダンジョン内の土地利用に関する問題が再燃しそうですよね。鳴瀬さん、今のうちにルールを整備しておいた方がいいですよ」

鳴瀬さんはこくりと頷くと、「内々に上げてみます」と言った。

他にもダンジョン＝パッセージ説を裏打ちした、ＵＳ01-0001や、ダンジョンの役割について書かれていた、ＡＵ10-0003など重要な碑文は枚挙にいとまがなかった。

それらにざっと目を通すうち、現実にはあまり聞き慣れない単語が、何度も登場していることに気が付いた。

「この頻繁に言及されている『魔素』ってなんだ？」

「フィクション的には魔力の素、ですかね？」

三好が即答したが、この単語は〈異界言語理解〉を得た鳴瀬さんが、こちらの概念に置き換えた言葉だ。だから鳴瀬さんの語彙《ごい》が多分に関係しているはずだ。

「鳴瀬さんのイメージは？」

「そうですね……『ダンジョンの力を具現化するための要素』と言った感じでしょうか」

「アトムとかエレメントでもいいかと思ったんですけど、誤解されそうで」と、彼女は控えめに付け加えた。

　ダンジョンの力を具現化する要素、ね。dungeon's atom、略してダンアムか？　うーん、どっかのロボットアニメみたいだな。

「ダンジョンの力を具現化するのなら、factorがよくないですか？　D-factor。(注10)　ラテン語の語源は『行為者』ですよ」

「いいな、それ」

「あ、でも、今年の夏に発表された、Psychological Reviewに載ってますね、D Factor」

　三好が検索したそれは、コペンハーゲン大とウルム大とコブレンツ＝ランダウ大の合同研究チームが発表した研究で、ダークな性格特性に共通の因子のことだそうだ。Dark Factorなんだろう。

「略語が被ることなんて普通にあるだろ。ATMなんか酷いもんだぞ？」

　単位記号から対戦車ミサイルまで、ほとんど何でもありだ。

「そりゃそうですね」

「AU10-0003によると、どうやらダンジョンはその魔素――Dファクターですか？　を拡散するためのツールのようです」

「拡散するためのツール？」

　それはつまり、今でもダンジョンからそのDファクターとかいう物質が吐き出され続けているということだろうか？　三年間も？

「え、それって大丈夫なんですか？」

三好が不安そうな顔をして尋ねた。

人類が知らない未知の物質が三年間も垂れ流されているというのだ、少し考えただけでも公害問題が頭をよぎるのは仕方がないだろう。

「Dファクターが存在するとして、ですね。それ自体が人体に与える影響は、公衆衛生という観点から言うと、特に問題があるとは認識されていません」

それはエクスプローラー全体の健康診断からもたらされたデータだと言うことだ。そうでない人と比べたとき、病気の罹患率や人間ドックで調べる検査項目の結果に有意な差はなかったらしい。むしろ全体的には、健康が促進されているかのような印象まであるそうだ。

だが俺は、鳴瀬さんの言い回しが気になった。

「つまり、公衆衛生以外の観点から言うと、問題があるわけですか?」

「さすが先輩。ひねくれてますね」

俺の鋭い観照に、三好が邪《よこしま》な視点で茶々を入れた。

いや、だってわざわざ『公衆衛生という観点から』なんて前置きされたらそう思うだろ?!

「問題と言いますか――」

（注10） Dファクター
2巻でぽろっと三好がしゃべっているのですが、第2版でこっそり修正されています。

え、あなたが持っているのは初版？　忘れろ！

鳴瀬さんは、俺たちのやり取りに笑みを浮かべながら続けた。

「──芳村さんは、レベルが上がるとかステータスだとか、そう言ったゲーム然としたものを、どうお考えですか？」

ステータス。それは人間の能力をゲームのように数値化したものだと考えられている。

経験値やステータスの存在は、ダンジョン研究が始まった当初から議論の対象だったが、その詳細は未だによく分かっていない。

もっとも、それらが存在すること自体は、パーティが説明されていた碑文に書かれていた情報から明らかになった訳だが。

「その質問が、探索者の強化とも言える現象について、レベルやステータスが関係していると思うかという意味でしたら思いますよ。問題と言うのはそれですか？」

「問題と言うよりは、説明がつかない現象とでも言うべきでしょうか……」

ステータスの影響。俺たちの考察でも、それは外骨格のように働く何かではないかと想像されていた。生理的な数値をどう調べたところで、そこに結果はほとんど表れないのだ。確かに医学的には、説明がつかない力による現象としか言いようがないだろう。

「だからと言って、エクスプローラーが特に攻撃的であるとか、精神的な影響を受けているという証拠はありません。それはあくまでも、力が強くなったとか体力が付いたとか、その程度の話だったのですが──」

「度合いが飛びぬけていた」

鳴瀬さんがこくりと頷いた。

「今や、ランキング上位の人たちは、陸上競技の世界記録を簡単に塗り替えるかもしれません」

確かにそれくらいは可能だろう。実感では、ＡＧＩ二〇〇の今なら百メートルを九秒どころか、おそらく二秒未満で走破できそうな気すらする。果たしてこんなことができる者を、人間と呼んでいいのかどうか……それすら怪しいレベルだ。

「ダンジョン内外で起こる不可思議な現象が、そのＤファクターのせいだとしたら、スキルオーブもポーション類も、それなしでは何も起こらないってことなのかもしれないな」

もしもそうだとしたら、ポーションの化学分析を必死でやったところで現象が解明できるはずがない。なにしろ現象を起こす本体は、その中にはないか、あっても化学的な成分では、おそらくないからだ。

「じゃ、スキルオーブやポーションをダンジョンの中で使うと効果が大きいっていうのは――」

「あながち根拠のないデマでもなさそうだ」

実際、アーシャに使った〈超回復〉の効果は凄かった。あれは、ダンジョン内のＤファクター濃度の高さが影響していたのではないだろうか。

三年で、世界にあまねく行き渡ったとは言え、ダンジョンから遠く離れた場所で、しかもＤカードを所有していない人間に適用するポーションの効果は、それに比べればずっと低いのかも知れなかった。

「そして、モンスターはＤファクターでできていて、倒すとそれが拡散するそうですよ」

「じゃあ、消えてなくなるときの黒い光がそれかな？」

「今度、瓶にでも閉じ込めてみますか？」

「目に見える存在なのかな？」

「そこに物質として存在しているなら、電子顕微鏡で確認できませんかね？」

現代の顕微鏡、特に電子顕微鏡や走査型プローブ顕微鏡などの一部には、原子の観察を行えるものすら存在している。Dファクターが物質としてそこに存在しているなら、あるかどうかを確認することは可能かもしれなかった。

「だが、どうやって試料を作るんだ？」

どんな顕微鏡でも、適切な試料を作らなければ、対象を観察することは不可能だ。空中を飛び回っている酸素分子をその場で見ることはできないのだ。

「もの凄く細かいメッシュで黒い光を挟み込んで、もしもメッシュの隙間になにかが残っていたらラッキーというのはどうでしょう？」

電子顕微鏡用のカーボン蒸着したグリッドメッシュを、黒い光の中に突っ込んで観察してみるとかか。

「必要になったらやってみるのはいいけれど、期待はできそうにないな。なにしろ、目に見える間はまるで光だからな」

むしろ、凄く細い管の中に吸引して、両側を樹脂で固めてみるなんて方が、閉じ込めには成功しそうだ。もしも本当に光状の物質なら、それでも通り抜けてしまうだろうが……。

そう言えば、スキルオーブを使ったときも、光が体の中に入っていく。

「もしかしたらステータスは、体の中に取り込んだDファクターの量に影響されるのかもな」

俺は、パンと手を叩いた。

「いずれにしてもDファクターとかいう謎の物質があって、ダンジョンの向こうじゃそれが当たり前に利用されているんだろう。だから繋がった世界にそれがないと向こうの人（？）が困るから、ダンジョンを造ってDファクターをばらまいて環境を整備しようとしている、ってことかな」

「そんなことができるんなら、一気にどかんとばらまくこともできそうなものですけど。なんでこんなに迂遠《うえん》なことをしてるんです？」

「そりゃ、相手に訊いてみなきゃ分からんが、俺たちが向こうから見たら未開のサルみたいな存在だったとしても、一応は物質文明を築いている知的生命体だからかもな」

「知的生命体への接触ルールみたいなものがあるってことですか？」

「魔法みたいに高度な技術を使ってる相手なんだ、普通はあるだろう。ＳＦでも定番だぞ」

「うーん。仮に人類が宇宙へ出て、居住可能そうな惑星を見つけたとして、原住生物になんだか知性がありそうだけどサルレベルの生命体がいたら……そういうの気にしない気が」

「いや、さすがに物質文明を築いていたら気にするだろう」

俺は三好のあまりな発言に苦笑しながらそう言ったが、論理はともかく、倫理が高度な知的生命体において不変であるかのような想定は、定番だとはいえ正しいとは言えないだろう。だったらいいなレベルの話にすぎない。

「後は――そうだな。一気にDファクターの濃度を上げると、原住民になにか深刻な影響が出るかもしれないとかかな?」

「それって探索者に影響が出るんじゃありませんか?」

「それは結果だろ。地球に対して行ったパッチテストだと思えば、おかしくはないさ」

パッチテストは、皮膚にアレルギー物質を貼り付けて、アレルギー反応が起こるかどうかを確かめるテストだ。探索者という小さなグループを高濃度のDファクターが存在する環境に置いて、何らかの影響が出るかどうかテストしていると考えれば、一応説明はできる。どうしてダンジョンなのかはまるで分からないが。

「結局、あちらさんは、俺たち原住民と共存しようとしてるのかもなぁ。なにしろ、色々な特典まで付けて、人類をダンジョンに依存させようとしているように見えるだろ。滅ぼしてもいいくらいのつもりなら、こんな面倒なことはしないだろう。たぶんだけど」

もしかしたら、相手の目的は地球そのものじゃなくて、俺たち自身なのかもしれない。

「先輩。滅ぼす気があろうとなかろうと、こんなことが現実にできる何かに、人類がたてつけると思います?」

「全然」

「ですよねぇ」

つまりすべては、向こう側の胸先三寸ってことだ。

「ま、俺たちはダンジョン様のお示しになる通り、地道にそれを攻略してファーストコンタクトを待つしかないだろ」

「なんで、向こうから近づいて来ないんでしょうね？」

「シャイなんじゃないの」

俺は冗談めかしてそう言ったが、鳴瀬さんの顔色は優れなかった。

「お二人の話を聞いているだけでも、これを見た人類がどんな反応を起こすのか不安になってきますね。各国がロシアからもたらされた情報を一般公開しなかった理由がちょっとだけ分かった気がします」

ダンジョンが地球改造ツールだなんて言われれば、そりゃあアレルギー反応も出るだろう。世界中でダンジョンを埋めてしまえなんて運動が起こるかもしれない。しかしそこは言い方次第だと思うのだ。

実際、それが地球に及ぼすであろう負の影響は今のところ見当たらない。一般人だった俺の立場から見ても、圧倒的にプラスに働いているように思えた。

探索者だった家族を、探索で亡くした人たちには別の意見があるかもしれないが、それは冒険家には避けられないリスクだろう。探索が自分の意思で行われている以上、ダンジョンのせいにするのは間違っている。

「そんなものを公開しちゃっていいんでしょうか？」

少し不安げに、両手に持ったタブレットをじっと見つめながら、鳴瀬さんがそう呟いた。

「重要な判断を下さなければならないときの判断材料は、どんなに酷い情報であったとしても、ないよりはあった方がいいと思いますよ。それが正確ならですが」

それでパニックを起こすほど、現代人の民度は低くないと、そう信じたい。これはただの希望的観測だな。

「それで、鳴瀬さん。話は変わりますが、うちからもちょっとご相談があるんですよ」

「え？」

鳴瀬さんはそれを聞いて、眉をひそめると同時に少し身構えた。

そう言えば最近の相談は、異界言語翻訳者になれだの、ヘルハウンドの鑑札がどうだのと、とんでもない話ばかりだったもんな。

「そんなに身構えないでくださいよ。実は代々木二層の土地を利用したいんですが、どこに許可を取ればいいのかと思いまして」

「土地の利用ですか？　一体何を？」

「小さな畑を作りたいんです」

「はい？」

§

世界にダンジョンが現れた当初、その所有権については、各国において対応が分かれた。

日本の場合、当初は民法第二百四十二条を根拠に、その土地の所有者のものだと考えられた。不動産に従として付合しているとみなされたわけだ。

しかしその後、ダンジョン内部が現実の土地にあるとは言えない状態であることが分かると、不動産に従として付合しているのは入り口だけだとみなされるようになった。

結果、ダンジョン内部の所有権は宙に浮いた。

もしもそれを日本国内だとみなすなら、民法第二百三十九条の二項が適用されて国庫に帰属することになるのだが、地表でも地下でも、ましてや空中でもないその場所を日本のどこかだと断定することは、誰にもできなかったのだ。

無主地だとすれば、国際法に従って、それを先占《せんせん》することで内部の土地の所有を主張できるのではないかという意見もあったが、それぞれのフロアが同一の領域にあるとは言い難いダンジョンに対して、その全フロアで実効的先占のための権力を設けることなどコストがまるで折り合わず、一言で言って不可能だった。

結果として、ダンジョン内部の所有権を主張することは誰にもできなかったのだ。

それはつまり、ダンジョン内における経済活動に対して、税金を発生させることができないということを意味した。

法的なダンジョンの扱いに困り果てた各国は、それを管理するための機構を作って体裁を整えた。

ＷＤＡの創設だ。

現在では、ＷＤＡが一括してダンジョン内の権利を保有していて、各国のダンジョン協会がその国に入り口のあるダンジョンを管理し、各入り口国に対して利用や管理のための権利を、必要なら貸与していた。

なお、入り口付近の土地に関して、日本の場合は、ほぼすべてが国の所有になっていた。

ほとんどの土地所有者が、入り口部分の土地の売却または収用に応じた理由は、もしもダンジョンからモンスターが溢《あふ》れた場合、入り口がある土地所有者に無過失責任が適用されることになったためだった。

要するに、故意や過失がなくても、ダンジョンから出て来たモンスターがしでかした損害の賠償責任を負わなければならないということで、それを受け入れた人はほとんどいなかったのだ。

いずれにしても、今のところ代々木ダンジョンの中については、概《おおむ》ね日本の法律が適用されていた。だから、(注11)民法第二百三十九条が、ドロップアイテムを自分のものだと主張できる法的根拠になっているわけだ。
(注12)二十年間ダンジョン内のどこかに定住すれば、その場所が自分のものになるかどうかは誰も争ったことがないので不透明だが。
ダンジョンができてまだ三年。法整備が進んでいくのはこれからなのだろう。

§

「畑って……ダンジョン内に、そんなものを作ってどうするんです？」

「嫌だなぁ、農業はスローライフの基本ですよ？　畑と言うからには、作物を育てるに決まってるじゃないですか」

「はあ」

「でも先輩。農家の方の話を聞いていると、全然スローライフって感じがしませんけど」

「そう言われればそうだ。日の出とともに仕事が始まって、日の入りまでずっと働いているって印象があるな」

「なにしろ生き物相手ですからね。こちらの都合で休みとか取れなさそうですし」

「むぅ……だれだ、農業がスローライフだとか言ったのは？」

「先輩ですよ、先輩」

「ええ？」

「それに先輩って、生き物係はダメなんじゃありませんでしたっけ？」

「そうだった！　よし、三好君、よきに計らってくれたまえ」

「丸投げされた！」

「お、他人に丸投げするって、ちょっとスローライフっぽいか？」

「絶対違うと思います！　先輩のはあれですよ、スローはスローでも、人生投げてるスローライフじゃないですか？」

slowじゃなくてthrowだって？　誰が上手いこと言えと……

「そもそも先輩のスローライフって、どんなイメージなんですか」

「イメージか……なにもしないでごろごろしてる的な？」

「それって楽しいんですか？」

そう真顔で聞かれると……もの凄く忙しくて休みが取れないときは、もの凄く憧《あこが》れる気持ちが強かったけれど、可能になったらなったで、ごろごろしていると落ち着かない気もするな。

「まあ、三日で飽きそうな気はするが……って、スローライフって一体なんだっけ？」

「一般的には、効率やスピードを重視しない生活って言われてます」

「効率を重視しない生活って、一体どんなんだ？　わざとサボるってことか？」

「故意に無駄なことをするってことですかね？」

「普通、無駄なことはしないだろう。馬鹿じゃないの？」

「先輩にスローライフは難しそうだってことだけは、よく分かりました」

いや、ちょっと待てよ。そりゃあ世の中には無駄そうに見えて実は無駄じゃない作業が沢山ある。

だが、無駄そうに思えて、本当に無駄な作業は普通やらないだろう。

「じゃあ、スローライフのために、ダンジョン内の土地を借りたいと？」

うおっ、鳴瀬さんから、そんなものは庭でやれというオーラが立ち上っている！

「じ、実験ですね」

「実験？　ダンジョン内に畑を作る？」

「ま、まあそうですけど……誰かやった人はいるんでしょうか？」

「確か、どこかの砂漠地帯で行われた記録を見たことがありますけど……」

なんと、先駆者がいたのか！

「で、どういう結果に？」

「他のダンジョン内施設と同様、収穫をどうこうする以前に、いつの間にか施設自体がなくなっていたそうです」

「原因はスライム？」

「おそらくはそうだと思いますが……確か原因は不明とされていたと思います」

今更言うまでもないが、スライムはダンジョンの掃除屋だ。ダンジョン内の石を積み上げておいても何も起こらないが、ダンジョン外から持ち込んだもので何かを作ろうとすると、どこからともなく現れて、それを溶かして歩くのだ。どうやって、ダンジョンの中のものと外のものを区別しているのかはよく分かっていない。誰かが見張っていれば現れないことも分かっているが、まさか二十四時間広大な畑に人間を張り付けておくなんて、コスト的に不可能だろう。

代々木の二層には天井がない。上は空なのだ。

何しろ夜には星が出る。ロケットでも飛ばしたらそのまま宇宙空間に出てしまいそうなものだが、最初に探索した自衛隊が、ドローンを上空に飛ばしたところ、ある一定の高さより上には上がれなかったそうだ。

何かにぶつかったわけではなく、空気の薄さによるドローンの能力不足でもなかった。ただ、上昇しているにも関わらず高度が変わらないという謎の現象が起こっていたらしい。

因みにオープン空間のフロアには、代々木の一層みたいな行き止まりの壁がない。

じゃあどこまでも広がっているのかと言えば、そんなことはなく、端まで行くと別の場所の端に出る。たぶん反対側なのだろう。つまり空間的に閉じているらしい。代々木の二層はこれのせいで、最初のマッピング時にもの凄く広さがあるフロアだと勘違いされたらしい。

もしかしたら、上空もそうなっているのかもしれないが、なんにしても天井が見つかっていないことだけは確かだった。

だから、スライムが上から落ちてくることはさすがにないだろう。スライムの対策は、エイリアンのよだれをたたえた浅い堀で、ゴブリン対策は丈夫な金網で、なんとかなるのではないだろうか。ピンポイントのリポップは、運が悪かったと諦めるしかない。

「いずれにしても許可を出せるとしたら、ＪＤＡのダンジョン管理部だと思いますけど……前例がないので今すぐには分かりかねます。調べておきますね」

「よろしくお願いします」

「なにか、専任管理監っぽい仕事じゃないですか？　これ」

翻訳を登録していた三好が、モニターの向こうからそう言った。

「あ、そう言われれば確かに！」

いや、翻訳だって十分ダンジョン管理部の仕事っぽいけど……専任管理監ぽくはないのか。

「しかし、頼んでおいてなんだけど、ダンジョン利用に関する許可が、個人やパーティに下りるものかな？」

「それは平気じゃないですか？」

俺が心配そうに言うと、三好が何でもないことのように答えた。

「だって、先輩。これから深層に潜るパーティは、移動時間を考えても、ダンジョン内に拠点を作らざるを得ないと思いますけど、その許可をいちいち書面でＪＤＡに提出してお伺いを立てないといけないなんて、ちょっと無理がありますよ」

確かにそうかもしれない。探索者なら、探索中に良さそうな場所を見つけたら、すぐに拠点を作るだろう。その拠点が、永続的、または十分に長い期間存在するものだとしたら、それは言ってみれば、ダンジョン内の土地のパーティによる占有にあたる。それを禁止するのは不可能だろう。

「そういうものは例外としても、明らかに必要性の認められない浅層の土地利用に関しては、許可が必要になると思いますよ」

鳴瀬さんが難しい顔をして言った。

「許可なしで拠点ＯＫが前面に出ちゃうと、勝手に二層に別荘を建てちゃう人がいるかも知れませんから」

部材をバラして持ち込んで、２×４《ツーバイフォー》であっさり組み立てるやつが……確かにいるかもしれない。

もちろん放置していれば、スライムに壊されるだろうけれど。

「それに、セーフエリアのこともありますし」

確かにＪＤＡだけでセーフエリアの開発を行うのは難しいだろう。ダンジョンの中だけに、探索者の協力は不可欠だし、意味的にも規模的にも、企業が協賛を申し入れてくることは間違いない。

言ってみればＩＳＳ（国際宇宙ステーション）みたいなものだ。あっちは大赤字らしいが、三十二層以降のセーフエリアに作られる拠点は、五十層の金を始めとする、周辺の金属資源を集積する場所というだけで利益を叩きだせる可能性がある。

「プロ層にある、セーフエリア以外の探索者による小さな拠点は無許可で認めるが、大規模な拠点や、アマ層の占有などは許可が必要ってことですか」

「そのあたりに落ち着くと思います。それで、この利用というのは営利目的なんですか？」

んー？　そう聞かれると難しいな。

「三好。お前この実験が成功したら、それで儲けるつもりがあるのか？」

「儲けるとしたら知的財産権とかですか？」

「知的財産権？」

鳴瀬さんが、いきなり飛び出した畑にそぐわないセリフに首を傾げた。

「食糧支援ＮＰＯあたりには無償で公開したいですけど、穀物メジャーあたりが真似《まね》するなら、貰《もら》えるものは頂きたいですよね」

そらもうガッツリとと、邪悪な顔をしている三好を見て、一体何の話をしているのかと、訝しんでいた鳴瀬さんだったが、さすがに口を挟んだりはしてこなかった。

「なんだか微妙そうだから、この際、営利目的ってことにしておいてください」

「え？　わ、分かりました」

「先輩。いい機会ですから、会社作っときましょうか」

以前から三好と話していた、オークションの利益を社会に還元することを目的とした組織ってやつか。しかしそれを営利企業にやらせる？

「ダンジョン攻略を活動分野にするＮＰＯ法人あたりが相応《ふさわ》しいかと思っていたんだが」

「ＮＰＯ法人は、設立まで三ヶ月以上かかりますよ？」

「マジ？」

「その話が出たときに、司法書士の先生に聞きましたから、間違いありません」

今どき、株式会社なら十日もかからず設立できる。なのにＮＰＯ法人ってそんなに手続きに時間がかかるのか。

「それに、十人以上の社員と、三名以上の理事、それに一名の監事が必要です」

「なんと。そう言や株式会社も取締役が三人だっけ？」

「新会社法で一名でもＯＫになったそうです。その場合取締役会はなしで、全部株主総会で決めるそうです」

「そうか。ならまあ、株式会社でもいいか」

「うちみたいな事情だと、合同会社がお勧めですよ」

「合同会社？」

「もの凄く閉鎖的な形態の会社ですから、金融機関からの信用が得られにくいのがネックなんですけど――」

「うちには関係ないのか」

簡単に株式会社との違いを説明されたが、特に問題はなさそうだし、どちらかと言えば自由度が高い分、願ったりかなったりと言うところだ。

「じゃあ、代表社員は私でいいですか？」

「もちろんだ。というわけで、鳴瀬さん」

「はい」

「とりあえずは、パーティか三好の商業ライセンスで（なにせSだからね）許可を申請してみてください。法人格が必要だということでしたら、後で法人を用意しますから」

「分かりました、面積は小さくても？」

「そうですね。当面は数坪もあれば。場所も人の来なさそうな僻地《へきち》で結構です」

むしろその方がいいだろう。

「了解です。相談してみます」

「この実験の結果いかんでは、世界がひっくり返るかもしれませんよと、ハッタリをカマしておいてください」

三好がガッツポーズで派手にアピールした。

さっきの知的財産権の話や、穀物メジャーの話を聞く限り、またとんでもないことをやろうとしているんじゃないかと警戒している鳴瀬さんに、俺は「まあ、ほどほどにがんばります」と当たり障りのないことを言っておいた。

しかし、ダンジョン内の土地を借りるだけで、この面倒くささ。二層の奥地で、こっそり小さな畑を無断で作った方が早かったかもなぁ……。

そう考えながら、ソファに深く腰掛けたところでスマホが振動した。

「ん？　御劔さん？」

最後に会ったのはこの間の日曜日だ。たしかに今月は比較的時間に余裕があるとは言っていたけれど……俺は不思議に思いながら電話を繋いだ。

「はい」

「あ、師匠？」

「師匠？」

って、斎藤さんか、この声は。

「斎藤さん？　何だよ、師匠って。で、御劔さんの電話からどうしたのさ。珍しいね」

「ちょーっと、芳村さんに謝らないといけないことがあってさ」

「謝る？」

「実はさ、私、こんど主役を貰えることになったんだけど――」

彼女の話によると、どうやら来年公開される映画のヒロインをやらせてもらえることになったらしい。ＴＶドラマと違って、キャスティングプロデューサーや監督の意向が強く反映される映画は、知名度があまりなくても気に入られれば抜擢《ばってき》される可能性が高いから、オーディションを狙ってたんだとか。制作発表までは秘密だったから、土曜に会った時には話せなかったそうだ。

「そりゃ凄い。じゃ、件《くだん》のお祝いの確認？」

「プレゼントの催促なんかするわけないでしょ！　あ、いや、ちょっとは欲しいけどさ」

「んじゃなんなの？」

どうも要領を得ないな。

「あのね、その映画の製作発表会で、今日インタビューを受けたんだけど、そのときに最近の演技力の向上について訊かれたわけ」

どうやら、彼女たちのダンジョン通いは一部では知られていて、それとの関係も尋ねられたようだった。ま、ヒロインの、ちょっと変わった趣味の話題、程度のつもりだったのだろう。

しかし、まさかそこで、ダンジョンでスライムを叩き続けてましたとは言えなかったので、つい『師匠に教えを受けていた』と言ってしまったらしい。

「はぁ？」

「いやー、みんながそれに食いついちゃってさ」

いや、食いついちゃってじゃないよ。何を言ってくれちゃってんの?!

「そ、それで？」

「謎の師匠は誰だって、ＴＶというより芸能界隈《かいわい》が色めき立ってるのよ」

「なぜ?!」

「自慢じゃないけど私、二ヶ月くらい前までは、演技もフツーでほとんど無名だったんだよ」

それは確かに自慢じゃない。

「そんな可愛いだけだった女優の卵が、たった二ヶ月で、半分出来レースだったオーディションで、主役予定の女優を蹴っ飛ばして、何も知らされてなかった監督に抜擢されたら目立つに決まってるでしょ」

「そんなオーディションだったのかよ?!」

「いや、その子から、どうやって監督に取り入ったのかと詰め寄られちゃって……混乱していたところに、後から関係者の人に教えてもらったってわけ」

ＴＶ局が、がっつり関わっている映画だけに、主演女優はオーディションでとは言っても、出入りの芸能事務所の関係で半分出来レースのような状態だったらしい。ただ、監督は頑固な職人タイプの有名人だったから、そのことを知らされていなかったのだとか。

その人が斎藤さんのことを大いに気に入ってしまったものだから、評価の操作が不可能になって、そのまま決まってしまったそうだ。

「そりゃまあなんというか……大変だったな」

「本当だよ！　でさ、その子の事務所が根回ししていたおかげで、みんなその経緯を薄々は知ってたわけ。しばらくは目の敵にされそうで怖いよ！　ま、そんな私の躍進の影に知られざる師匠がいたんだよ？　そりゃー、その教えを請いたいって子が大勢いるに決まってるじゃない」

「決まってないから！」

「いやもう、はるちゃんに目茶苦茶怒られちゃってさー。今も隣で睨《にら》んでるの。で、電話したってわけ、ごめんねー」

いや、悪気がないのは分かるよ。分かるんだけどね……。

「そのインタビューって生だったの？」

「んーん。録画」

「じゃあ、カットされてることを祈ってる」

「そう？　一番盛り上がったところだから無理だと思うけど。オンエアはね――」

そうして、斎藤さんはオンエアされるチャンネルと日時を告げて、もう一度謝ると、電話を切った。

「はぁ～」

「何です先輩。ため息なんか吐《つ》いて」

「これが吐かずにいられるかよ」

俺はそう言って、今しがた斎藤さんから電話で聞いた話を繰り返した。

「ああ、そうか。そういう需要もありますね」

「需要？」

「ほら、例のブートキャンプ」

「あれ、本気だったのかよ⁈」

また何か始めるのかしらといった眼差《まなざ》しで俺たちの会話を聞いていた鳴瀬さんは、俺の反応を見るやいなや、巻き込まれる前に退散しましょうとばかりに隣の部屋へと退避して、翻訳の整理の続きを始めたようだった。

（注11）**民法第二百三十九条**

所有者のない動産は、拾った人が所有するぞって言えば、その所有権を得られるって法律。

鉱山じゃない山で、たまたま「落ちていた」ダイヤの原石を拾ったら、私の物って主張すれば、それはあなたのものなのだ。掘っちゃダメだけど。

なお、二項には同不動産について書かれていて、こちらは国庫に帰属となっている。

つまり、誰のものでもない日本の土地は、国のものになるわけだ。

（注12）**二十年間ダンジョン内のどこかに定住すれば、その場所が自分のものになる**

民法第百六十二条のこと。

他人の土地でも、平穏、かつ、公然と二十年間占有すれば自分のものになるって法律。

なお、占有開始が善意であり過失が無かった場合は十年でＯＫ。

逆に言えば、悪意があっても二十年経てばＯＫ、らしい。

SECTION：

江戸川区　常磐ラボ

その日の朝早く、レンタカーの軽トラを借りた俺たちは、聞いていた始業時間に合わせて鳴瀬秘密研究所を訪れた。

「先輩。一応ここには、TOKIWA Medical Laboratoryという名前があるんですから」

株式会社常磐《ときわ》医療機器研究所。略して常磐ラボらしい。

もう何度も来てるのに、何で知らないんですかと言いながら、三好がロビーのドアを開けた。

「だって看板もないしさ。俺はずっと、鳴瀬秘密研究所だと思ってたよ」

「販売店でもないのに看板なんか掲げるわけないだろ。カネの無駄だ。それに、門のところに小さく表札が出てただろ」

腰に手を当てた翠さんが、俺たちを迎えながらそう言った。

「社名をどうするかってとき、放っとくとすぐに鳴瀬医療機器なんちゃらだの、翠ラボだの、人の名前を付けようとしやがってな。まったく、どいつもこいつも」

「なんで常磐なんです？」

「前にここにあった工場が、常磐精機だったからだよ」

そんな理由で？とも思ったが、それはどうやら以前に聞いた実家の町工場ってやつらしい。母方の祖父が操業していたが、跡継ぎがいなくて孫の翠にくれたんだとか。

「それで、名前が翠だったんですね」

「どういう意味です？」と三好が不思議そうな顔をした。

「常磐色ってのは、緑色のことなのさ。常緑樹の緑な」

姉の名前は、おそらく父方の意向が働いたのだろう。それで次女は母方の意向で付けられたに違いない。常磐だから翠。ありそうな話だ。それで、母方の祖父に可愛がられていたのかも知れないな。

「へー」

「ま、そういうわけで、それに医療機器研究所をくっつけたんだ」

彼女は俺の言葉を肯定も否定もせずに、そんな話はさておきと、本題を切り出してきた。

「こっちが設置して使う精密計測用で、こっちが簡易版だ」

そこには、二種類のむき出しのデバイスが二セット用意され、片方は簡単に梱包されていた。ソフトウェア開発用に持ち帰るから梱包しておいてくれるよう頼んでおいたらしい。

「もう簡易版もでき上がってるんですね」

「生理学的な値の取得がほとんどなくなったせいで、構造的にはずっと簡単になったからな」

紙束を持ってうろうろしていた中島《なかじま》が、それを聞いて立ち止まった。

「所長。簡単って言わないでくださいよ。コンパクトに纏めるのにどんだけ苦労したと思ってるんですか。それにそいつらは一応試験機ですからね。超高性能なんですよ？」

「いや、中島は優秀だからな。これくらい容易《たやす》いことだろう？」

中島は、それを聞くと目をぐるぐる回して空を仰いだ。見えるのは天井だったが。

「試験機？」

「とりあえず計測できそうなセンサーが全部ついている、言ってみれば、最高性能の機器だと思って頂ければ大丈夫です」

「へー」

「これで計測して、必要な情報を絞り込んでいくんですよ」

三好がその機器の表面を撫でながらそう言った。

どうやらここから、テストの結果を踏まえて性能をダウングレードしていくようだった。そうして最後は、必要なセンサーだけを残して市販製品に落とし込むらしい。

「精密計測用は、この円盤の上に数秒立っているだけだ」

「え？　非接触で脳波計測とかできるんですか？」

いいことを聞いてくれましたとばかりに、中島が乗り出してきて説明を始めた。

「それができるんですよ。さすがにＳＱＵＩＤと同程度の感度というわけにはいきませんが、今では以前とは比較にならない超高感度のＭＩ素子も開発されていますし、ＴＭＲ素子なんかも、外乱磁気ショック問題の解決と共に――」

「ちょ、待って！　待って！　そんな説明、いきなりされても専門外なんで分かりませんって」

「うむ。理系の男は相手のことを全然考えないからな」

腕を組んでコクコクと頷きながら、翠さんが勝手なことを言っていた。

「翠先輩、それはちょっと偏見入ってると思いますけど」

「その通りですよ、所長。まあそういった磁力計の出力が、脳活動の電気的特性を反映するように調整してあるわけです」

「へー。凄いんですね」

そう言うと、中島は照れたように笑った。

「ま、そんな訳ですから、簡易版は測定状態によっては、結構な誤差が生じるかもしれません」

「その辺は、ソフトウェアで調整してみますけど……測定条件による取得値の誤差はともかく、機器間のばらつきや、測定精度自体の揺らぎは小さいんですよね？」

「距離計も組み込んでありますから、そこから補正することで、揺らぎ自体は＋－〇・〇五％以下だと思いますよ」

一応僕で計測したデータで調整してありますから、と、中島がメモリカードを取り出した。

「こちらが、そのときの状態を記したテキスト付きの生データです。なにかあったら確認してみてください」

「ありがとうございます！　なら、なんとかなると思います。だけど、中島さんもDカードをお持ちだったんですね」

「まあ、こういったご時世ですから」と彼は頭を掻《か》いた。

「後は、そうですね……これ一つでお幾らなんでしょうか？」

「特殊なセンサー以外は、ありもの技術の寄せ集めですからね……精密計測用が二千万、簡易型で三百万くらいでしょうか」

「あんたらの資金預託は大変助かったよ」

そう言いながら、翠さんが、俺の腕をバンバンと叩いた。

「本当ですよ。ああ、毎回これくらい自由に予算が使えればいいのに」

「やかましい。カネがない方が工夫するようになるんだよ」

「限度ってものがありますよ、所長」

昔は他人事《ひとごと》じゃなかったよなと苦笑すると、量産したときのコストを中島さんに訊いてみた。

「まあまあ。それで量産するとしたら、どのくらいに？」

「そうですねぇ。試験機のテストで、適切なデータの取捨や精度がはっきりすれば、無駄を省けますから、三分の一から四分の一くらい……場合によっては十分の一くらいになるかもしれませんけど、現時点であまりはっきりとしたことは言えませんね」

もしも三分の一なら百万か。高いような安いような……もっとも、オーディオにしろPCにしろ自転車にしろ、趣味用品のハイエンドはそんなもんだから、一応趣味の領域にも収まるか。

「量産は製造委託になるんだろう？　うちは一応ファブレスだからな。で、梓。一体これで何をするんだ？　そろそろ教えてくれるんだろ？」

「世界的なベストセラーを狙うんですよ」

「ベストセラー？」

「しかし、距離計付きの特殊な電磁波計測用センサーを除けば、ほとんどがありもの技術の寄せ集めですから、もしも売れたとしてもすぐに真似されますよ？　特許をとれるような部分も少なそうですし」

「デバイスは単なる計測器ですからね。そこはいいんです。特殊なセンサーは中島さんが？」

「ええまあ」

少しテレながら肯定した中島に、三好は賞賛の言葉をかけた後、通信・表示部分のハードウェア諸元やプロトコルについて詳しく説明し始めた。

「どうでしょう中島さん。組み込めそうですか？」

「携帯電話をくっつけるようなものですから、大した問題はありません」

「じゃ、試験と販促用に精密版を二台、簡易版を四台くらい作成していただけますか？」

「了解です。ガワや組み立て用部品は３Ｄプリンタで出力して、後は規格部品類を注文するだけなので……そうですね、資金に問題がなければ数日中には」

「さすが、中島さん。仕事が早いです」

「でへへ」

「順次製作なら、一台は先に頂きたいので、できたらご連絡ください！」

「分かりました！　お任せください」

そう言うと中島は、さっそく取り寄せる部品のリストを作成し始めた。

「梓、いつの間にそんなに男転がしが巧みに」

ダメ男の面倒を見ているからか？　などと、こっちを見ながら失礼なことを言っている。

　確かに最近、ちょっと三好への依存度が上がってる気はしている。時々、彼女が、未来から来たネコ型ロボットに見える時があるもんな。三好に知られたら、私はあんなに丸くありません、なんて怒られそうだが。

「何言ってるんですか。みんな正当な評価に飢えてるんですよ。こないだまでいた会社なんて、一部はちょーブラックでしたからね。反面教師と言うものです」

「ほー」

「で、翠先輩。さっき言ってた量産の件なんですが……」

　三好は翠さんに合弁会社と小規模な工場の建設について持ちかけていた。

「いや、うちにそんな金銭的な余裕はないぞ？」

　説明を聞いた翠さんは、無理だろうという顔をしている。

「そこは頭脳とコネを期待しています。人も増やす必要がありますし」

「……このありもの技術の塊が、そんなに大規模なビジネスに化けるのか？」

「翠先輩。まだここだけの話ですけど、実はこれ、人間の能力を数値化する器械なんです」

　翠さんは一瞬固まったが、三好の額に手を当てると「熱はないな」と言った。

「三十六度ちょっとくらいですかね？」

　そう笑いながら、三好は翠さんの手を引っ張って、会議用の小さなスペースへと誘った。

「先輩は、ちょっと飲み物でも買ってきてください。少し長い話になりますし」

「了解。自販機は――」

「お。うちのロビーにあるぞ。入ってるのはスタッフの趣味だから、味は保証しないけどな」

「分かりました」

俺は軽く手を振ると、自販機へと向かって歩き始めた。

三好はさっそく、ダンジョンがステータスに及ぼす最新の知見と、その測定に関する概要についての説明を始めたようだ。

§

そう言や、三好のやつが缶コーヒーを飲んでるところなんか見たことがないけれど、微糖か無糖の珈琲《コーヒー》でいいよな。自販機、自販機っと……お、あれか。

その少し古びた自販機は、全品タダで、押せば飲み物が出てくる状態だった。さすがオサレ開発企業。世界的なＩＴ企業みたいだぜ。缶ジュースってところがちょっとあれだが。

だがそのラインナップは少々変わっていた。

「なになに、『飲むシュークリーム』？　なんだそれ？」

見本に小さな紙が挟んである。読むと『賞味期限は2018/4/21です。でもまだ飲めるよ♪』って、なんだそれ……。

くそっ。後は……『ドクペ』に『ふりふりみっくちゅじゅーちゅ』に『ドリアンサイダー』？

『たくあんコーラ』に、『うにラムネ』って、どうなってんだ、このラインナップは……

「働いてるヤツの趣味ったって限度があるだろ……」

一番まともそうなのは、『ドクぺ』……いや、『みっくちゅじゅーちゅ』か？

俺は、とりあえずそれを三本取り出すと、会議室へと戻った。

§

会議室に戻ると、概要の説明は終わっていたようだった。

俺は、二人にジュースを渡しながら、販売機のことについて翠さんに訊いてみた。

「ああ、そりゃ、ネタ販売機の方を見たんだな」

「なんですそれ？」

「全部タダだったろ？」

「ええ。って、福利厚生の一環ってやつじゃないんですか？」

「うちみたいな貧乏ベンチャーにそんなものがあるわけないだろ。もうちょい先のロビーに、普通の自販機もあっただろ？」

「ロビーまで行きませんでした……」

翠さんの話によると、あれは、以前ここにあった工場で使っていた自販機らしく、せっかくだからと、旅行先で買ったネタドリンクをセットして遊んだのが始まりだったらしい。

以来、旅行に行った連中が、ネタドリンクをケースで仕入れてきては遊んでいるのだとか。

ローカルジュースにはネタものが多い。今では立派に罰ゲーム用ドリンクとして活躍しているらしかった。て言うか、翠さんと中島さん以外にも働いている人っていたんだな。

「当たり前だ。とは言え全部で六人だがな。梓のところの仕事は中島一人でいいんだが、一人にすると何をやるか……で、一応、私も立ち会ってるだけだありがたく思えよ」

みっくちゅじゅーちゅを受け取った翠さんは、それを両手で弄《もてあそ》びながらそう言った。

「で、今、梓から聞いたんだが、ダンジョン攻略を支援する会社を作るって？」

「まあ、そうですね」

「そういう活動には、NPO法人の方が向いてるだろう？」

「そうなんですが、設立に三ヶ月もかかるそうなんですよ。なら、普通の会社でいいかなって」

「ドッグならぬマウスイヤーは伝説じゃなかったんだな」

俺の言葉に翠さんが呆れたように言った。

ドッグイヤー・マウスイヤーはちょっと前に流行ったIT用語だ。犬は人の七倍、鼠《ネズミ》は十八倍で成長することから、技術の進歩がそれくらい速いということを意味している。

要は、普通にやってたら置いて行かれちゃいますよと、人を脅すためのパワーワードみたいなものだ。

「御社が作ったデバイスで、ダンジョン攻略はぐっと進むと思いますよ。十八倍かどうかは分かりませんが」

なにせ、何の指針もなかったところに、数値という基準が生まれるインパクトは大きい。

「試作メーカーとして、ここで一旦仕事を区切るか、提携会社としてハードウェア部分を担当するかって言われるとなぁ……」

「ありもの技術の寄せ集めなんて彼は謙遜《けんそん》してましたけど、核心部品は中島さんのセンサーですよね？」

三好は翠さんを見ながらそう言った。彼女は、自分の会社の技術が誉《ほ》められたことに、少し笑みを浮かべながら「まあな」とだけ言った。

「計測デバイスも医療機器みたいなものですから、そのまま社内に別部署を作って対応してもいいですし、新会社の協力企業として出向のような形にしてもいいです。また、その他でももちろん構いません。その辺は三好と相談してください」

「ま、正直言って、うちも弱小ベンチャーのご多分に漏れず資金的には苦しいわけだ。そちらの資金に問題がないと言うのなら、ここで降りるって選択肢はないな」

「じゃあ」

「ああ、よろしく頼む」

差し出された右手を握ると、横から三好が言った。

「そうと決まったら、買収には注意してくださいね」

「買収？」

「そうです。うちと提携したことが外に漏れたら、たぶんすぐに買収が掛かりますよ」

「は？　なんだそれ？」

「先輩。常磐ラボの株ってどうなってます？」

「どうなってるって、私が六〇％持っている。後は従業員がいくらかずつ持ってるな。んで、大学が五％か」

「投資家とかは？」

「いまのところは振られっぱなしだ。うちの爺《じい》ちゃんが少し持ってるくらいかな」

翠さんは自嘲《じちょう》気味に言った。

「この話が表に出ると、振られっぱなしだった人たちから、熱烈なアピールがあるかも知れませんから、気を付けてください」

「何の話だ？」

「とにかくすり寄ってくる組織がわんさか増えると思いますが、とりあえず全部袖《そで》にしておいてくださいってことです。必要な融資はうちからしてもいいですから。――いいですよね、先輩？」

三好がこちらを振り返って、融資の許可を求めてきたので、俺はＯＫマークを指で作って、無言で答えた。

「さっぱり分からんが……分かったよ」

ＮＤＡ（秘密保持契約）は以前に交わしてあるし。詳しいことは、後日専門家を交えて話すことにして、俺たちは梱包した試験機を軽トラに載せると鳴瀬秘密研究所を後にした。

代々木八幡　事務所

　事務所に帰った三好は、早速嬉々《きき》として機器を設置して調整を始めた。

「んじゃ、俺は車返してくるから」

「公園通りですよね。じゃ、二分で戻ってこられますね！」

「ふぉーっふぉーっふぉーっふぉーっ。って、あほか。そんな速度で走ったら、通報されて都市伝説になるだろうが」

　東スポあたりで『ケムール人現る！』なんて一面の記事になるのは御免だ。

「むー。じゃあ、できるだけ早く帰ってきてくださいよ！」

「はいはい」

　そうして、レンタカーを返して戻ってきた俺は、玄関を入るや否や三好に捕まって、囚人よろしく精密計測用の檻《おり》に入れられたのだった。

　こういうときの三好には、何を言っても無駄だ。おとなしく指示に従うのが最も早く解放される最善の方法なのだ。

　俺は計測機器の中で、まず以前計測したときの値にステータスを調整させられてから計測された。以降はひたすら彼女の言う通りにステータスを調整しながら、永遠かと思えるようなテストに付き合わされた。

途中事務所に来た鳴瀬さんは、「何をやってるんですか？」と興味津々だったが、三好があやしげな表情で「くっくっく、知りたいですか？」と言うと、笑顔を引きつらせて翻訳部屋へと逃げて行った。

「先輩。後で鳴瀬さんのも測りますけど、できれば芸能人二人組の数値も計測したいですね。サンプル数を増やしたいんです」

なんでその三人？　と思ったが、俺とパーティを組ませて、現在のステータスを確認できる人たちだと言われてしまえば、なるほど、他に適任者はいない。

俺は言われた通りに御劔さんに電話を掛けて、留守電に伝言を残した。

港区

港区の番組制作会社メディア24の編集室で、携帯電話の呼び出し音にたたき起こされた氷室隆次《ひむろたかつぐ》は、ソファから身を起こしながら、ちらりと腕時計を見た後、携帯に表示されている名前を見て舌打ちをしながら電話を取った。

「局のお偉いプロデューサー様が、こんなに早い時間に一体なんなの？」

時刻は十二時を回ったところだ。

氷室は頭をぼりぼりと掻きながら、机の上からヒトコブラクダのオールドジョーが描かれたパッケージを引き寄せると、一本抜いて火をつけた。

ＪＴに買収されたときは、トルコ葉のクセがなくなって、クソやろうとばかりに買わなくなったが、大分経ってから発売されたドイツ製のナチュラルボックスが多少はましだったばかりに、またぞろ手を出してしまったのだ。今どき喫煙もどうかとは思うが、身に付いた悪習はなかなか直らない。最近は悪臭扱いされるからなおさら困る。

電話の相手は石塚誠《いしづかまこと》。大学時代の友人で、中央ＴＶへ就職した俊英だった奴《やつ》だ。今は制作局のプロデューサーをやっている。

氷室は番組制作会社へ入った後、奴のコネもあって、どうにかディレクターまで出世はしたが、まあこの辺で打ち止めだろうと自分では考えていた。

「おっと、悪い、寝てた？」

まるで悪びれずにそう言う石塚に、よく知ってるくせに何を言ってやがると氷室は思ったが、今更なので「まあな」とだけ答えた。

「それで用件は？」

「なんだ、つれないねー。ほら、昨日やった局が嚙んでる映画の製作インタビューあったろ？　新人女優のやつ」

「ああ、斎藤なんとかっていう、あれな。いくら急ぎだからって、昨日の今日じゃパケっちゃいないぞ」

そんなに急がせるんなら、払いを割り増せよなと心の中で毒づいた。

「それはいいんだけどさ、その時、師匠の話が出てたじゃない」

「んー、ちょっと待て」

氷室は、ごそごそと取材資料を取り出して、そう言やそんな話もあったなと、ぼんやりと思いだしながら、頭をはっきりさせようと、一気に煙を吸い込んで、それを吐き出した。

「ああ、思い出した。それで？」

「そいつ、ちょっと洗ってほしいのよ」

「はぁ？　そういうのは探偵社にでも頼めよ。うちは制作会社だぞ？」

「いやいや、ちゃんと番組の画にしたいわけ」

石塚によると、その師匠とやらに興味を持った芸能事務所が、少し探りを入れたらしかった。

それを聞いた氷室は、気持ちは分かると内心頷いた。

なにしろ、ほとんど無名と言っていい女優が、監督以外はほぼ全員が出来レースだと知っていたオーディションを、その演技力ひとつで監督を魅了して結果をひっくり返したのだ。どんな天才かと思って調べたら、二ヶ月前までは、まるで普通のどこにでもいる新人女優だったらしい。

彼女を鍛えた師匠とやらが本当にいるのだとしたら、話を半分にしたところで演技の天才トレーナーだと言っていいだろう。俳優が中心の芸能事務所が興味を持つのは当然だ。

だが、どうして制作局がそれを画にしたがる？

「師匠って、男か？」

「たぶんね」

普通ならここでスキャンダルでの話題作りを疑うところだが、多少なりとも局が絡んだ映画の主演女優だ。しかもほぼ新人。有名俳優同士の話題作りと言うならともかく、わざわざ公開前に、ヒロインを一般人相手のスキャンダルに巻き込もうとする製作者はいない。

「どの番組で使うんだよ？」

「いや、まあそれは追々ね」

番組にはカラーがある。そのカラーを踏まえて撮れ高を積み上げていくわけだが、そこが曖昧だと、どうしてもピントがぼやけてしまいがちだ。その辺のことを石塚が分かっていないはずはない。

つまり、この仕事には裏がありそうだ。

「おいおい。で、目的は？」

考えたところで結論が出そうになかった氷室は、はっきり言えよと石塚に迫った。

「先月、世界中から注目されたオークションが開かれたのを知ってる？」

「オークション？　日本でか？」

突然話の内容が大きく変わったことに面食らった氷室は、思わず聞き返した。

「なになに、氷室ちゃんアンテナ低くない？」

「うるせえ、っと、まさか、あの詐欺じゃないかって騒がれていたやつか？」

「そうそう。なんだ知ってるじゃん」

一応話は耳にしていた。なにしろスキルオーブのオークションがあると聞いただけで、普通なら大ニュースだ。だが、二十四時間で消えるオーブのオークションのビッド期間が三日間と聞けば、誰だって間抜けな詐欺だと思うだろう。

しかしそのオークションは、本当に開催され、本当に落札され、本当に取引が成立したらしかった。何しろその後すぐに、二回目のオークションが、どこからも咎《とが》め立てられることなく開催されたのだ。

いかにも大ニュースのはずなのだが、既存メディアではそれほど大きく取り上げられていなかった。なにしろ主催者も落札者も分からない状態では、ニュースにしようがないとも言えるし、そんなものを落札できる個人や組織を掘り起こすことは、マスコミにとって非常に危険だと言うこともあるだろう。煽《あお》り気味に放送してみたら相手は大スポンサー様でした、なんてことになったら、すみませんでは済まないのだ。

「それがどうしたんだよ？」

「それがさ、斎藤ちゃんが接触した場所っていうのが、そのオークションを開催したＪＤＡの商業ライセンスＩＤに登録されている住所と同じっぽいんだわ」

「はあ？」

ＪＤＡの商業ライセンスＩＤに紐づいている住所なんて、どうやって調べたんだ、こいつ？

「つまり、その商業ライセンスＩＤの持ち主と、件の師匠が同一人物じゃないかってことか？」

「まあ、その辺も洗ってほしいわけよ」

「洗うも何も、本命がオークションの方なら、報道局の扱いじゃねーの？」

「いやいや、そっちはどうにもＪＤＡのガードが堅くってさ。期待の新人女優のお師匠様、なんて切り口にして、制作でかるーく飛ばし気味に扱った方が美味《おい》しいと思うんだよね」

ＪＤＡのガードが堅いってことは、そこに守るべき何かがあるってことだ。それを暴くことが公の利益になるってことならジャーナリズムとやらの出番だろうが、それならなおさら報道局の仕事だろう。それを制作局で飛ばし気味に扱う？

「大丈夫なのか、それ」

ＪＤＡの商業ライセンスに紐づいた個人情報の出所といい、ヤバい臭いがプンプンしていた。

「ほら、報道と違って、こっちなら『あら間違ってた？　ごめんねー』で済んじゃうからさ」

さすが制作局、世の中を舐めてんな。

「だが、なんでそんなやつが話題になってないんだ？　ヤベーところに関わってるんじゃないだろうな？」

「今のところそんな話は聞いてないけど……とにかく、さっきの情報をさ、ちょっと取材して裏だけでも取っておいてほしいのよ」

こいつの『裏を取れ』は、もしも意図と違ったら、上手いこと誤解をしろという意味だ。

「そりゃ、やれと言われれば、こっちも仕事だから一応やってはみるが……ちゃんとケツは持ってもらえるんだろうな？」

最後にケツを持たされて、トカゲのしっぽになるのは御免だった。

「まあ、なるべくね。ただ、その辺は、ほら、今コンプライアンスとかうるさいから」

「現場の暴走で片付けられれば、それに越したことはないって？」

「あはは。じゃー、まあそういうことで頼んだよ」

石塚は、氷室が言質をとる前に電話を切った。氷室はため息を一つ吐くと、タバコをもみ消して、シャワーを浴びるために立ち上がった。

§

氷室への電話を切った石塚は、ソファに座っている仕立てはいいが趣味がいいとは言えないスーツを着た男に顔を向けた。

「一応依頼しておきましたけれど、本当にいいんですね？　局長」

「今更どうした？　お前だって今まで結構やりたい放題してきただろう？」

「自分の企画なら体も張りますけど、貰い事故で詰め腹を切らされるのは嫌ですよ」

局長と呼ばれた男は石塚のセリフを聞いて、そうでなきゃ上へは行けないよなと、軽快な笑い声を立てた。

しばらく雑談をした後、石塚が失礼しますと言って部屋を出て行くと、それまでの快活そうな笑顔を引っ込めた男は、面倒くさそうに小さく呟いた。

「悪いな石塚。借りは返しておかないと面倒なんだよ。とくに神様なんぞが絡む場合はな」

二〇一八年　十二月十六日（日）

SECTION：代々木八幡　事務所

「おじゃまします」

「おじゃましまーす」

ちょっと手伝ってほしいことがあるんだけどという留守電に応えて、二人がやって来たのは二日後の午後も遅い時間だった。

斎藤さんが、午前中で上がれる日だったらしく、丁度いいとばかりに二人して事務所を訪れてくれたのだ。

「あ、師匠！　予想通りオンエアされてましたね！」

「師匠じゃないよ、まったく……まあ、昨日の今日だし、まだ実害はないからいいんだけどさ」

それは、斎藤さんが口を滑らせたインタビューの件だった。映画自体には関係ない部分だったが、面白いネタだと思われたのか、カットされずにそのまま放送されてしまったのだ。

「会う人会う人に、紹介してくれって言われちゃって。芳村さん、ちょっとした有名人だよ？」

「勘弁して……」

「もう。ほんとに涼子《りょうこ》ったら、迂闊《うかつ》にも程があるよ！」

「はるちゃんのお説教は、もうお腹《なか》いっぱい。芳村さん、私、あの電話の前に酷い目に遭わされたんだからね」

「自業自得だ」

「ええー?!　冷たーい！」

§

「おいおい、本当に入ってっちゃったよ」

道に停《と》まった車の中から、小型の業務用メモリーカムコーダーを覗《のぞ》いていた氷室がそう呟きながら録画を止めた。

昨日から、斎藤涼子のスケジュールを確認して張り付いていたら、二日目でこれだ。運がいいのか頻繁に会っているのか。

「期待の新人女優にしちゃ、脇が甘いな。事務所はこういうとこ管理してないのかね？」

今、彼女たちが入って行ったのは、石塚が商業ライセンスＩＤに紐づいていると言った住所の家だ。これで、彼女たちがそこにいる誰かと関係があることは確実だ。

もしかしたら、もう一人の……確か御劔とか言った女の知り合いなのかもしれないが、そこは印象操作でどうにでもできるだろう。

「ま、裏トリはできたってことだ」

とは言え、玄関まで誰かが出てきた様子はなく、今のシーンを見直したところで、単に二人が建物の中に入って行ったというだけのことに過ぎなかった。

もしも、密会の現場を押さえたいと言うのなら、相手の男が画の中に入ってなけりゃ、まるで説得力がない。私邸のようだから、誰の家かを調べれば傍証にはなるだろうが、今どきのメディアは画が命なのだ。だが、石塚のやつからは、そういう意図は感じられなかった。

「しっかし、番組名も撮影意図も分かんねーんじゃ、一体どんな画を撮りゃいいんだかな」

本来なら取材にはカメラマンも同行させるが、なにしろ撮影意図を説明できないのでは、上手く使えるはずがない。仕方なく久しぶりに自分でカメラを回してみたが、AD時代の下見取材を思い出してちょっと楽しくなっていた。彼はAD時代、どこにでも突撃する『火の玉リュージ』として名前を馳《は》せていたのだ。

実際どんな番組で、どんな意図をもって映像を使うにしろ、撮れ高が足りなければどうしようもない。彼はその家のあちこちをカメラに収めながら、どんな画にも思わぬ利用価値というのはあるものさと考えていた。

「あん？」

そうこうしていると、事務所の窓のブラインドが、次々と下ろされていった。

「なんだなんだ？　中でイイコトでもするつもりなのかね？」

非日常的な行動は、非日常的なイベントが発生する前兆だ。

「出歯亀は趣味じゃないんだが、ま、これも仕事ですよっと」

氷室はそう軽口を叩いてカメラを握ると、運転席から路上へと降りた。

他人の秘密を覗き見る――長く制作をやっていると、誰かが隠したいことであればあるほど金になることを身をもって理解するようになる。そうしてそれは、快感にも繋がっているのだ。

さりげなく門の内側へと滑り込みながら、閉じられたブラインドの隙間を目指す。

厳密には不法侵入だが、咎《とが》められたら訪ねて来たことにすればいいのだ。何しろ我々は人間だ。たまには家を間違うこともあるだろう。

「しっかし、本当に『師匠』とやらを調査させたいだけなのかね？」

誰にも知られていない『師匠』とやらにどんなバリューがあるのか知らないが、ともかく給料分は働くかと、彼は軽い気持ちで家へと近づいていった。

§

「それで、芳村さん。今日はどんなお手伝いを？」

事務所の全ブラインドを下ろしている三好を不思議そうに見ながら、御劔さんが尋ねた。

「ふっふっふ。秘密の実験なのですよ」

ブラインドを下ろし終わって少し薄暗くなった室内で、自分の顔を下からスマホのライトで照らしながら、精一杯不気味な顔をした三好が言った。

「師匠。あれってどこのマッドなサイエンティスト？」

「富谷《とみや》小かな」

俺は苦笑しながらそう言った。富谷小は、すぐそこにある小学校だ。

グフフ笑いをしながら、そのまま部屋をふらふらと横切った三好は、ステータス計測デバイスの精密計測版にかけられていたカバーを一気に外した。

「じゃーん！」

「じゃーんって……それなんです？」

「なんと、人間の能力を計測する装置です！」

「え？」

斎藤さんがその機器に近づいて床の部分や三本の支柱を見ながら、「能力って……身長や体重を一気に測定できる機械ってこと？」と、そんなものをわざわざ作るなんて馬鹿みたいだと言わんばかりの目つきで言った。

斎藤さんがそう思うのも無理はない。

現実の社会にも人の能力を測る数値は散見される。身長や体重、年齢みたいなものから始まって、試験の点数なんかもそうだろう。しかし、外部から機器を用いてそれを測定するなんてことは、外見的なプロパティを除いて、まず存在していないからだ。

「違いますよ。本当に能力を測っちゃうんですよ。Dカードは持ってきてくれました？」

三好のセリフに、ああ、やっぱりダンジョン絡みなのかと、妙に納得したような斎藤さんたちは、それを取り出した。

「言われた通りに持っては来たけど。これをどうするの？」

「パーティを組むのに使うんだよ」

「パーティ？」

　パーティの情報はまだ公開されていない。だから彼女たちが知らなくても当然だ。俺は、Ｄカードを用いたダンジョンシステムとしてのパーティを彼女たちに説明した。

「嘘《うそ》……それって冗談じゃなくて？」

　ショックを受けたような彼女に向かって、俺は頷くことで肯定した。

「メンバーの位置がなんとなく分かるくらいならいいけれど……念話？　なに、その人間関係破壊機能は！」

「人間関係破壊機能？」

「だってだって、芸能界なんて面従腹背業界だよ？　にっこり笑って和やかに接していたって、お腹の中はドロドロだったりするんだから。考えてることが伝わっちゃったりしたら、もうしっちゃかめっちゃかになるって！」

「いや、そういう人たちとパーティを組まなきゃいいだろ」

「うーん、まあそうかもしれないけどさ……ＴＶのバラエティで、そんな企画を立てられたらどうするの？」

「目に見えないし、ＴＶ映えしないから大丈夫じゃないか？」

　もしもこれを番組でクローズアップしようとしても、一般的には検証番組程度にしか使えないはずだ。何しろ効果自体は目に見えないのだから画にならない。せいぜい二人にパーティを組ませて、片方だけが見ることのできる情報を、もう片方が言い当ててみせる程度のものになるだろう。その程度ならやらせでだって簡単に再現できるのだ。

「うーん……」

斎藤さんは腕を組んで、いつになく真剣に考えていた。

芸能以外のビジネスも芸能ビジネスと同様、人間関係で構築されている。

人は誰しも、ＴＰＯに合わせた仮面を被っている。表に出している顔と腹の中がまるで違うなんてことは、別段おかしなことでも何でもない。しかし、そこまで悩むってことは、その関係が非常に脆《もろ》く危うい世界なのだということなのだろう。

なにしろ漏れるのは嘘のつけない本音なのだ。それだけに取り返しがつかないことになりかねないのかもしれなかった。

「何でもかんでも漏れるってわけじゃないよ。パーティメンバーに伝えたいと思ったことだけが伝わるみたいなんだ」

それを聞いた斎藤さんはあからさまにほっとした様子で、「なーんだ。考えてることが全部伝わるのかと思っちゃった」と言った。

「そんなに安心するってことは、なにかまずいことを考えてるんだな?」

俺が少し意地悪にそこを突っ込むと、彼女は何でもないといった様子で切り返してきた。

「そりゃそうだよ。だって考えてもみてよ。芳村さんとパーティを組んだ瞬間に、私の淡い恋心が伝わっちゃったら恥ずかしいでしょ？」

「涼子⁉」

「ほら、トラブルも起こるし」

斎藤さんがペロリと舌を出しながらそう言った。

まったく彼女にはかなわないなと苦笑した俺は、それでも気を付けないと、意図せず伝わってしまうことがあることを伝えて注意を促しておいた。

「ま、リアルにだって事故はあるし、口を滑らせたりもするしね」

「そうだな。じゃあ、Ｄカードを出してくれるかな」

その言葉を聞いた斎藤さんは、これがチャンスとばかりに目を輝かせて、御劔さんの背中を叩いた。

「んじゃ、最初に師匠と繋がる栄誉は、はるちゃんに譲ってあげる」

「繋がるって……」

御劔さんが少し頬を染めながら、Ｄカードを差し出してきた。

ちらりと見たカードに書かれたランクは六百八十一。以前は九百八十番台だったはずだから、またもや三百も番手を上げたことになる。どうやらスライム退治は続けているようだ。

「あれ。芳村さん、はるちゃんのランクを知ってたんだ？」

それを見て驚かない俺を見て、斎藤さんが言った。

「前に相談したことがあるの」と御劔さんが言うと、「なーんだ私だけじゃなかったのか」と頬を膨らませた。

念話の練習は三好と散々やったから、余計なことを伝えないコツは掴《つか》んだつもりだったが、一応そこは十分に警戒しながら、俺は、御劔さんのカードに自分のカードを添えると、『アドミット』と念じた。

「あっ」

その瞬間、御劔さんが小さな声を上げた。多分、例の『繋がった感』を感じたんだろう。

「どしたの？」

不思議そうな顔で斎藤さんが尋ねると、彼女は、「いや、なんだか、今……」と言って、ちらりとこちらを見た。

「じゃ、次は斎藤さんね」

「ほーい」

変な返事をしながら、彼女がカードを差し出してきた。特に表示を隠してはいない。それどころか、「私も、なかなかのものでしょ？」なんて胸を張っていた。

彼女のランクは、千四百二十一だったのだ。

「日本人の民間エクスプローラーのトップグループは四桁上位だそうだよ」

俺がそう言うと、なら私もそうなんだねと、さらに胸を反らしていたが、アドミットした瞬間に何かを感じたらしく、「ん？　……ん？？」と奇妙な声を上げた。

「涼子も感じた？」

「はるちゃんも？」

（それが繋がったって感覚らしいぞ）

「え？　今の……」

思わずこちらを振り返る斎藤さんに向かって、俺は声に出さずに答えた。

（念話ってやつだ）

「凄！　ほんとにあるんだ！」

「説明しただろ……」

「いや〜、百聞は一見に如かずって本当だねぇ。見てないけど」

そう言って感心した後は、御劔さんと二人で、（ねえ、はるちゃん聞こえる？）（聞こえる聞こえる。凄いねー）なんてやり取りを、しばらくの間繰り返していた。

§

「おいおい、またしても勇者が現れたぜ？」

ＵＳのＤパワーズ監視要員のカヤマが、モニターを覗きながらそう言った。

ＧＢだと思われる連中の消失事件以降も、何度かの侵入が試みられていたが、未だに成功したと思われる組織はなさそうだった。

最近では各国の監視は諜報界公然の秘密となっていて、誰がターゲットに最初に鈴をつけることに成功するかを競う、一種、競技のような様相を呈しているありさまだった。何しろ失敗しても、命を奪われた者がおらず、どういう訳か本国に送り返されてるだけなのだ。

「今度はどこの連中だ?」

カヤマの今日のバディは、NSAから出向しているノールだった。

「さあな。いつもと違って、どうにも行動が素人くさい。もしかしたらピンカートンやハーグレーブみたいな連中なのかもしれん」

ピンカートンとハーグレーブはどちらもアメリカの大手探偵事務所だ。

「おいおい、連中は一応プロだぜ」

元警察官の所属も多い民間探偵社を、そう言葉で擁護しつつ、ノールはカヤマが素早くメモした紙を受け取って、それを検索にかけていた。その紙には今日の勇者が乗って来た車のナンバーが書かれていた。

しばらく後に返ってきた結果には、その車が港区のメディア24という番組制作会社の所有であることが書かれていた。

「マスコミだ」

「ご苦労なことで」

家の向こう側に消えたその男が、その日再び彼らの視界に入ることがなかったことを、二人は何の感慨もなく当然のことのように受け止めていた。目の前の館は、ハウス・オブ・ホラー。近づいた連中は、皆、何者かに食われてしまうのだ。

§

念話に夢中になっている二人をちらりと見た三好が、俺に近づいてきて小さな声で言った。

「先輩。何か、掛かりましたよ」

三好が難しそうな顔をしてそう言った。

おそらくアルスルズの網に誰かが掛かったと言うことだろうが、まだ外は明るい。いくらなんでもいつもと同じ種類の連中が仕掛けてくるにしては、日が高すぎるのだ。

「なんだかいつもと違う感じですね」

「まさか、宗教勧誘やセールスの人じゃないだろうな」

「一応、門にお断りの文句が貼ってありますから、それで瑕疵《かし》はないと思いますけど」

「後で確認しよう」

「了解です」

三好は俺から離れると、何事もなかったかのように二人に向かって話しかけた。

「それじゃあ二人とも。順番に、ここに立ってもらえますか？」

彼女が指差したのは精密版の測定位置だ。

「じゃ、私から。ただ立ってればいいの？」

そう言って俺の方を振り返った彼女は、俺をからかうように「脱いだりしなくても？」と、服を脱ぐポーズをとった。

じゃ、脱いで、と言ってやろうかと思ったが、彼女は冗談を本気でやるタイプだ。本当に脱がれたりしたら困るので、黙って首を振っておいた。

「大丈夫ですよ。じゃ、よろしくお願いします」

それを聞いた斎藤さんは、笑いながらその場所に立って正面を向いた。

「じゃ、いきまーす」

三好がそう宣言して、一連の計測が開始された。

俺は自分のデスクに座ると、メモ用紙を取り出して、メイキングを呼び出した。

NAME	御劔 遥
SP	65.36
HP	29.00
MP	55.20
STR	- 10 +
VIT	- 12 +
INT	- 28 +
AGI	- 22 +
DEX	- 41 +
LUC	- 16 +

NAME	斎藤 涼子	
SP	33.23	
HP	28.50	
MP	48.50	
STR	- 10 +	
VIT	- 12 +	
INT	- 25 +	
AGI	- 17 +	
DEX	- 34 +	
LUC	- 12 +	

「おお……」

今日までに俺が倒したモンスターの数は、〈マイニング〉を取得した時点で、四千八百匹だ。そして、それまでに得たＳＰは74・３３３だ。

だが、これにはエンカイが含まれている。もしもそれがなかったとしたら、おそらくわずかに、29・３３３といったところだろう。

それに対して御剱さんは、半分がステータスに転化されていると考えれば、１３０ポイントくらいを稼いでいる計算だ。

ポイントから逆算すると、六千五百匹近いスライムを葬っているはずで、討伐数だけで比較するなら、俺なんかよりもはるかに多く、立派なトップグループと言えるだろう。

それにしても、彼女が倒しているのは最弱のスライムだけだ。俺のポイントの多くの部分は十層のモンスターだということを考えれば、この結果は、いかに出入り付きスライムアタックの効率が凄いのかを如実に物語っていた。

忙しくなって途中で付き合えなくなった斎藤さんですら、ステータスの上がり具合を見る限り、70ポイント近くを稼いでいそうなのだ。

「何してんの？」

突然かけられた声に、ふと顔を上げると、斎藤さんが俺の机の横に立っていた。御劔さんと交代したのか。確かに他人に見えないタブレットを見ている様子は、ダミーのメモを机の上に置いてあるとは言え、少し奇妙に映るかもしれない。

「いや……そうだ、斎藤さん」

「なに？」

「今よりもずっと演技が良くなるとしたらどうする？」

「え？」

「演技が巧くなったり、素早く動けるようになったり、体力が増えたり、力が付いたり、そういうことができるとしたら、どうなりたい？」

いきなり訳の分からない質問をされた彼女は、一瞬面食らったような表情を見せたが、すぐに何かの冗談なのかもと意識を改めた。

「どうしたいかって言われてもなー。それって、何もせずに棚ぼた的にそうなるってこと？」

「まあそうかな」

本当は、ダンジョンで頑張った成果なんだから、そういう訳ではないのだが、他に説明のしようがなかった。

斎藤さんは、探るような目つきで俺の顔を覗き込んでから言った。

「芳村さんってさー、神様と、私の魂の堕落を賭けて勝負したりしてないよね？」

「お代に魂を頂いたりはしないよ」

俺は苦笑しながらそう言った。

ゲーテ版のメフィストフェレスは、ファウスト博士の魂でそれをやったのだ。

「じゃあ、どっかの劇場の地下に住んでいて、憐《あわ》れなコーラスガールの私奴《わたくしめ》に力を与えてくださるとか？」

「残念ながら、猿のオルゴールは持っていないな」

オペラ座の怪人で重要な役を果たすことになる、手回しオルガンの形に仕立てられた張り子の猿の意匠があしらわれたオルゴールは、当の怪人の持ち物だ。

そう言や、サイモンが、ザ・ファントムとかなんとか言ってたっけ。

『The PHANTOM of the DUNGEON』……ちょっと厨二心をくすぐられるな。

「白い仮面でも被ってみますか？」

どうやら、一通りの測定を終えたらしい三好と御劔さんが、二人して話に交じってきた。

「そう言われると能の増女っぽいな」

「じゃあ、ツタンカーメンとか」

御劔さんの珍しい地口に、全員が一斉に振り返った。

「え？」

「……はるちゃん。オヤジギャグはモデルの寿命を縮めるから、止めた方がいいよ？」

真剣な顔で、そんなことを言う斎藤さんに、御劔さんは顔を赤くして「ええ?! ほんとに？」と小さく呟いた。そんなルールがあるかい。

「まあまあ。それで先輩。何の話をしていたんです？」

「もしも自由に成長できるとしたら、どんな風になりたいかって、まあ夢の話だよ、夢の」

三好のやつが、何を白々しいと言わんばかりの視線をこちらへ向けながら、「へー」とだけ言った。

「どんな風にでも成長できるとして、ですか？」

翻訳が一段落したらしい鳴瀬さんが、この話に乗ってきた。向こうの部屋に誰かがいたなんて思いもしなかった斎藤さんが、誰？　と視線で聞いてきた。

「あ、斎藤さんは初めてだっけ？　ＪＤＡの職員で、俺たちの専任管理監をやってる鳴瀬美晴さん。鳴瀬さん、こちらは女優の斎藤涼子さんです。御劔さんは知ってるよね」

「お寿司屋さんでお会いしました」

「あー、あの私が行けなかったやつ！」

「初めまして、鳴瀬美晴です」

「あ、どうも。斎藤涼子です」

「私が隣で地道な作業をしてたら、なんだか面白そうな話が聞こえてきたので、つい割り込んじゃいました。すみません」

「いえいえ」

鳴瀬さんって、意外とこういう話が好きなのかな？

「鳴瀬さんには希望があるんですか？」

「そりゃもう。力ですね。モアパワーですよ！」

「はぁ？」

鳴瀬さんが、まるで狂おしく、身をよじるように走るという古い車のオーナーみたいなことを言い出したのを聞いて、俺たちは予想もしなかった彼女の言葉に驚いた。

「えー？　力なんか要ります？」

大体、そういうことは男の人がやってくれますよ？と斎藤さん。さすがだ。

「いえ、言うことを聞いてくれない探索者を、こう物理的にひねってあげたいというか……」

「ああ」

確かに管理課の人たちが注意しても、若い女の子の話なんかまともに聞かない感じの人、いるよな。一所懸命ルールを説明しているのに、へらへら笑ってテキトーに聞き流しているヤツに当たったりしたら、そりゃ捻《ひね》ってやりたくもなるか。

切実といえば切実だが、なんともはやイメージが……。

「ダンジョン管理課って、ストレスが溜まるんですねぇ……」

鳴瀬さんのあまりの発言に、三好がしみじみとそう言った。

「下っ端は、一般の探索者相手の管理が主体ですからね。その頃が一番泣きそうになるんです。結構低いんですよ、うちの課の定着率」

そう言えば、管理課の若い女性職員は、代々木でもそれほど多くは見かけない。せいぜいが受付くらいだろうが、受付はギルド課なんて呼ばれている商務課の所属らしい。

「だから、Dパワーズの皆さんには、ホント感謝しています」と鳴瀬さんが笑った。

専任管理監に任命されたので、そういった業務を行わなくてよくなったということだろう。最初に出会った自殺騒動の時は、丁度彼女がその業務をやっていたのかもしれない。

「私はもうちょっと体力が欲しいですね」

御劔さんが、指を頬にあてながら考え深げにそう言った。どうやら、モデルには体力が必要なようだ。

「ショーモデルはともかく、雑誌なんかの写真モデルは時間も早朝に偏りますし。服なんかも季節の先取りで、寒い時期に真夏の服装だし、残暑厳しい折に真冬の服装ですから」

なるほど、体力か。

「あんなにダンジョンを出たり入ったりしてれば、すぐに体力も付くんじゃないの？　私はやっぱり演技力！　ついでに永遠の若さと、後は『子』じゃない名前！」

いや、永遠の若さとか名前とか、それって成長と関係ないだろ。

「涼子ったら」

俺たちはしばらくそんな話で盛り上がった後、パーティを解除して、もう一度同じように計測を行った。

§

そろそろ二十一時になる頃、配車してもらったタクシーが二台、門の前へと到着した。

「それじゃ、お休みなさい」

御劔さんがきれいな所作でお辞儀をした。

「お休み。今日はどうもありがとう」

「なんの、なんの、師匠様のお願いだからね」

こないだのインタビューで少しは反省したらしい斎藤さんが、そう言いながらぽんぽんと俺の肩を叩いた。

「このお礼は、二十三日の夕食で」と三好が言った。

「そっちも楽しみにしてます。んじゃねー」

「失礼します」

タクシーの後部座席にささっと乗り込んだ二人が、リアガラスの向こうから手を振った。

「それじゃあ、私もいったん帰ります」

鳴瀬さんは、翻訳の英訳を一通り終えていた。今どきはＡＩのバックアップがあるから、なかなか効率よく訳せるのだが、ゴーグル社の翻訳ＡＩは時々肯定と否定をひっくり返したりするので気が抜けない。今後は用語の統一などの推敲《すいこう》が主体になるそうだ。

「お疲れ様でした。二十三日は？」

「残念ながらその日は先約が。よく分からないんですけど家族会議があるとかで、実家に戻らないといけないいんです」

家族会議って、翠さんの会社とうちとの提携ネタじゃないだろうな。

「それでは仕方ありませんね。それではまた明日」

「はい、失礼します」

鳴瀬さんを乗せたタクシーが、先の角を曲がって見えなくなるまで、俺たちは門のところに立っていた。

「終わったな。データは取れたか？」

「そりゃもうばっちり。後は――」

三好は玄関から庭に下りて、そこに落ちていた何かを拾い上げた。どうやらそれはハンディカメラのようだった。

「――これですかね」

ああ、アルスルズに捕まった謎の人物か。

「カメラって……報道関係か？」

「さあ？　とりあえずどんな映像が録られてるのか確認しましょう」

「だな」

事務所に引き返した俺たちは、とりあえずダイニングのテーブルにカメラを置いて、お茶を淹《い》れるためにコンロにポットをかけた。

「そう言えば、先輩。弄《いじ》りましたね？」

「あ、分かったか？　まあ、弟子二人へのクリスマスプレゼントみたいなものだから」

二人の希望を聞いた俺は、ステータスをそれに合わせて修正した。

「どれくらい弄ったんです？」

「まあ希望に合わせて、こんな感じ」

NAME	御劔 遥		
SP	0.36		
HP	48.50		
MP	71.90		
STR	-	10	+
VIT	-	25	+
INT	-	34	+
AGI	-	35	+
DEX	-	70	+
LUC	-	20	+

NAME	斎藤 涼子		
SP	0.23		
HP	34.90		
MP	60.50		
STR	-	10	+
VIT	-	16	+
INT	-	30	+
AGI	-	25	+
DEX	-	50	+
LUC	-	12	+

俺が書きだしたデータを見た三好は、呆れるのを通り越して頭を抱えていた。

「どうした？」

「先輩、やり過ぎですって。こないだ三年間でトップエクスプローラーがどの程度のステータスに達しているのかを検証したじゃないですか？」

俺たちは独自の調査と自分たちが取得したＳＰを基に、トップエクスプローラーの取得ＳＰは、大体１８０～２００くらいだろうと予測していた。そこから平均的なステータスは、30～40くらいで、少々偏りがあったとしても、最大値は50～60くらいだろうという結論に至っていた。

「御劔さんのＤＥＸなんて、ブッチギリで世界チャンピオンですよ！　もちろん、先輩を除いてですけど」

「ま、まあ、かなり高めだけどさ。それでも偏ってる人ならこれくらいは――」

「先輩」

「はい」

「自然分配されるＳＰは全体の半分くらいだって、こないだ判明したんですけど？」

「げっ」

そうだった。よく考えなくても、想定したステータスは、予想取得ＳＰから逆算したものだ。つまり本来のステータスは――

「予想の半分ってことか?!」

「たぶんですけどね」

それって、最大値でも30くらいってことだよな……いや、ちょっと待て。トップエンドが２００のＳＰを稼いでいたとして、実際にステータスに反映されているのが１００だとすると――

「合計ステータスは、御劔さんの方がサイモンたちより高いってことじゃん！」

「やっと状況を分かっていただけましたか」

「じゃ、三好のＩＮＴも、二人のＤＥＸも――」

「世界チャンピオン級でしょうね。先輩を除いて」

三好のＩＮＴは50だ。斎藤さんのＤＥＸも50で、御劔さんに至っては70だ。

「3ポイントも違えば結構違うんですよ？　それがいきなり倍近くに跳ね上がったんですから、体の使い方に違和感が出ますよ、絶対。二人とも大丈夫ですかね……」

「いや、しかし、注意を喚起するってのも、おかしな話だしな」

凄く体が動くようになっているから注意しろなんて言ったら、怪しいことこの上ない。

「今日やった計測擬《もど》きが、潜在能力を解き放つ鍵だとか——」

「新興宗教でも開宗されるんですか？」

丸めた紙で、ぽこぽこと俺の頭を叩いた三好は、呆れたようにため息を一つ吐いて、沸騰しているポットを火から下ろすとハンドドリップでコーヒーを淹れ始めた。

「ダンジョンブートキャンプを始めても、効果は絶対10ポイント位で抑えてくださいよ」

「分かってるって。第一、普通の探索者にそんなに多くのＳＰは残ってないだろ」

やってしまったことを後悔しても始まらない。俺はカメラのメモリーカードから動画データをコピーすると、中身を確認し始めた。

「なんだこれ？　斎藤さんのストーカーか？」

そこには斎藤さんを追跡しているような映像が記録されていた。

「へー。十八禁画像はありますか？」

「お前な……」

「だって、それがあれば警察に届けるだけで済むじゃないですか」

そりゃまあそうだが、その映像をそのままにしておくというのは心理的に難しいだろう。

「全部を再生していないから分からないが、さすがにそれはなさそうだ」

「だけど、どこで彼女のスケジュールを知ったんですかね？　それを知らないとこんな映像撮影できないでしょう？」

「関係者……が、こんなことをするかな？」

「関係者がストーカーだったなんて、一番ありそうな展開じゃないですか」

「まあ、人は毎日見ているものを欲しがるって、レクター博士も言ってるからなぁ……」

「とりあえず本人を調べてみます？」

「時間は大丈夫か？　捕まえてから結構時間が経ってるだろ？」

「手早くやりますから。それに、気が付いたらもう一度麻痺《まひ》させればＯＫですよ」

「なんだか悪の組織になったような気がするぞ」

俺が苦笑する中、三好はカヴァスを呼び出して、捕まえた男を事務所の床に吐き出させた。

男は中肉中背で、今は乱れているとは言え、ツーブロックのオールバックを決めた洒落た感じの雰囲気を漂わせていた。黒のハイネックのセーターに、ロングのコート、そしてボトムは、ぴったりと体に合ったノータックのスラックスだ。

「四十前後に見えるが、それにしちゃファッションが若いな。そっち方面の業界人かな？」

「関係者ならそうですよね」

そう言って、三好が何かをすちゃっと取り出した。

「お前それ……医療用の手袋？」

「ふっふっふ。先輩。調査員ご用達ですよ」

三好は指紋を残さず、それであちこちを調べるつもりらしい。だが、わざわざそんなことをしなくても……。

「おいカヴァス。お前らいつも捕まえたやつから持ち物を取り上げてるじゃん。あれってどうやってんの？」

そう尋ねるとカヴァスは「やってもいい？」という風に、三好に向かって小首を傾げた。

三好が頷くとすぐに、男の体が闇の中に沈んで持ち物がぺぺぺっと吐き出されてきた。

「凄いな、生体以外全部取り出したってことか？」

そこには、持ち物だけでなく、服や靴下までが散らばっていた。

「って、下着までは要りませんよ」

服の中からそれを見つけた三好が、思わず顔をしかめた。

服や財布の中を確認したところ、男の名前は氷室隆次。名刺が本物なら、番組制作会社メディア24のディレクターのようだった。主な取引先は中央ＴＶだ。

「中央ＴＶっていうと、斎藤さんが出る映画のスポンサーに名前を連ねてますよ」

「やっぱ、関係者のストーカーなのかね？」

俺は、持ち物の中にあった、音声のレコーダーに手を伸ばすと三好に遮られた。

「ほらほら、先輩もこれですよ、これ」

そう言って渡された外科手術に使いそうな手袋を、仕方なく身に着けると、レコーダーを取り上げた。何が録音されているのか興味は尽きないが、それを聞いている時間はなさそうなので、完全に消去した後戻しておいた。メモリーカードタイプだったため、ＰＣによる厳密な消去が可能だったのだ。三好がスマホを持ち出して何かしていたが、まさかこいつスパイウェアでもインストールしてるんじゃないだろうな。

「痕跡《こんせき》の残る犯罪はやめとけよ」

「分かってますって」

その笑顔がなんだかヤバそうなんだが……。

俺はそれを見なかったことにすると、カヴァスに向かって尋ねた。

「で、カヴァス。これを元に戻せるのか？」

カヴァスはコクコクと頷くと、散らばったアイテムをシャドウピットに落としていった。

「しかしシャドウピットって、凄い便利だな。収納と違って生き物も入れられるし」

「それが、自分たち以外のものは、重量制限も厳しいですし、入れっぱなしだと行動にも支障が出るみたいですよ」

三好がそう言いながら、スマホと音声レコーダーからバッテリーを取り出して、別々にシャドウピットへと投げ込んだ。何のためにそんなことをしているのか少し不思議に思ったが、何か考えがあるのだろう。

「そうなのか？」

カヴァスはコクコクと頷くと、ペッと男をシャドウピットから吐き出した。彼はすっかり身ぐるみ剝《は》がれる前の状態に戻っていた。朝起きたときの着替えとかに便利だな、などと考えながらそれを見ていた俺は、ふと思った。

「こいつらに頼めば一瞬で変身とかできるんじゃないか？」

「変身してどうするんです？　ザ・ファントムにでもなるんですか？」

「それな」

「は？　本気ですか、先輩」

今のところは、なんとか三好の影に隠れおおせているが、サイモンとか御劔さんとかには、すでにバレかけていそうだし、今後攻略に力を入れるにしても今(注13)のままじゃちょっとまず(注14)そうだ。

とは言えGランクの気安さも捨て難い訳で、それなら、クラーク・ケントや近藤静也のごとく姿を偽って活躍するのも――

「悪くないだろ？」

「先輩は、そういうとこ、意外とおこちゃまですからね」

「や、やかましいわい。ヒーローは正体を隠すのが伝統というものなんだよ！」

「最近はそうでもないですけど」

そう言われるとそうかもしれないが……。

「ともあれ、いつまでも今のままの状態で活動するのは難しそうなんだよ」

「一層、十層、十八層と、私たちって過疎地ばかりで立ち回ってましたから、今までは問題なかったんですけどね」

「この先はセーフ層なんかの絡みもありそうだし、色々と難しそうだろ？」

「その辺はちょっと考えてみます。ほら、コスチュームなんかもあるといいじゃないですか。友達に腐の人がいますから」

「待て。今、なにかこう聞き捨てならない単語があったぞ」

「気のせいですよ、先輩！　コスプレって楽しいらしいですよ？」

「こ、コスプレかよ……」

俺、もうすぐ二十九なんだけど、と、一気に不安が押し寄せてくるが、まあ、三好プロデュースで失敗したことはほとんどないからな。お前、絶対におかしいだろうと思うことが頻繁にあるのが少々玉に瑕《きず》なのだが。

「ま、まあ、お手柔らかにな。んじゃこいつ、どうするよ？　結局目的は分からなかったけれど、そろそろ目覚める頃だろう？　門のところにでも転がしとくか？」

「先輩。この際、目的は本人から訊いてみませんか？」

「はぁ？」

「まあまあ、先輩。ここは私に任せておいてくださいよ」

「お、おお……」

なんだか俺は猛烈に嫌な予感に襲われたが、とりあえず三好に任せてみることにした。

三好はにこにこと機嫌良さそうに、自分の席へと戻って行った。彼の意識が戻るまで計測データの解析を継続するつもりなのだろう。

SECTION：
ピット

「んっ……」

　意識が暗い闇の中から浮かび上がり、自分を認識できるようになったはずだが、そこは変わらず暗い闇の中だった。

「なんだ、ここは？」

　思わず体を起こそうとした氷室の頭は、ごつんと何かにぶつかって、それ以上体を起こすことができなかった。寝そべったまま、片手を上げてみると、顔の先二十センチ程度の場所に壁があるようだった。

「おい、まさか……」

　彼はそのまま両腕を広げようとしたが、左右に少し腕を広げただけで、壁のような何かに両手が遮られた。

　慌てて彼が頭の上へと手を上げると、やはり指先に壁のようなものが当たる。後は足元しかないが、もしもそこにも壁があったりしたら――

「棺桶《かんおけ》に入れられて、生き埋めにされた⁈」

　そう考えた瞬間、突然めまいを感じたかと思うと、呼吸が浅く激しくなっていった。

「落ち着け……」

自分がパニック障害に陥りかけていることを自覚している彼は、なんとかそれを回避するために、目を閉じて意識を失う前のことを思い出そうとしていた。

確か、斎藤涼子が入って行った事務所の敷地に侵入したはずだ。傍若無人とも言える行動だったが、画を撮らなきゃカス扱いされるＴＶマンなら当然の行動だ。見つかったところで、間違いだったと頭を下げておけば、特に問題となることはなかったはずだ。今までは。

その時、コートの内ポケットの重みに気が付いた。どうやらスマホは失くしていなかったらしい。氷室は急いでそれを取り出しながら、少なくとも暗黒の世界からは逃れられるとほっとした。しかしスイッチを押しても、スマホの電源は入らなかった。

「くそっ！」

ふたたび、息苦しさに襲われる。もしもこれが本当に棺桶の中で、本当に地面の下だったりしたら、箱の中の酸素の量には限りがあるだろう。そう考えた瞬間、彼の恐怖は爆発した。

「た、助けてくれ！」

彼は力任せに目の前の壁を叩き続けた。

「助けてくれえええええ！！！」

体中から噴き出した汗が狭い空間に満たされて、呼吸をしていてもまるで酸素が肺に届いておらず、窒息するような感覚が襲い掛かってくる。涙があふれ出し、腕も足も頭もすべてを全面の壁に叩きつけて大声で喚《わめ》き散らした。

「氷室隆次」

「助けてく……は？」

「氷室隆次」

「だ、誰だ？　いや、誰でもいい、ここから出してくれ！」

足元の方から聞こえてきた声は、確かに自分以外の人間のそれだった。それは死に彩られた密閉空間に垂らされた一筋の蜘蛛《くも》の糸のように思えた。

「誰に頼まれた？」

「頼む！　ここから出してくれ！　もう息が、息が！」

そう叫んだが答えは返ってこなかった。

「おい？　おい！　冗談だろ?!　おい!!」

「答えのない者に用はない」

「こ、答え？」

彼は何を聞かれたのかを必死に思い出そうとしていた。たしか誰に頼まれたとか……。

「誰って、局のプロデューサーだよ！　俺はただのＴＶ屋だ！」

頼まれたって何をだよ？　これは映画やドラマじゃない、現実だろ？　リアルの日本でこんなことが起こるのかよ?!　彼は半分パニックに陥っていた。

「何を嗅《か》ぎ回っていた？」

「嗅ぎ回るって……俺は、俺はただ……」

彼は中央ＴＶの石塚プロデューサーから頼まれた、一連の注文について、誰とも知らない声に説明した。何が、『あら間違ってた？　ごめんねー』で済んじゃうだよ！　制作局の常識で行動したら、命の危険を感じるような羽目に陥ってるじゃねーか！　と彼は心の中で絶叫していた。

（だから言ったんだ、制作は世の中を舐め過ぎだって！）

しかし後悔したところですでに遅い。彼にできることは、すべてを話すことと命乞いをすることだけだった。

（注13）クラーク・ケント
ジェリー・シーゲル／ジョー・シャスター（作）『スーパーマン』より。

言わずと知れたスーパーマン。正体を隠して活躍するアメリカンヒーローの代表格。

（注14）近藤静也
新田たつお（作）『静かなるドン』より。

ヤクザのドンなのだが、昼間は下着会社の社員で楽しく働いている。

SECTION：

代々木八幡　事務所

　一連の問答の後、再び麻痺させられた氷室氏だったが、ただでさえ忙しい救急車両に、何も問題がないことが分かっている彼を運んでもらうと言うのはさすがに良心が痛んだため、いつもと同様、某田中さんに連絡して引き取ってもらうことにした。

　彼はそろそろ深夜にさしかかる時刻にも関わらず、すぐに事務所へとやって来た。

「彼はどこかの病院に入れられるんですか？」

　三好の質問に、某田中さんは不思議そうな顔をして「どうしてです？」と訊き返した。今までそんなことを尋ねたことがなかったからだろう。

「その人、全然鍛えられているように見えませんし、もしも普通の人だったら、後でお見舞いにでも行こうかと思うんです」

　某田中氏は、ストレッチャーに乗せられている氷室にちらりと目をやった。

「それが一流たる所以かもしれませんが……今晩は、中野の警察病院に収容すると思います」

「分かりました。じゃ、よろしくお願いします」

　某田中氏は、小さく頷くと、部下と共に去って行った。

「あれはちょっとやりすぎじゃないか？」

　本当にパニックに陥って、頭蓋骨《ずがいこつ》陥没するくらい頭を強くぶつけたり、ひきつけを起こされたりしたらちょっと困ることになるだろう。

「一応そうならないようなタイミングで刺激与えておきましたし。ほんとの拷問なら、身じろぎできる程度の空間で、しばらく放置ですよ」

真っ暗闇で、やっと身じろぎできる程度の空間……考えただけで閉所恐怖症になりそうだ。

「考えただけで恐ろしいな。で、結局、もう一度シャドウバインドで眠らせたのか？」

「スマホもボイスレコーダーも電池を元に戻しておきましたし、警察病院で目を覚ましたところで、夢でも見たのかと思ってくれますよ」

「そうかぁ？」

夢だと思うとは、とても思えないが……。

「で、何を企んでる？」

「ええ？　先輩ったら酷いですー」

「どこの大根だよ……わざわざ入院先を聞いたからには、なにかあるんだろ？　考えが」

「どっかのエージェントと間違って巻き込んだとしたら、悪いじゃないですか。一応明日お見舞いにでも行こうかと思いまして」

「で、本音は？」

「私たち、マスコミに知り合いがいませんから、お友達になりたいなーと。ほら、カメラを落としたままですしね」

そう言って、彼が落としたと思われるカメラを持ち上げた。某田中氏に渡さなかったのは、それが彼とは無関係な場所で発見されていたからという言い分らしい。

　しかし、あんだけ脅しておいて、お友達って……

「ところで先輩。ＪＤＡの商業ライセンスＩＤに紐づいている個人情報って、一応秘密情報ですよね？」

「確かかな。そうじゃなきゃどうしても何かが欲しい連中が押しかけて来そうだもんな。取引は全部ＪＤＡ経由なんだし間違いないだろ」

　これは、鳴瀬さんへのクレーム案件ですねと三好が憤慨している。

「しかし、オークションの方はＪＤＡのガードが堅いからって、新人女優のお師匠様なんて切り口から、制作でかるーく飛ばし気味に扱うって、ＴＶ局の人って馬鹿なんですかね？　高学歴集団のはずなんですけど」

「高学歴集団だから、ルールの隙間を突こうとするんじゃないか？」

　やりすぎたところで、番組内で出演者にちょっと頭を下げさせれば、今までだって許されているようなものだし、ＢＰＯ（放送倫理・番組向上機構）に訴えたところで、ＢＰＯの独立性は低く、判断はお手盛りだなどと総務大臣にまで言われるような機関なのだ。すでに感覚がマヒしているのかもしれない。

「だけど本当にそれが目的だと思うか？」

「どういう意味です？　あの状況で嘘をつくのは難しいと思いますけど」

「いや、俺も、彼は嘘をついちゃいないと思うけどな……一体、オークションの何を調べようとしたんだろう？　オークショニアが誰かなんて、深く調べなくてもすぐに分かりそうなものだろ？　何しろいきなりSランクになったIDがあるんだ。それ以外考えられない気がしないか？」

「そう言われればそうですよね。世間的に知りたいことというと、オーブをどこから持ってくるのかとか、世界ランク一位と関係があるんじゃないかとか……後は、オーブの保存方法を見つけたんじゃないかとかでしょうか」

「裏のマンションに大勢いる人たちもその辺が目的だろうけどさ。それって、ただのTVマンが調べに来るようなことか？」

「誰かにそそのかされたとか？」

「中央TVの石塚ってプロデューサーに？」

「直接的にはそうですけど……ちょっと調べてみましょう」

「おい待て、調べるってどうやって？」

「あれだけ取材という名目で、他人のプライバシーに踏み込んでくる人たちなんですから、自分たちが調べられることもあると知ることは大切だと思いますよ」

「民間の調査機関を使うのか？」

「そろそろマスコミ対策も必要でしたし、せっかくコネが向こうから来てくれたんですから、ここは大いに利用したいところです！」

「あー、まあ、ほどほどにな」

「それより先輩、ちょっとこれ、見てくれませんか？」

　ごたごたしている間に計算が終わったのだろう、三好が差し出してきたタブレットには、奇妙な形状をした3Dグラフが描かれていた。

「なんだこれ？」

「あの計測デバイスって、時間軸方向の情報を使って、その精度を上げているんです」

「合成開口レーダーとか、複数フレームを利用する超解像みたいなものか？」

　合成開口レーダーは、人工衛星などに搭載されるレーダーで、レーダー面が移動することを利用して、擬似的に巨大なレーダーとすることで解像度を上げるレーダーだ。

　超解像の複数フレーム利用は、ビデオにおける前後のコマの状態から、入力解像度以上の解像度を作り出す技術だ。

「まあそうですね。その関係で、単位時間で取得したデータをそのまま出力する機能があるんですけど、その出力を眺めていたら、値の変動に、どうも周期のようなものがあるみたいなんです」

「周期？」

「はい。それでこの図形なんですが、中島さんが想定した超解像による値取得とは別に、周期単位で取得したデータに対して時間軸方向の変化を畳み込んで三次元に変換した後、視覚化ツールで出力したものです」

　俺はもう一度その図形を見直した。

　それは現実にはあり得そうにない、クライン体を彷彿《ほうふつ》とさせる奇妙な立体だった。

「分かるのは変な図形ってことくらいだな。詳しいことはさっぱりだ」

「まあ望みの結果を得るために、色々と畳み込みの方法だの係数だのを弄ったので、私にだってこれが正確に何を表しているのかなんて分かりませんけどね」

便宜上のモデルですと、三好は肩をすくめた。

「一つだけ言えることは、これです」

三好は画面上に、もう一つの似たような図形を呼びだして、それを最初の図形に合成した。それは示し合わせたかのように、ほぼぴったりと重なった。

「これは?」

「最初のは私のモデルで、後のは先輩が私と同じパラメータに設定したときのモデルです」

「ほぼ同じになるのか。凄いな」

「で、これが、中島さんが測定値として出力した数値なのですが……」

そこに書かれていた数値を見ると、三好と俺のモデルには、確かに近い値だとは言え、結構な相違点が存在していた。

「揺らぎは+－〇・〇五%だとか言ってなかったか?」

「それはデバイスとしての性能ですよ」

それにしてもこれは……。

仮に測定値として出力された値を、俺の三好擬態で出力した値と単純に比較しても、ぴったりと重なったりはしないだろう。

「周期を利用したかどうかの差かな?」

「それが大きいと思います」

「凄いじゃん、三好。じゃ、この奇妙な図形の特徴を解析すると数値に戻せるのか？　具体的にはステータスに」

「多分できるんじゃないかと思うんですが、問題はそこじゃないんです」

「え？」

デバイスから得られた情報でステータスを出力できるなら、それで問題は解決じゃないのか？

「これ、見てください」

そこには『saito』と書かれたモデルが表示されていた。その上にすぐ『saito-c』と書かれたモデルが追加される。cはcomparisonで、比較用ってことだろう。

目の前で重ねられたそれは、先ほどと同様きれいに重なったが、比較用の側には一部に奇妙な突起が存在していた。

「なんだこの突起？」

「もちろんモデル化のゴミという可能性もあるんですが……」

斎藤さんのモデルだけでなく、御劔さんのモデルとも、鳴瀬さんのモデルとも、比較用に俺が擬態したモデルとは同様の差異があるそうだ。

「つまり、俺にあって、彼女たちにないもの？」

俺は思わず、下半身にあって時々元気になる、とある器官について想像した。なにしろ奇妙な突起だけに。

「先輩。性差について考えているなら、それはたぶん誤りです」

「なんでさ?」

「最初に比較した私のモデルとは一致したじゃないですか。私は一応女性ですよ?」

確かに三好のモデルとは、ほぼ一致していて、目立つ突起部分の違いはなかった。

「んじゃ、これは、俺と三好にだけある特徴だってか?」

「数少ないデータから考えるならその通りです」

それってつまり――

「スキルか?」

「はい。しかも、一番ありそうなのは、空間収納系のそれです」

「理由は?」

「先輩。鳴瀬さんは、〈異界言語理解〉を持ってるんですよ」

なるほど。もしもパッシブに発動するスキルが原因なら、鳴瀬さんにもこの突起が現れるはずなのか。

「斎藤さんか、御劔さんにスキルオーブを使ってもらって、差異を計測できればはっきりすると思いますけど……」

斎藤さんなら喜んでやってくれるだろうが、彼女にはちょっと迂闊なところがある。師匠問題と違って、ぽろりとこぼされたりしたら、ちょっとどころではなく問題になるだろう。

「御劔さんかな?」

「どちらかと言えば、その方が無難ですね」

しかし、御劔さんに〈収納庫〉？

もしもそれがバレたりしたら、希望と全然違う将来になっちゃう可能性が高いからなぁ……

「いっそのこと、世界に貢献しているサイモンに！　なんてのは？」

「それ、もしも出所がバレたら自衛隊に恨まれるくらいじゃ済みませんよ」

かといって、何のコネもない自衛隊にいきなり提供して、以降目を付けられるというのも勘弁してもらいたい。最終的にはそれもアリなのかもしれないが、態勢の整っていない今のところは。

「ううむ……」

「それに比較実験としては、やはり三人の誰かがベストですよね。サイモンさんたちが、使用前から詳細に計測させてくれれば別ですけど、きっと彼らのステータスって機密扱いに――そうだ！　ジャマー的なものを作れば売れそうですね！」

「あのな……」

確かに、もしも細菌兵器が造られたとしたら、それはワクチンとペアでないと実用にならないだろう。何かを暴く器械は、それを防ぐ手段とペアの方が便利であることは間違いない。

「個人を識別する何かが、この中にあれば、色々と便利なんですけどね」

そう言って、三好は、ステータスモデルをクルクルと弄っていた。

「先輩のパラメータ違いのデータから、いろんなモデルを沢山作って、それらの中で変化しない部分を抽出すれば、それが先輩個人を識別する情報と言えるかもしれませんから、後は、他の人と比べてみる、とかですかねぇ……」

興味の対象が他へ移ると同時に、それまでやっていたことがどうでもよくなるのは、頭の回転が速い人間に割と共通している傾向だ。収納持ちの検証は、もう一度彼女の興味が戻ってくるまで中断されることになるだろう。

それまでに俺は〈収納庫〉を誰に使わせるべきか考えておこうと思った。

なにしろ〈マイニング〉が控えているのだ。金属資源が深層で採れ始めれば〈収納庫〉の価値は天井知らずになるだろう。

同様に〈マイニング〉を誰に使わせるのかも問題だ。今のところは全部で五つ。いっそのこと全部オークションに出してしまって、後は各国の判断に委ねるというのもありだろう。

三好は夢中でＰＣにかじりついている。俺は面倒な事ばかりが思い浮かぶ現実から逃げるように、思考を放棄してベッドへと潜り込むことにした。

明日は、クールタイム明けの〈収納庫〉をハントする仕事があるのだ。誰に使わせるのかはともかく、クールタイムが長いオーブは、なるべくギリギリのところで押さえておきたかった。

二〇一八年　十二月十七日（月）

SECTION：

代々木八幡　事務所

「それで完徹したんですか？」

「ふぁい……」

翌朝起きて階下へ下りてみると、三好が鳴瀬さんに怒られていた。

「おはよう。なにか立て込んでんの？」

「あ！　せんぱーい。ＰＣ遅すぎですー。スパコン買ってくださーい」

「はぁ？」

どうやら、収集した俺の全データに対して何かの処理を行ったらしいのだが、それが全然終わらなくて色々とこねくり回していたところを、朝来た鳴瀬さんに見つかって、徹夜を戒められたようだった。

〈超回復〉って、集中することがなくなると、とたんに仕事をしなくなるんだよな……。

それにしても、徹夜でハイになっているのは分かるが、突然何を言い出すんだ、こいつ。

「今なら、一ペタＦＬＯＰＳあたり十億円くらいですかね？」

確かに今なら、来年製造が始まるらしい『京』の後継機を作れる予算だってあるけどさ。あれなら一ペタ一億三千万円くらいだ。もっとも――

「あほか。置く場所がないだろ、置く場所が」

　今どきの大型コンピューターには、普通の家の電源レベルでも動作するものがあるが、スーパーコンピューターは無理だ。下手すりゃ発電所が要るレベルなのだ。

「うえーん」

「しょうがないヤツだな。確か、京が共用をやってたろ？　会社で素材の構造解析に使えないかと調べたことがあるぞ。確か一日貸し切りで三千万弱だった気が……あれじゃダメなのか？」

「いいですね、それ！」

　三好は跳ね起きるように立ち上がると、ＨＰＣＩのサイトを開いた。

　ＨＰＣＩは『High Performance Computing Infrastructure』の略で、理研のコンピューターを中心に、国内の大学や研究機関の計算機システムやストレージを利用するための、共用計算環境基盤だ。要するに国の補助金で作られたスーパーコンピューターを、みんなで利用できるようにしましたよという組織なのだ。

「へー。ＨＰＣＩの成果非公開有償って随時受付なんですね。お金って凄いなー」

　通常無償で利用できる研究系は、年に一回か二回申し込みの時期があって、審査の結果利用できるかどうかが決まる。それに対して、産業利用で使用料を自分たちで支払う場合は、優先利用ができて、しかも申し込みは随時なのだ。

「京って、六百万ノード(注15)時間まで使えるようですよ。先輩モデルの構築がはかどるなぁー」

　いや、いくら自腹の産業利用だからと言って、そんなすぐに使えるはずが……。

　百ギガＦＬＯＰＳくらいで済むのなら、エントリー向けのＦＯＣＵＳ（公益財団法人計算科学振興財団）に申し込めば、三日くらいでアカウントが発行された気がする。もともと、ＦＯＣＵＳは、産業界が気軽にスパコンを使うことに慣れさせるために作られた組織っぽいし。

とは言え、今どきのＰＣのＣＰＵは高速だ。理論値で言えば、ハイエンドな多コアのＣＰＵなら百ギガどころか一テラＦＬＯＰＳくらいの性能があるものもある。

「先輩！　地球シミュレーターがまだ現役ですよ！　ああ、ベクトル型って格好いいですよねぇ。こっちも申し込んじゃおっと。ぽちっと」

どうやら、京とそれ以外のＨＰＣは申し込みが異なるようだ。

しかし三好のやつ、やたらとハイになっているけど大丈夫か？

「三好、三好。お前、ちょっと寝てこい。な」

「きゃー！　日本のスーパーコンピューターが使いたい放題ですよ。きゃっほー」

突然立ち上がった三好は、伸ばした両手の平を頭の上で重ねて、クルクルとドリルのように回りながら二階へと上がっていった。

鳴瀬さんはそれを呆然《ぼうぜん》と見送りながら言った。

「三好さん、大丈夫ですか？」

「大丈夫ですよ。徹夜ハイなんかの時は、時々ああなるんです」

会社でも高額な試薬の使用許可が出たときに、似たような状態になっていたっけ。

それにしても三好のやつ、そんなに大量の計算が必要になるって、一体何をやってたんだ？

「ところで――」

「はい？」

「――先輩モデルってなんです？」

「え、えーっと……その辺りは、コンフィデンシャルな内容ですし、三好でないとちょっと説明が難しいので、彼女が起きてからにしましょう！」

俺はそう言いながら、心の中で三好に悪態をついていた。

§

「いや、ホント、お騒がせしました」

四時間ほどして起きてきた三好は、自分が申し込んだHPCの利用申し込みログを整理しながらそう言った。

「だけど、お前のデスクトップだって相当パワフルだろ？　モデルの作成にそんなに時間がかかるなら、デバイスから受け取ったデータを計算して返すのにもの凄いCPUパワーが要るんじゃない

（注15）　ノード時間
コンピューターを構成する一ノードを一時間利用すると、一ノード時間となる。

京は八万八千百二十八ノード構成だから、京全体を一時間貸切ると、八万八千百二十八ノード時間となる。

六百万ノード時間は京全体を六十八時間ちょっと占有するくらい。

か？」

それじゃ事実上使い物にならないだろう。

「あ、いえ。いったん個々の計算式を確定させて係数群を決めてしまえば、計算自体は一瞬ですから、それはいいんですけど」

つまり昨日のモデルで、計算式の大まかなところは確定しているということだ。じゃあ、一体、何を計算していたんだ？

「なら、何をやってたんだ？」

翻訳部屋にいる鳴瀬さんを気にしたのか、三好は声を落として言った。

「スキルの判別と個人の識別です」

「なに？」

三好は、試作機のカバーを取った。

「さすがに試験用の最高性能機と銘打つだけあって、これは中島さんが、かなりのオーバースペックに作りあげたようなんです」

例えば、超解像用のタイムスライスにしても、どのタイミングが最適か分からないという理由で、すべてのデータを２４０ｆｐｓで取得できるようになっているらしいのだが、実際に、中島氏が各パラメータの決定のために使用しているのは、〇・五秒でせいぜい八枚程度のデータだそうだ。

「オーバースペックにも程があるだろ」

〇・五秒で八データなら、16ｆｐｓってことだ。十五倍の性能は馬鹿げている。

「まったくです。彼に予算を与えたくない翠先輩の気持ちが、ちょっとだけ理解できますよね」

要求仕様をはるかに超える高性能を作り出すことは素晴らしいが、世の中にはコストパフォーマンスというものがある。大抵、予算は有限なのだ。

「それで？」

「とりあえずフルスペックで情報を取り出してある先輩のパラメータ違いのデータを、いろんな手法でモデル化して、変化がない部分を探してたんですよ」

「昨日、最後に言ってたやつだな」

「そうです」

パラメータが変動しても変化がない部分。もしもそれが存在していて、かつ、個々の人間ごとに異なっていれば、個人識別の可能性が生まれるってことだ。

「それってできそうなのか？」

「いえ、それが……」

手当たり次第に有用そうなモデルを作って目的の部分を探すコードを書いて放置したら、全然戻ってこなくなって、今朝の状況に陥ったというわけだ。

「それってバグで無限ループに陥ってるとかじゃなくてか？」

「一応進行ログは出力されていますから、それはないと思います」

「まあ何らかの理論があるわけじゃないからなぁ」

「しらみ潰しはコンピューター数学の基本ですよ」

無限の対象に対して実行した場合、それで何かが証明できるという訳ではないけれど、工業的な利用なら適切な範囲の中での結果が分かりさえすればいいのだ。

「それにしたって、計算量くらいめどを立ててから実行するだろ」

「うまいこと、O（n^3）くらいのオーダーに押し込めたと思ったんですけどねぇ……HPCIの方は、どうせすぐにアカウントが発行されることはないでしょうから、しばらくあのPCは放置しておきましょう」

よさげなモデルが見つかれば、出力してくれるはずだとのことだ。組み合わせ爆発を説明するお姉さんみたいにならないことを祈ってる。

「それで、お話は終わりましたか？」

俺たちの会話が終わるのを待っていたのか、翻訳部屋から出て来た鳴瀬さんが、そう声をかけてきた。

「あ、はい」

「そろそろ説明していただけると、専任管理監としても助かるのですが」

腕を組んで目を細める鳴瀬さんは、なかなか冷たい迫力があった。

「先輩。できる女って感じですよ」

「しかも女王様の風格があるぞ」

「何をごちゃごちゃ言ってるんですか？」

「「あ、はい」」

「コンフィデンシャルだそうですが、私も何かの計測に協力させられたようですし、そろそろお話ししていただきたいですね」

「あー、三好？」

俺は困って三好に話を振ってみた。三好は、まあそろそろですよねと言った顔で頷いた。

「どうせ、二十三日の家族会議で、似たような案件が話し合われると思いますけど」

「え？　鳴瀬家《うち》のですか？　それってどういう……」

三好は、不思議そうな顔をする鳴瀬さんに、デバイスの目的と翠さんとの協業について大まかなところを説明した。鳴瀬さんは最後まで黙って聞いていたが、話が終わると同時に興奮したように言った。

「ステータスを数値化するって、本当ですか?!」

「ええ、まあ」

身内が製作するデバイスの話をすっとばして、最初に食いつくのがそこだとは、さすがはＪＤＡ職員だ。

「じゃあ、私のも？」

「昨日計測したデータでよければ」

三好はタブレットを取り出すと、そこへ彼女のデータを呼びだした。

計測値から件のモデルを作成してステータスを計算し、ＨＰ／ＭＰについては計算されたステータスから導いた参考値ということだ。

実際のところ、xHPやxMP系のスキルが使われていると、単純に計算しても値が一致しないから、かなりいい加減な数値になるだろうが、スキル持ちの人数や、そのスキルの現時点における影響レベルを考えれば、実用上はそれほど問題はないだろうと割り切ったらしい。

NAME	:	鳴瀬 美晴
HP	:	23
MP	:	27
STR	:	10
VIT	:	9
INT	:	15
AGI	:	9
DEX	:	13
LUC	:	11

興奮した様子で、その数値をしばらく見ていた鳴瀬さんは、突然少し不安げな表情になって顔を上げた。

「もしもこの値が本当にステータスを表現しているなら、このデバイスが探索者に与える恩恵は計り知れないと思います」

それはそうだろう。

例えばWDAが、各ダンジョンや各層の推奨ステータスなんてのを発表したら、探索者の負傷率や死亡率は一気に下がる可能性がある。他にも、任意のステータスを伸ばすための訓練方法なんかが考案されるかもしれない。

何かを数値化するということは、対象に対する抽象化を行っていることと同じだ。そうしてそれは、物事をシンプルにし、事象に客観性をもたらす。人々は曖昧な主観から解き放たれ、共通の認識へと到る道筋を見いだすのだ。

人々は呪《まじな》いの世界から解き放たれ、洗練された科学の世界へと入門を果たすだろう。実はそれが新たな別の呪いへと到る道なのだとしても。

試行錯誤の結果を評価できるようになった人類は、さらなる効率的なダンジョンの攻略へと向かうに違いない。

「だけど、この話はインパクトがありすぎます」

「インパクト？」

「だって、これって……人を格付けしちゃいませんか？」

まあ、誰だってそれを危惧するだろう。俺たちにしたところで、最初に思いついたのはドラゴンボールごっこだった。

「最初はそうかもしれませんが、いずれはヘルスメーターと大差ない機器になると思いますよ」

子供のオモチャにするには高価ですし、と笑ってみせた。

ヘルスメーターだって、人間のプロパティの一部を表示する機器だ。だが誰もその値で人間に序列をつけたりはしないだろう。特殊な研究者を除いて。

「体重と一緒にされても」

「実際、これは、体脂肪率と同じようなものですから」

「え？　それって一体……」

体脂肪率は、電気の流れやすさで計測されている。

しかし、人間の体の大きさには個人差があるから、単純に電気抵抗値の値だけでそれを測ると誤差が出るのだ。結局、大量の人間の数値を測って作られたデータベースを利用して値を決定しているわけで、実は、ステータスの決定も似たようなものだった。

「いずれにしても、人間はすでにあらゆる数値で序列化されています。長者番付だの、入試の偏差値なんかもそうでしょう？」

「しかしそれは視覚化……」

「されていますよ。入った学校や生活レベルで」

実際人間の序列化はあらゆるところで行われている。それを過度に行ってしまう人がいることは問題だが、いまさらその基準が一つ増えたくらいどうってことないと言えばないのだ。

鳴瀬さんは、諦めたように小さくため息を吐いた。

「それで……このデバイスがステータスを出力するための理論やアルゴリズムは、公開されるんですか？」

それを聞いた三好が静かに首を振った。

「しかし、そうしないと信憑性の検証が――」

「鳴瀬さん」

三好は彼女の言葉を遮った。それは、ダンジョンの中で固めた三好の覚悟が、ついに実行される時が来たことを告げていた。

「これはあくまでも、帰納的にステータスを調べた結果生まれた技術なんです。だから先輩が体脂肪率に例えたんですよ」

「き、帰納的？」

三好が暗にほのめかした内容に、彼女は目を白黒させた。

「鳴瀬さん、私――」

三好は、鳴瀬さんから視線を外すと間をおいて、芝居っ気たっぷりに緊張感を演出した。そして、テンションがピークに達したとき、視線を素早く鳴瀬さんに戻し、目力を入れて告白した。

「私、〈鑑定〉持ちなんです」

その瞬間、オーケストラが投げかけたドミナントに、ドラマティックに応えたピアノの音が響いたような気がした。シューマンが唯一作曲したピアノ協奏曲イ短調作品54のオープニングだ。

「……え？」

三好があらかじめ用意してあったDカードを取り出して、今聞いたことが信じられずに呆然としている鳴瀬さんに見せた。〈鑑定〉以外のスキルがカバーで隠されているところが怪しいが、それは今更と言うものだろう。

鳴瀬さんは、それを確認すると、三好の顔を見て、もう一度Dカードに目をやった。

ダンジョンができて三年。それは、世界で初めて〈鑑定〉が確認された瞬間だった。

数日後、三好のデスクトップのモニターに、永遠かと思えるような探索の結果、一つのログが表示されたが、もちろん誰も、すぐにそれに気が付くことはなかった。

『conformity: KY2538-21104 (1284,7743,6430-1312,6661,6434)』

SECTION :

中野区 東京警察病院

その日の午後、俺は、予定通りクールタイム明けの〈収納庫〉を取りに代々木ダンジョンへと向かった。鳴瀬さんはひとしきり事務所でレポートを書き上げた後、それを抱えて急いで市ヶ谷へと戻って行った。

そうして、三好は一人で中野の警察病院を訪れていた。

「いい、カヴァス。あの部屋までお願いね」

三好は影の中のカヴァスにそう言って、誰にも見られそうにない場所で影に落ちた。

朝早く目を覚ました後、医者の説明と診察を受けた氷室には、特に異常などは見つからなかったため、本日中の退室を求められていた。

医者の後にやって来た特徴のない男にされた、尋問と言ってもいいやり取りの意味は、よく分からなかったが、大学時代に1ヶ月だけ付き合った女のことまで知られていたのには驚いた。

ともあれ、彼自身は、何のおとがめを受けることもなさそうで、入り口に張り付いている二人の男からも、ここを出るときに解放されると聞いていた。

「しかし、一体どうしてあんなに詳しく調べられたんだ?」

トリュフの匂《にお》いは感じているのに、それを掘り当てることができない豚のように、もやもやとしたものを抱えながら、彼は退室の準備をしていた。

「こんにちは」

ドアが開いた音に気が付かなかったのに、突然声を掛けられて、飛び上がらんばかりに驚いた氷室は、声のした入り口の方を慌てて振り返った。

そこにいたのは、小柄で活動的な感じの女だった。氷室は彼女が知り合いだったとしても、それが誰だかは思い出せなかった。

「一体、どこから……」

そう呟いた氷室は、入り口から以外ないじゃないかと落ち着きを取り戻し、女に尋ねた。

「ここからはもう退室するところですが、どこかとお間違えでは？」

「いえ、間違ってはいませんよ。氷室さん」

女は彼の名前を呼んで、にっこりと笑った。氷室はその声を、どこかで聞いたことがあるような気がしたが、やはりはっきりと思い出すことはできなかった。

「失礼ですがどちらさまでしたっけ？」

氷室は、その女が誰にしろ、どうしてここに自分がいることを知っているのか訝しんでいた。なにしろ制作会社の朝は遅い。月曜日だとは言え、ここを出てから出社すれば問題はないだろうと、彼はどこにも連絡をしていなかったのだ。

「それは私が伺いたいのですが」

そう言って女は、彼が失《な》くしたはずのカメラをテーブルの上に置いた。

「あなたの物でしょう？　うちの庭に落ちていました」

氷室はそのカメラを手に取った。メディア24のシールが貼られたそれは、レンズにひびが入っていたが、たぶん落とした時に割れたのだろう。修理するにしても新しく購入するのと変わらないくらいの支払いが発生しそうな様子だ。自分の物ではないと言い張ることもできたかもしれないが、中身のメモリカードは回収したかった。

「確かに……そうですね」

「うちの庭で何を？」

まさか盗撮していましたとは言えず、昨夜の記憶もあって氷室は一瞬躊躇した。

今朝、彼が病院で主張した内容は、医師のにこやかな笑顔で優しく受け止められ、錯乱していたのだろうと結論付けられた。物理的に彼が主張するようなことができる設備など、どこにも見当たらなかったし、彼の主張と違い、彼の持ち物だったスマホの動作も正常だった。

極めつけに、彼はゴーグルマップのタイムライン機能を利用していたのだ。その記録によると、彼はとある家の周辺から、一度も移動していなかった。

今でもあの暗闇の中の記憶は、夢だったとはとても思えない。何しろ一度は死を身近に感じたのだ。しかしすべての外的な証拠はそれを夢だと主張していた。そして、喉元《のどもと》を過ぎてしまえば熱さを忘れられるのは、この仕事をやっていく上で有益な資質で、彼はその資質に恵まれていた。

「いや、それは大変失礼しました。どうやら他の家と間違えたようだ」

昨夜あの暗闇の中で、一体何をぶちまけたのか、彼の記憶は定かではなかった。だから、いつもの通り、にっこり笑ってしらばっくれることで切り抜けようとしたのだ。

そうしらを切った瞬間、彼は暗闇の中に立っていた。

「な、なんだ?!」

今まで明るい病室の床に立っていたはずだ。だが、目の前には漆黒の闇が彼を押し潰そうと迫り、昨日の記憶がフラッシュバックしたかのようだった。そして、あえなくパニックに陥りそうになった瞬間、再び、さっきまでいた病室の、さっきまでいた場所で膝をついていた。

「かはっ！」

目に映る空間の端が魚眼レンズのように歪んでいき、視野が狭くなっていくような感覚を味わいながら、目の前にいる女が、何か異様な存在のように感じられた。

「どうされました？」

その声をもう一度聞いたとき、彼はそれをどこで聞いたのかを思い出した。身動きができなかった息苦しさと共に。そうして彼は、体中から汗が噴き出すような錯覚に襲われた。

「あ、あんた……、一体何だ?!」

「はい？　大丈夫ですか？」

「家をお間違えだったんですね？」

女がにこやかにそう告げた。

彼はそれに頷いた瞬間、もう一度闇の中へと落とされる気がしていた。あそこがどこかは知らないが、もう一度行きたいとはとても思えなかった。たとえそれが幻だったとしても。

「それでは仕方がありません。でもせっかくお知り合いになれたんですから、今後とも仲良くしてご協力いただけますか？」

「……仲良く？」

氷室は女が何を言っているのか、ほとんど理解できないまま頷いていた。

「わー、ありがとうございます。——そうだ、これはお見舞いです」

女がどこからともなく取り出したのは小さな鉢植えだった。彼はそれを見て、入院のお見舞いに鉢植えとは、いったい何の嫌がらせだと、一瞬常識を取り戻した。そもそも今朝見せられた入院時の諸注意によれば、ここは、根や土の有無に関わらず生花の持ち込みはＮＧのはずだ。

その鉢には、小さな葉を沢山つけた背の低い木が生えていた。以前撮影で使ったことがあるような……何て名前だったかなと彼はぼんやりとそれを見ていて、突然その木の名前を思い出した。確か夏の番組で、紫の花が欲しくて使ったのだ。いつもの癖で詳細を調べながら。

「デ、デュランタ……か？」

その木のことを思い出した氷室の顔から、音を立てて血の気が引いていった。

「では、またご連絡します」

その声に我に返った彼は、女がいた場所へと振り返った。しかしそこには誰もいなかった。

「また、連絡する？」

氷室は急いで病室のドアに駆け寄り、それを勢いよく開けると、廊下に首を突き出して辺りを見回した。そのあまりの激しさに、彼の見張りについていた内調の二人が、思わず椅子から腰を浮かせて彼に尋ねた。

「おい、一体どうしたんだ？」

「今、女が出て行かなかったか?!」

「女？」

見張りの二人は思わず顔を見合わせた後、こいつ、ヤバいクスリでもやってるんじゃないだろうなと観察するような視線で、訝し気に氷室を見た。

二人の様子を見た氷室は、ここでごねた結果、さらに長い取り調べを受けるのは御免だと思い直した。

「いや、すまん。何でもない」

彼はそう言って、部屋へと引っ込んだ。

「今後とも、仲良く……協力だと？」

一体あの女は、俺に何をさせるつもりなんだと不安に陥りながら、氷室は、後ろ手に病室のドアを閉めた。

目の前に置かれている鉢植えが自分を監視しているような気がして、思わずベッドのシーツをはがして鉢に覆いをかけると、大きく息を吐きだした。

SECTION :
代々木八幡　事務所

「それでどんな追い打ちをかけて来たって？」

「追い打ちとは失礼ですね。花を持ってお見舞いに行っただけですよ」

「花？」

「残念ながら十月で終わってしまうので花は咲いていなかったんですけど、デュランタの鉢を届けておきました」

「入院患者に鉢植え？」

一般的には『根付く』という言葉の意味から縁起が悪いとされ、忌避されている。嫌がらせにも程があるだろ、それは。

「一日寝てただけで、入院ってわけじゃありませんよ。それに、さすがは博識の人も多いと言われる制作のディレクターです。その木の名前を思い出した瞬間に青くなっていましたよ」

「なんだよ毒でもあるのか？」

「まさか。警察病院ですよ？」

「じゃあなんで……」

「デュランタの花言葉は——」

三好はにっこりと笑って言った。

「――『あなたを見守る』なんです」

怖ええよ、三好！　どこのホラー映画だよ！

「『あなただけを見つめる』って意味の、ひまわりも考えたんですけど、一年草だけにこの時季には花も鉢もないいんですよね」

それも、ヤンデレっぽくてシャレになりそうにない。

「恋愛している二人にとっては、いい話なんですけどねー」

三好は悪意のかけらもなさそうに笑っているが、脅された挙句に、いつも見ているぞって言われた気分になって、氷室氏が青くなるのも分かる気がした。

「ついでに、マスコミ関係で協力してほしいとお願いしたら、快く頷いてくれましたよ。物分かりのいい人で助かりました」

「快くぅ？　ホントにぃ？」

そう突っ込むと、三好は明後日の方を向いて、ぴーぴーと間抜けな口笛を吹いていた。

「まあ、手が後ろに回るようなことは止めとけよ」

「しませんよ！」

三好は、失礼ですねとばかりに憤慨していたが、関係者の調査はするつもりのようだった。

SECTION：

市ヶ谷　ＪＤＡ本部

美晴は、市ヶ谷のＪＤＡ本部を見上げながら、疲れた様子で歩いていた。先ほどＤパワーズからもたらされたあまりにセンセーショナルな情報を、どう報告するべきか迷っていたのだ。

「ヒブンリークスや〈マイニング〉関連は、今は報告できないから、農場と〈鑑定〉と、後は、ステータス計測デバイスか……」

彼女は、すべてを知りながら世の中に与える情報をコントロールするなんて、私にはほとほと向いていないなぁと身に染みていた。腹芸ったたって限度があるのだ。

「鳴瀬？　どうしたんだ突然？」

定時報告とは違うタイミングで課長のブースを訪れた彼女の様子に、ただならぬものを感じた斎賀は、普段は開け放しているブースの扉を閉めて、音が外に漏れにくいように手配した。

「課長。Ｄパワーズについて、至急ご報告したいことが」

そう言って彼女は斎賀にレポートを差し出した。

現在Ｄパワーズ関連は、すべてダンジョン管理課課長直の案件になっていたのだ。なにしろ大っぴらにできないことが多すぎた。

「ご苦労様。そうだ先にこれを渡しておこう。レポートを読む間に目を通しておいてくれ」

斎賀が何かの書類を取り出して、美晴に手渡した。ざっと見たところ、それはダンジョン内の土地利用に関するルールの暫定版のようだった。

「まったく、内容的に営業あたりとコンセンサスを取る必要があるんだが、なんでそんなことを決める必要があるんだと言ったありさまで、まったく相手にされなくて困ったぞ」

「今のところ、ダンジョン内の土地を企業に借りてもらえる可能性はゼロですからね」

碑文に記載されているセーフエリアの話が公開されれば別だろうが、現在のダンジョン内の土地利用と言えば、探索者たちが気まぐれに作る拠点くらいなものなのだ。例えば、八層の出口にあるような場所がそうで、そういうものしか想定されていなかった。まさか、あそこから賃料を取るわけにはいかないだろう。

結局営業は、それをまともに取り合おうとはせず、ダンジョン管理課に一任した。そのことが、近い将来、血の涙を流しながらほぞを噛むことになろうとは、誰も想像さえしていなかった。

「しかしあいつらだって、まさか本気でダンジョン内のスローライフを楽しむつもりじゃないだろう？　目的は何だと思う？」

そう言われて美晴は、曖昧に笑った。彼女は芳村の言葉の大部分が本当の事じゃないかと思っていたのだ。

「それほど大きな面積は必要なさそうでしたから、何かの実験だと思いますが、それが何かは」

斎賀はそれを聞いて頷くと「だろうな」とだけ言った。

「連中がダンジョン内の土地で何かをやろうとするってことは――」

斎賀は腕を組むと難しい顔でしばらく考えていた。

「課長？」

「──なにかスライム対策を発見したということだと思わないか？」

「え？」

確かにダンジョン内に施設を作ろうとするならば、スライム対策は絶対に必要になる。それが何かは分からないが、あの非常識な人たちなら、なにか画期的な対策を考えていたとしてもおかしくはないだろう。

「訊いてみますか？」

「そうだな。だが、無理に藪をつつくことはないぞ」

「了解です」

「いずれにしても、こちらで準備する暇もなく何かをやらかされると対応に困る。経過には十分注意しておいてくれ」

美晴は憂い顔の課長の心労を慮《おもんぱか》って内心苦笑しながら「分かりました」と答えた。

「暫定版とありますが、このルールに基づいて三好さんたちと契約して構わないんですか？」

「それは問題ない。一種の実験的な契約になるだろう」

「分かりました」

それからしばらくは、お互いの資料に目を通していた二人だったが、徐々に顔色を悪くしていた斎賀が、とうとう深く息を吐きだすと、美晴に話を切り出した。

「あー、鳴瀬。この報告書は……なにかの創作って訳じゃないよな？」

「残念ながら」

そこに書かれていた内容は、どれもこれもが皆、非常識な内容だったのだ。

「そうか……で、その三好梓だが、〈鑑定〉持ちだというのは?」

「Dカードを確認しました。間違いありません」

レポートには〈鑑定〉の機能の聞き取りも含まれていた。曰く、ダンジョン内のドロップアイテムやオーブの詳しい説明が得られるスキルらしい。

「これがあれば、未知のスキルやアイテムを、今までよりもずっと安全に取り扱えるわけか」

「そうなります」

「オーブのドロップ対象が、さまよえる館のアイボールとあるが……」

「はい。ダンジョン情報局にアップした動画に映っていた館です。あれの軒先に大量にぶら下がっていた眼球ですね」

「そりゃ、採りに行くのも一苦労だな」

「三好さんは、この情報で、さまよえる館にある本のページめいた碑文が、数多く手に入ることを望んでいるようでした」

「そうか。まあそれはいいとしよう。だが、そのスキルを利用してステータスを表示するデバイスを開発しただと?」

「はい。私も測られました。非探索者に対する避けられない制限もあるようでしたが」

「もうそこまで来てるのかよ……」

研究者の間で、あるんじゃないか程度には噂されていたステータスが、はっきりとあることにも驚きだが、それを数値化して表示するデバイスがすでに動作していると来ては、もはや他の研究者とは隔絶したレベルにあると言っていいだろう。

未来から来たネコ型ロボットがバックに付いていてもおかしくないレベルだ。

「こいつに関しては、ＪＤＡも噛みたがるだろうが……」

「Ｄパワーズには、技術も資金も十分にありますし、試作まで終わっている段階で噛むと申されましても……」

まったくだ、と斎賀は苦笑した。噛むどころか、こちらが頭を下げて教えを請わなければならないようなことだらけなのだ。

「これを知られると、又ぞろ、瑞穂《みずほ》常務あたりが暗躍しそうだな」

「〈異界言語理解〉の件で、随分と評価を下げられたと伺っていますが」

あの局長級の会議を巡って、上の方では色々あったらしい。

「その汚名を挽回するチャンスに見えるだろ？」

斎賀は迷惑そうに顔をしかめた。

日本のために、などというおためごかしが今更通用するはずがない。単に、相手の気分を害するだけだ。物はＵＳに持って行っても、ＥＵ（ヨーロッパ連合）に持って行っても、はたまたＣＮ（中国）に持って行ったって構わないのだ。本当にそう願っているのならまだしも、ただのお題目では聞く耳を持ってもらえるはずがない。ただ、距離を置かれるだけだろう。

いずれにしても、三好梓の価値は、今回の件で跳ね上がった。

今や、日本どころか世界でもナンバーワンのＶＩＰエクスプローラーだと言って差し支えないだろう。イノベーションが集中しすぎていて、危険なくらいだ。

実際、どこかの国が暗殺を謀ったなんて噂が、まことしやかに囁《ささや》かれていた。

「こいつら、ダンジョンの悪魔か何かに魂でも売り渡してるんじゃないだろうな？」

先日、各部署の間を飛び回って、ダンジョン内の土地の貸与についての話をなんとかまとめたばかりだというのに……こいつ等のせいで、今後一体どれだけの新しいルールが必要になるのか、見当も付かなかった。

「いっそのこと鳴瀬の頭がおかしくなって、報告書に妄想が書かれていたということにした方が、丸く収まりそうだな」

「酷いです、課長」

そう言って美晴は笑ったが、実は同じ事を考えていた。

本来なら、情報のあまりの異質さと重要さに、何をどこに上げればいいのかすら悩んでしまうレベルだった。幸いにして彼女は、生贄《いけにえ》にしても許してくれそうな、能力のある素敵な上司に恵まれていたため、そういう悩みは小さかったが。

「またまた荒れそうだなぁ……」

斎賀は背もたれに体重を掛けて背を伸ばしながら窓の外に目をやった。そこには、きれいに晴れ渡った東京の空が広がっていたが、遠くに小さく黒い雲が湧きあがり始めているのが見えた。

二〇一八年　十二月十八日（火）

SECTION :

代々木八幡　事務所

「おはようございます」

その日の朝、何かの書類を小脇に抱えた鳴瀬さんが、ドアを開けて入ってきた。

「おはようございます。早いですね」

「ええ、丁度土地の件が暫定ですが、まとまったのでご報告に」

どうやら彼女は、以前話していたダンジョン内の土地利用に関する賃貸資料を携えて来たようだった。

「坪三万?!」

「はい」

お茶を用意して、詳しい話を始めるや否や、三好は憤懣《ふんまん》やるかたないといった様子で、それに抗議していた。

「坪三万ったら、新宿三丁目とか六本木の事務所のレベルですよ?!」

「それって高いのか?」

そう訊いた俺に、三好は呆れたような顔をしたが、仕方なく説明を始めた。

「先輩。先輩の前のアパート何坪ありました?」

「ん？　ダイニングが六プラス二で、奥の部屋が六畳だろ。後は風呂とかの水回りがあるから、十坪ってところか？」

「そう。平均的な一ＤＫなら三十二平方メートルってところですよね。坪三万だと、家賃は三十万です」

「高っ！」

「へたすりゃ銀座と変わりません。大体どういった算定根拠なんですか、それ？」

三好が鳴瀬さんに食ってかかっているが、彼女だって、ＪＤＡで決められたことを伝えてるだけだろうし、突っ込まれても困るだろうな。

「まあまあ、三好。ここで鳴瀬さんに食ってかかったって仕方ないだろう」

「そりゃそうですが……いいですか、先輩。代々木の一フロアが、半径五キロの円だと仮定したら、その面積は、５０００×５０００×３・１４平方メートルです」

「そうだな」

「つまり、その賃料で一フロアを全部貸し出したとしたら、月の家賃収入は七千億円を超えるんですよ？　いくらなんでもボリ過ぎです」

「計算早いな！」

「その辺はこれから例のセーフ層の話と絡めて詰められると思いますが、営利企業に貸し出す場合の暫定金額だそうです」

鳴瀬さんも申し訳なさそうに言っているが、三好はぶーたれたままだ。

「よし、なら一坪だけ借りようぜ」

「一坪、ですか？」

「そう。約三・三平方メートル。二畳とも言うな」

結局俺たちが確かめたいことは、ダンジョン内に植えた植物がリポップするようになるのかってことと、リポップするなら、どの辺からダンジョンの中にあるものと見なされるのかという二点だけだ。それほど広い土地は必要ないだろう。

「分かりました。じゃあ一坪借り受けます。場所は適当に決めていいんですか？」

「はい。二層から三層に到るメインルート以外なら構わないそうです。後で鑑札をお持ちしますので、それを使用している土地のどこかに設置してほしいそうです」

「分かりました」

よし、これで農園のテストができるぞと、俺は、結構ワクワクしていた。

「やっぱり、スライムの対策があるんですね」

鳴瀬さんが、にっこりといい笑顔でそう言った。

「え？」

「だって、鑑札の設置ですよ？　普通、スライムに食べられちゃいませんか？」

「え、え、ええ？」

「それを黙って受け取って設置するということは、そうならない方法があるんでしょう？」

「えー、まあ、その……それも実験のうちでして」

「じゃあ、結果が出たら教えてくださいね」

「……はい」

三好がそんな俺を見ながら笑いをこらえているのがまる分かりだった。

塩化ベンゼトニウムについては、スライムが収納系のオーブをドロップすることが知られさえしなければ、それほど狩って歩く探索者もいないだろうし、ダンジョン内施設の保護という観点からも、いずれは公開する必要があるだろうと以前から話し合っていたから、伝えたところで問題はないのだが、なんだかちょっと負けたような気分になった。

「じゃあ先輩。後で場所を選びに行きますか？」

「ああそうだな」

最後にちょっとミソが付いたが、実験自体は実に際どくて面白そ……げふんげふん。もとへ、世界を救うかも知れないやりがいのある実験だ。

俺たちは、午後にもいい場所を探しにダンジョンへと出向くことにした。

SECTION :

代々木ダンジョン　二層

「先輩、先輩。あの辺よくないですか?」

「んー?」

そこは、天辺に一本の木が生えた小さな丘だった。

「あの木を中心に金網で覆えば、ゴブリン対策になると思いませんか?」

基礎の杭を打つにしても、もし破壊可能な領域が浅かったりすると安定しない。すでに生えている木が使えるなら、それなりに役に立つだろう。それほど大きな木でもないし、単独で生えている木なので、上からスライムがやって来ることもないだろう。

「そうだな」

周囲を色々と探索してみたが、とくにゴブリンが多くいるというわけでもない。

俺たちはその木を含む、僅《わず》か二畳ほどの空間を、三メートルほどの網で覆う計画を立てた。

ゴブリンが網を登って乗り越える可能性もあったが、壁だと日当たりが心配だったのだ。一応ネズミ返しならぬゴブリン返しは取り付ける予定だ。

「周囲を掘るのもいいですけど、そこにエイリアンのよだれを溜めておくのはちょっと……」

ゴブリンの連中がものを食べたり水を飲んだりするのかどうかは分からないが、それ目当てに何かが集まってくるという可能性は排除したい。

「こう、周囲を円形の管で囲んで、動体センサーとシャワー状の管で、何かが近づくと噴出するような仕組みを作ればどうかと思うんですけど」

「育てている植物にあたると悪影響がありそうだから、ちょっと離して設置するか」

などと、適当な計画を立てながら、俺たちは午後の長い時間を二層で過ごしたのだった。


その帰り道、丘を下りながら、畑になる予定の場所を見上げて三好が言った。

「だけど先輩って、どうしてこれが成功すると考えてるんです？」

「あのな。元のアイデアはお前が持ち込んだんだろうが」

「それはそうですけど、普通に考えたら外から持ち込んだ何かが、ダンジョンの一部と見なされてリポップするなんてありえませんよ。もしそれが可能だとしたら、ダンジョンは万能３Ｄコピー機ですよ？」

確かにそれが何にでも適用されるなら、世の中の辞書から希少性という言葉が失われることになるだろう。

「まあ、普通はありえんな」

「それにしては、確信してるっぽいんですけど」

実際、ほとんどのものは上手くいかないだろう。だが食料だけは、おそらく特別なのだ。

「特別？」

「そうだ。いいか、三好、ダンジョンはＤファクターをばらまくツールなんだろ？」

「はい」

「ならさ、Dファクターをばらまく方向にならカを貸してもらえそうな気がしないか？」

「は？」

ダンジョンで育った、（たぶん）Dファクターがたっぷり詰まった食品を生産する。しかも、それを世界中にばらまいて、人類に直接摂取させようというのだ。これでダンジョンが協力しない訳がない（はずだ）。

それを聞いた三好は複雑そうな顔をした。

「先輩と話してると、なんだかダンジョンが意思を持った存在に思えてきそうなんですが」

「え？　いや、持ってるんじゃないの？」

「ええ？」

「あ、いや。ダンジョンそのものというより、ダンジョンを造った何かの意思ってことだよ」

本当は、ダンジョン自身に意思があってもおかしくないような気がしているのだが、根拠もなくそれを主張すると痛い人になっちゃうからな。

「そういう何かがいるとしたら、私たちにとっては神様とどっこいどっこいの存在ですよ。今更何があっても驚きはしませんけど」

確かにダンジョン登場以前に比べれば、世界は今でも充分にクレイジーだ。それ以前の常識で計るなら、頭が変だと思われるような現実がそこここに溢れている。

「そいつに早く会ってみたいような、一生会いたくないような……なんとも微妙な気分だな」

二〇一八年　十二月二十日（木）

SECTION :

代々木八幡　事務所

「おお」

事務所の窓から、同じサイズの有蓋《ゆうがい》トラックが何台も連なって走っているのを見た俺は、思わず声を上げた。

「どうしました？」

「いや、今、有蓋の二トントラックが八台くらい連なって走っててさ。まるでミニコンボイだなーと思ったんだよ」

コンボイは本来『船団』という意味の言葉だが、サム＝ペキンパー監督が撮った映画のタイトルから、日本でもトラックの集団にも使われるようになった。

トラッカーズコンボイ自体は、一九七三年、アメリカで作られたＮＭＳＬ（車の最高速度を五十五マイルにする法律。石油危機の対策として、燃料の消費を減らすために作られた）に端を発する副産物だ。

トラックの運転手は厳しいスケジュールで仕事をしていたため、大抵がこの制限を無視しなければならなかったが、それがスピードトラップ（いわゆるオービス）で取り締まられてしまった。そこで、多くのトラックが集まって走ることで、仮にそれに引っかかっても一台だけで済むように自衛したのがトラッカーズコンボイの始まりだと言われている。

「ああ。この辺って細い路地も多いですから、奥まった場所の引っ越しになると大型のトラック一台でって訳にはいかないみたいですね」

　三好が隣に来て、窓から外を見ながら言った。

「先輩が見たミニコンボイは、斜め奥のお家《うち》だと思いますよ」

「え？　あのでっかいお屋敷？」

　昔からあるっぽい豪邸だ。あんな家でも引っ越しがあるのか？

「理由は知りませんけど、持ち主が破産したなんてこともあるんじゃないですか？」

　縁起でもないが、そういうこともあるのかもしれない。

「そういや、ここら辺って持ち家っぽい家ばっかりなのに、最近有蓋のトラックをよく見かけるよな」

　裏のマンションなんて、ついこないだまで、まるで年度末の賃貸物件みたいに引っ越し業者っぽいトラックが行き来していた。

「うーん……」

「なんだよ？」

「出て行く人は、確かに先輩の言う通りなんですけど、引っ越してくる人ってあまり見なくないですか？」

　そう言えば、搬入には時間が掛かるはずだが、そういったトラックから荷物を降ろしているところは見たことがなかった。特にこの辺りは単身には広すぎる物件ばかりなのに、だ。

「いや、さすがにたまたまだろ、それは」

出て行くトラックと入ってくるトラックでは、おそらく時間帯が違う。搬入側は遅い時間になるはずだから、俺たちは出かけているという可能性も高いだろう。

「そうかもしれませんけど」

それに最近は、人件費の抑制のために効率化されているから、搬入時間も短いらしい。

「今どき、ファミリー向けの引っ越しは大変らしいですよ」

「大変？」

「無料見積もりサービスのせいで、同業他社と比較されちゃいますからね」

「あ、やっぱみんなやるんだ、そういうの」

俺は、無料見積もりサービスを利用したら、そこに頼まなきゃいけないような気がしてしまう小心者だ。

「先輩は、経済観念がちょっと緩いですよね。そういうところ」

「お前、それで結構得してただろ、ご飯代とか」

「ごほん。私もここへ引っ越すとき見積もりを取ってもらったんですけど――」

三十分ごとにずらして時間を指定したら、ネコさんとパンダさんと数字連番の会社がバッティングしちゃって、雰囲気が凄く微妙だったそうだ。

「もう空気が重いんですよ。見積もりを取る営業の人がこのやろうって感じの目つきで」

いや、さすがにそれは気のせいじゃないの？

「いやー、そういう人って多いんじゃないですかね。もしかしたら、またかって感じなのかも」

そう言や、最近の引っ越し業界で、ファミリー向けは面倒なだけで利益が少ないって話は聞いたことがある。学生や単身者だとさほど物がないから簡単だけれど、ファミリーの場合、物が溢れていて、クレームも多いのだとか。

「後、抜け駆けさんとかいらっしゃって」

「抜け駆け？」

「見積もりの最中に結構安い金額を提示して、各社の見積もりが出される前ならこれでやりますからぜひうちで、みたいな営業をかけてくる会社の方がいらっしゃって」

「やるなぁ。で、そこにしたのか？」

「いえ、家具類を全部処分してくれるところにしました」

一応ほとんどの大手引っ越し業者は不用品の引き取りを行っているが、中にはいろんな条件で引き取ってもらえない場合があるのだそうだ。ここは三好がインテリアを丸投げした結果、一種の家具付き物件になっている。大切な家具以外は処分したんだろう。俺は未だにボロアパートに放置しているが……あれもいい加減どうにかしなきゃな。

「終わったー！」

その時、翻訳部屋から聞こえてきたその声に、俺と三好は顔を見合わせた。

部屋を覗くと、ソファベッドに大の字になっていた鳴瀬さんが慌てて座りなおして、三好にUSBメモリを差し出してきた。

「碑文の、日本語と英語翻訳完全版です」

鳴瀬さんが〈異界言語理解〉を使用してからわずかに二十日。二百六十六枚の碑文の翻訳速度は、おそらくモニカをはるかに凌《しの》いでいるだろう。

専門的な知見に関して言うならモニカがずっと勝っているだろうが、それが厳密な翻訳をしなければならないという足かせにもなっているはずだ。

専門家の説明は誤謬《ごびゅう》がないように言葉を選んで行うため、一般人には分かりにくくなりがちだが、その点、鳴瀬さんには、豊富なダンジョンやファンタジーの知識を背景に、ざっくりと分かりやすく訳してしまえると言うアドバンテージがある。

「お疲れ様です。公開まであと五日ですね」

「なんというか、やっとと言った感じです」

正直者の美晴としては、重要なことを知りながら、それについて知らないふりをするのは、なかなか難しく、良心の呵責《かしゃく》に耐えねばならなかったが、同時に翻訳が終わったことで、重要な仕事をやり遂げた者に共通の満足感と解放感も感じていた。

だが――

「そうそう。それが公開されてしばらくしたら、俺たちは〈マイニング〉のオークションを開くつもりなので、その時はよろしくお願いします」

「は？」

――悪魔はいつも心の隙を狙っているのだ。

二〇一八年　十二月二十三日（日）

SECTION：

代々木八幡　事務所

「斎藤さんたちは、十五時頃いらっしゃるそうですよ」

メールを確認した三好が、テーブルの上の芋満月をつまみながらそう言った。

「なんだか、珍しい物を食べてるな」

「スティック状のけんぴが溢れる中、スライスした芋満月は、あんまり見かけなくなっちゃいましたけど、これがなかなかいけるんですよ」

食べ出したらとまらないというか、なんて説明していたが、まあどうでもいい（酷）。もっとも、大してやることもなかったので、三好の話をぼんやりと聞いていたら、埼玉の島田総本家の芋せんべいにまで話が飛び火していた。

「これがまた、素朴な味というか、なんというか……」

「いや、三好。お前の芋菓子ラブはよく分かったから。それで何かアクションはあったのか？」

三好の鑑定は、早ければ昨日にもＪＤＡに報告されたはずだ。

「いいえ。すぐに呼び出されるかと思ったんですが、土日だからですかね？　意外とＪＤＡもお役所仕事ですよね」

「絶対一人では行くなよ。俺も付いて行くからな」

「ありがとうございます、先輩。ちょっと格好いいですよ」

「そりゃどうも」

三好はずずずとお茶をすすった。日本茶とは珍しい……ああ?!

「おま、それ、まさか、俺のとっておき……」

「先輩、いい趣味をしているとは思いますけど、お茶の賞味期限って短いんですよ?」

日本茶は乾燥しているように見えても、三%くらいの水分を含んでいる。開封したら、美味しくいただけるのは二週間というのは一応常識だ。普通は未開封でも三ヶ月が望ましい。

「最高の一番茶なのに、せめて夏前に飲んであげないと」

「分かってるよ」

「ま、特別なときに飲もうと思って仕舞っておいたら、飲み頃を逸しちゃったってのも、先輩ぽいですけどね」

「どうせ、俺は小心者だよ。それ、俺にも淹れてくれ」

「はいはい」

女の子も似たようなもんですよ? なんてドヤ顔で言いながら、お湯を沸かしている。

大きなお世話だ。

「金曜の話といえば……」

「ん?」

「先輩モデルの個人識別情報が見つかってました」

「マジか?!」

あの計算量が多すぎて、全然戻ってこなくなったプログラム、ちゃんと仕事をしてたのか。

「おそらく個人の識別は、ある程度可能になると思います」

「そりゃ凄い」

「ただですねー」

「なんだ？」

「元々の目的だった、計測の妨害自体は、別に個人を識別する必要なんかないんですよ」

そりゃまあそうだ。特定の人物のステータス自体を任意の値に設定しようとするのなら、個人の識別が必要になるだろうが、そうでなければ妨害したいという情報だけがあればいいのだ。

「何らかの信号を発信する機器を持つことで、計測デバイスそのものにその信号を受信させて、その結果をサーバーに送るようにすれば済みますよね」

「そうだな」

「その仕組みなら、ジャマーだけじゃなくて、いろんな拡張機能が付けられそうです！」

確かにそうだ。だが、実用化にはセキュリティを始めとして考えなければいけないことも多いし、そもそもその仕組みでは、別のメーカーがステータス計測の仕組みを作り上げたときに、全く無力で意味のないものになる。業界（？）のことを考えるなら、各メーカー別にジャマー装置を持つなんて、ユーザーにとっては実にばかばかしい話になるだろう。

「まるで電子マネーの歴史だな」

「え？」

「いや、規格がばらばらの計測装置が登場してくれば、メーカー別にジャマー装置が必要になってバカみたいだろうなと思ったんだ」

「それよりも音楽デバイス業界みたいなことが起こると思いますよ？」

「音楽デバイス業界？」

「著作権保護など知るかというデバイスが大人気で、真面目に保護を考えたメーカーは、それに駆逐されたじゃないですか」

「ああ、ジャマーなど知るかってメーカーが席巻するってことか」

「コストも安く済みますしねぇ。何しろ何も要らないんですから」

「世知辛いねぇ」

三好は冷ましたお湯でお茶を淹れると、急須を保温機の上に置いた。

お茶のポリフェノールが溶け出す温度は大体六十度くらいだ。アミノ酸は五十度前後から溶解するので、六十度弱をずっとキープすれば、美味しいお茶を美味しくいただけるはずだ。達人はそれを感覚でやるのだろうが、俺たち凡人は科学の力でそれを再現するのだ。残念ながら、そこに風情はないのだけれど。

「いずれにしても、他メーカー品が出てくるのはずっと先の話ですよ。それよりも――」

「なんだ？」

「鳴瀬さんには言いませんでしたが、実はもっとシリアスな問題があるんです」

「三好がシリアスなんて言うのは珍しいな」

「あのデバイス、Ｄカードを持っている人とそうでない人を明確に区別するんです」

「区別？」

「Ｄカードを取得していないと、ある値が常にゼロになるんです」

「それが？」

「なんだか人類を二分しちゃいそうな気がしません？」

旧人類vs.新人類の争いは、ＳＦドラマじゃ定番ネタだ。大抵、新人類は超人で数が少なく、迫害されることも多い。

「生まれるときは一〇〇％旧人類だし、旧人類はいつでもＤカードを取得して新人類になれるんだから、そんな争いは起きようがない気がするけどな」

「先輩。他人がお肉を食べるかどうかで、狂ったように争えるのが人間なんですよ？　ステータスによる強化が広く知られれば、その是非を巡って何が起こるか分かりません」

砂時計の砂が落ち切ったのを見て、三好が急須のお茶を温めておいた湯飲みに注いだ。きれいな緑がかった液体が、白い湯飲みの底に映えていた。

「しかもこの場合、新人類は、決して旧人類に戻ることができません。原理主義者に言わせれば、改宗が絶対不可能なら――」

「抹殺しちゃえってか？」

「――そんな話、歴史上にいくらでも転がってますからね」

いくらなんでも考えすぎだとは思う。思うが、人はナチュラルなのが好きだからな。日本人は特にその傾向が強い。

多分ステータスによる影響はスポーツ界から現れるだろう。ダンジョンがドーピングとみなされるか、Ｄカードの有無で階級を分けるか、はたまたそれ以外か。

今はまだ、はっきりと数値になっていないから、高地訓練と同程度の位置づけに過ぎないが、今後どうなるかは、予断を許さないだろう。

「そんなに心配なら、ゼロになる部分は表示しなきゃいいさ」

「それができません」

「は？」

「あのデバイスとモデルですけど、Ｄカードを持っていない人からは、ステータスそのものが取得できないんです」

「それは……なんというか……」

俺は言葉に詰まった挙句、適切とは言い難い反応を示した。

「『戦闘力…たったの五か…ゴミめ…』遊びの可能性が減って良かったな」

確かにそうですね、と三好は笑った。

SECTION :
六本木　東京ミッドタウン

「師匠、師匠！　なんだかサンタが集団で吊るされてた！」

サンタツリーを見てきた斎藤さんが、鼻息も荒くそう言った。

「それだと、なんだか集団で処刑されたみたいに聞こえるぞ？」

「そうそう。ちょっと、そんな感じなんだって」

「確かに、テルテルボーズが集団で吊るされてると、ちょっと怖いですよね」

でも可愛かったですよと、御劔さんがさりげなくフォローしていた。

俺たちは、今、東京ミッドタウンのイルミネーション鑑賞ルートを歩いている。どうしてこんな事になったのか、話せば長くなるのだが――


二人が事務所を訪れたのは、ちょうど十五時を過ぎたところだった。

食事は十八時三十分から予約してあるそうなので、ちょうど三時間ほど微妙な空きができたのだ。

さっきまでぱらついていた冷たい雨があがって、小康状態になっているのを見て、三好が、ミッドタウンへ行きましょうと言いだした。

「クリスマスのミッドタウン？　自殺行為だろ」

「食事するところまですぐですし、クリスマスっぽいですし、天気もあまり良くないからきっと人も少ないでしょうし、丁度、紹介されたことですし」

「紹介？　誰に？」

どうやら、こないだアーシャへのプレゼントを買った宝石店から手紙を貰って、それに協賛としてイベントやってますみたいな話がちらっと出ていたらしかった。

「宝飾関係者ってマメだな」

「やはり人的繋がりが、ひじょーに重要な業界ですからね」

それで調べてみたら、クリスマスイベントっぽいし、時間潰しに丁度良さそうだと思ったのだそうだ。

雨は小康状態だ。まあちょっとくらいならいいかと思った俺たちがバカだった、結果は——

「人また人で、イルミネーションというより、ヘルミネーションって感じだぞ？」

「おかしいですねー、十八時を過ぎたら大混雑だから、夕方、日が落ちた直後くらいがいいって聞いてたんですが」

「それって、二十日以前の話じゃない？」

斎藤さんが三好の話を聞いて言った。この方面は彼女たちの方が詳しいだろう。

「え、ほんとに？」

「この状況が本当だと告げてるだろうが」

「まあまあ、人混みも楽しむのが、東京のクリスマスってものですよ」

それはクリスマスじゃなくて、クルシミマスだ。

人の流れに沿って移動していると、突然灯りが落ちて、広場に青い光が広がった。わーっという歓声がまわりから上がる。

「青い光が地面に広がる様子って、ちょっとポラン(注16)の広場っぽいな」

俺がそう呟くと、隣でそれを聞いていた御劔さんが、光の演出に目を細めて、楽しそうに戯曲の一節を口ずさんだ。

「ツメクサの花が灯す小さな灯りは、いよいよ数を増し、その香りは空気いっぱいだ、ですね」

「そうそう」

広場の光の演出は段々派手になっていき、流れ星のように光が駆け回っている。

「先輩、だけど、あれは夏祭りですよ？」

「ツメクサの灯りに照らされて銀河の微光に洗われながら愉快に歌いあかせるんなら、細かいことは気にならないんだよ」

「真冬に外で愉快に歌いあかせるかどうかは疑問ですけど。そう言や、キャッツホヰスカアってなんなんですかね？」

戯曲版には、よく分からない言葉が数多く登場する。キャッツホヰスカアもその一つだ。その言葉に、斎藤さんが答えた。

「ベンソン・オーケストラ・オブ・シカゴってバンドの曲だって、演劇の先生が言ってたよ。The Cats Whiskers」

「へー。斎藤さんって、演劇の勉強とかもしてるんだな」

「し、師匠にそれを言われるとは……」

新人女優が演劇の勉強をしなくてどうするんですかという突っ込みに、そりゃそうだと思いつつ、俺は話をごまかした。

「ま、まあ、賢治はそういうの多いよな。俺は未だに、カンヤヒャウ問題が何か知らない」

「宮澤賢治語彙辞典に載ってるんじゃないですか？」

「たぶんな。だけどあれ、四六判で千ページ以上あるからなぁ……ああいう本こそ電子書籍にしてほしいよ」

目の前を、光の帯が横切っていく。そうして、派手な光の演出がクライマックスを迎え、すべての照明が落ちると、もう一度、徐々に青い光が広がっていった。そろそろ演出も終わりが近いのだろう。

ふと隣を見ると、御劔さんがこっちを見ていた。

「どうしたの？」と聞くと、彼女は小さな囁くような声で、「……芳村さん。この間、何かしたでしょう？」と言った。

「え？」

（注16）　ポランの広場
宮沢賢治（著）『ポランの広場』より。

ツメクサの明かりが灯る広場で開かれた夏祭りの話。

思い出すまでもなく、それはSPを振り分けた日のことだろう。

御劔さんは、じっとこちらを見つめていたが、イベントの終わりと共に広場の方に向き直って、小さく呟いた。

「クリスマスプレゼントだと思っておきます。ありがとうございました」

「あ、うん」

俺は否定も肯定もできずに、人の流れに押されながら、順路を進んでいった。そろそろ食事の時間だ。

「ねえねえ、三好さん。ご飯ってどこ行くの？」

「今日は三田ですよ」

「三田？　三好のことだから、ダジュール・カラントサンクだと思ってたよ」

俺は、リッツ・カールトンを見上げながら言った。

ダジュール４５《カラントサンク》は、リッツ・カールトンのメインダイニングだ。

「確かにロケーションは最高ですよ？　この時間なら、最後の残照が闇に溶けて、都会のランドスケープが自らの光で浮かび上がります。目の前には崎宮シェフのステキドレッセ。味もムードも完璧です！」

そこでがくっと肩を落として悲しそうな顔をする。こいつ最近ちょっと演技過剰だな。

「だけどね、先輩。クリスマスのダジュールに行けるのは幸せな恋人たちだけなのです。それ以外はお断り！　主に精神的に」

たしかに、あの席配置で、まわり中ラブラブに囲まれたら砂糖を吐き出す自信がある。ていうか、浮いて仕方がないに違いない。

三好は芝居がかったポーズでホテルを見上げながら、舞台の上のように台詞を続けた。

「我々は楽園を追われたアダムとイブのごとく、お前等入ってくんなと正門の上で揮《ふる》われる炎の剣を見上げながら、とぼとぼと四十五階から手に手を取って下りていくしかないのですよ、今日のところは」

「エレベーター使えよ」

斎藤さんと御劔さんが、そのやり取りをくすくす笑いながら見ている。

「さしずめケルビンが揮うのは、満席のサインか？」

「そう、予約なんか取れっこありません！　キャンセルも出ません！　バブルは二十年以上も前に終わってるのにですよ？」

「じゃあ、ゴールデンヒル？」

斎藤さんが俺と三好の間で、両方の腕を取って話に割り込んだ。ゴールデンヒルは三田の老舗《しにせ》フレンチで、シェフは日本フレンチ界の重鎮だ。

ちっちっち、と人差し指を振りながら、三好がそれを否定した。

「いいですか？　クリスマスのフレンチなんて、どこに行ってもスペシャルな雰囲気メニュー。素材は大体みんな同じで、料理も大抵似通っちゃいます（暴言）。そしてお値段は日頃の大体一・五倍！（事実）」

「だから和食！　クリスマスは和食なのです！　今日は晴川《はるかわ》さんです。御店主の本山さんが笑顔の凄いいい人で、この時期のとろけるようなアンキモや、蟹《かに》の炊き込みご飯は絶品ですよー」

アーシャと行った、ないとうのも良かったですけど、少し時期が早かったですからね、と三好が舌なめずりした。

「へー。はるちゃんは蟹が大好きなんだよ。松葉ガニを食べに連れていってもらったときは、ずっと無言で足を掘り続けてたもんね」

「あ、あれは若気の至りってやつですから」

斎藤さんが、一歩後ろを歩いている御劔さんを振り返りつつ弄る。

「そう言や、斎藤さん。どんな役なのか聞いてなかったな」

「映画？　えーっとね、とある香港のホテルを舞台にした、詐欺師の三人組の話。三人のうちの一人がヒロインだよ」

詳しいストーリーは言えないけど、と彼女は言った。発表前の台本は機密扱いだろう。

「詐欺師役？　うん、ぴったりだな」

「なんでよー。こんなに素直で可憐《かれん》なのに」

だから、そういうところがだよ！

俺は三好と俺の腕を取って体を預けている彼女に、小さな箱を差し出して言った。

「じゃあ、これ。おめでとう」

「え？　え？　主役祝い？」

「そう。これで約束は果たしたからね」

「なになに？　開けてもいい？」

「そりゃいいけども、歩きながら？」

「誰も気にしやしないって」

そう言って、丁寧に包装紙を剝がした斎藤さんが、ケースの蓋《ふた》をカコンと開けた。

「え、これって……」

そこにあったのは紫色をした石のついたピアスだった。

さすがにリングは贈れないし、チョーカーやペンダントは石が大きくなりそうだったから、無難に御劔さんと部位を揃えたのだ。

「なんか光の当たる角度や種類によって、色が変わって見える石らしくって、そういうところが、斎藤さんっぽいかなって」

「え、それって、アレキサンドライト？」

「あー、なんかそんな、昔の図書館があったエジプトの都市みたいな名前の」

なんで斎藤さんが固まってるんだろうと思っていると、三好がため息を吐いて教えてくれた。

「先輩……アレキサンドライトの石言葉って知ってます？」

石言葉？　なんだそれ。花言葉もよく知らない俺にそんなこと訊くなよ。

「いいや？」

「アレキサンドライトには、『秘めた想い』ってのがあるんですよ」

「はぁ？」

どこのどいつだよ、そんな意味不明な意味をくっつけたのは。

「あー、はいはい。今のでよく分かりました。まあまあいい趣味のデザインだし？　ありがたく頂《ちょう》戴《だい》いたします、師匠！」

「あ、ああ。まあ、頑張ってな」

それを持ってすすすーっと御劔さんの所へ移動した斎藤さんが、こっそりと何かを耳打ちしていた。

「安心した？　はるちゃん」

「え？　え？　安心て、そんな……」

俺たちの乗ったタクシーは、外苑東通りから飯倉片町の交差点を右折して麻布通りに入り、三の橋を左に折れた。そうしたらすぐに、晴川の灯籠が見えてくる。

蕩《とろ》けるようにクリーミーなアンキモも、適度に脂の乗った氷見ブリも確かに美味しかったが、御劔さんが一番嬉しそうだったのは、越前ガニのクリームコロッケだった。

二〇一八年　十二月二十四日(月)

SECTION：

代々木八幡　事務所

翌日のクリスマスイブ、街は恋する人たちで溢れていて、きっと愛の行為で一杯だろうが、寂しいことに俺たちには特に何の予定もなかった。それどころか、その日の深夜に公開される予定の、ヒブンリークスの最終チェックに追われることが確定していた。

事務所への階段を下りると、三好が頭だけ出した二頭のアルスルズを前に、難しい顔で腕を組んでいた。何かを口に放り込んで、餌《え》づけをしている訳でもなさそうだった。

「おはよう。一体何やってるんだ?」

「あ、先輩。おはようございます。実は――」

エンカイと戦う前に話題になった、物を身に付けたままの移動について研究中なのだそうだ。

「まあ見ててくださいよ」

そう言った三好は、二つの色違いの巨大と言っていい細い首輪を取り出した。

「よくそんなでかい首輪があったな、一体どこで売ってたんだ?」

トラ用かな?

「特注ですよ。だから時間が掛かったんです」

それは少し強めに引っ張るだけで簡単に外れるように工夫されていた。とっさの時、邪魔にならないような配慮だろう。

首輪自体は、外に連れて行くとき、リードをつけたり、鑑札や注射済み票をつけるのにどうしても必要なのだそうだ。って、こいつを外に連れて行くつもりなのか?!

「それで、赤い方を左のカヴァスに、青い方を右のアイスレムにつけます」

言葉通りに、三好は二匹に首輪を取り付けた。連中も、大人しくそれを受け入れていて、特に嫌がってるそぶりは見せなかった。

「はい、入れ替わって！」

二匹は影に潜ると、すぐに再び現れた……あれ？

俺の目には影に潜ったときと同じ装いの二匹が、再度現れただけに見えたのだ。

「なあ三好、これって入れ替わってるのか？」

「もちろんです」

左側で赤い首輪をつけているのがアイスレムで、右側で青い首輪をつけているのがカヴァスらしい。

「つまり中身だけが入れ替わるってことか？」

「そうなんです」

連絡するアイテムを持たせても、身に付けたものはそのままに、中身だけが入れ替わるのでは意味がない。

「凄く不思議だが、入れ替わるという観点からは納得できる結果だよな」

もくろみはうまくいかなくて残念だけど。

「ですよね。でも先輩、実はこの先があったんです」

「先？」

「はい」

そう言うと、三好はメンディングテープを取り出した。

「メンディングテープなんて、よく持ってるな」

「資料に貼りつける付箋代わりに、なかなかいいんですよ」

付箋紙だと剝がれて分からなくなったりするそうだ。借りものには使いづらいな。

「いいですか、見ていてください」

三好は、それを短く切って、カヴァスの鼻背へと貼りつけた。

「じゃ、もう一度お願いね」

先ほどと同様、二匹が入れ替わると、今度は右で青い首輪をつけているアイスレムと、左で赤い首輪をつけているカヴァスに……あ、あれ？

そこには、鼻背にメンディングテープを貼りつけたカヴァスが、ちょこんと顔を出していた。

「テープは入れ替わらない？」

「そうなんですよ！」

三好の説明によると、アルスルズが身に付けたものは、体に触れている部分から連続した領域が、一連の物として取り扱われるそうだった。

「問題は、その物の質量だったんです」

「質量？」

「はい。ある程度以上の質量を持ったものは、入れ替わりの時に置き去りにされるんですが、それ未満の質量ならくっついて移動するんです」

「じゃあ、その質量によっては連絡媒体として利用できるってわけか！　で、その質量って？」

「大体一グラムでした」

「いちぐらむぅ？　そりゃ、薄紙……いや、体に固定する何かを考えると、それも苦しいか」

俺が残念そうにしているのを見ると、三好は不敵な笑みを浮かべて、ちっちっちっちと右手の人差し指を振った。

「先輩。今は二〇一八年ですよ？」

そうして彼女は、小さなチップのような物を取り出した。

「マイクロSDカード？」

「マイクロSDカードの重さは、大体〇・四グラムなんです」

え、マジで？　マイクロSDカードって、そんなに軽いんだ？

「いや、だけど体に固定する器具はどうするんだ？　クリップで挟むにしても、〇・五グラム級のクリップなんてあるか？」

「ありませんでした」

「まさか口の中に放り込んで吐き出させるって訳にもいかないだろ？」

「飲み込んじゃったら大変ですし、そうでなくてもべちょべちょになりますよ」

「じゃあ。さっきみたいにメンディングテープで、鼻背に貼りつけるか？」

それなら一グラムを切るかもしれない。

「それだと外れそうですよね」

「まあな」

身に付けたものは入れ替わるだけだろうが、外れて落ちたら一体どこへ行ってしまうのか？　認知不可能な空間を永遠に漂ったりしていそうで怖い。

「それでね、先輩。釣りに使われる一号のＰＥラインって、二百デニールで定義されているんだそうです」

なんだいきなり？

「デニールってストッキングとかの？」

「です。因みにこれが四十デニール」

多少透け感が残ってますよねと言って、自分のタイツをつまみ上げると、ぱちんと放した。

ストッキングはメーカーにもよるが、大体二十五デニール以下なのだそうだ。

「デニールって、糸の太さの単位なんですけど、同じ直径の糸が同じデニールになるとは限りません」

糸の太さの単位なのに、同じデニールの違う糸の実際の直径が同じになるとは限らない？それはまったく意味不明な話だった。

目を白黒させている俺を見て、面白そうに三好が種を明かした。

「デニールは、kg／mの九百万分の一で定義されてるんですよ」

「つまり、単位長あたりの重さってことか」

「糸の直径を測る手段がなかった時代に決められたんでしょうね。まあそういう訳なので、同じデニールでも素材によって太さが違うわけです」

「へー。だが今重要なのは質量ってわけだ」

「そうです。二百デニールの糸一メートルが、〇・〇二グラムちょいだってことに変わりはありません」

そうして三好が、透明な紐のような何かを取り出した。それはラインで編んだ小さな籠付きの首輪だった。

「それでポシェットを作ってみました！　重さは大体〇・三グラムです！」

糸よりも籠を組み立てる際に利用した接着剤の方が重いかも、だそうだ。

それにマイクロSDを詰めた三好は、早速二匹に入れ替わりを指示していた。超軽量ポシェットを装着したアイスレムは、見事にそれを装着したままカヴァスと入れ替わった。

「凄いじゃん！」

「後は、ポシェットと他の装着物が触れないよう注意するくらいですかね。触れてると失敗するんです」

くっついていると、一つの物体と見なされるからだ。

そのとき、玄関の呼び鈴が鳴った。

「おはようございます」

ロックを外すと、何かの書類を小脇に抱えた鳴瀬さんが、ドアを開けて入ってきた。

「おはようございます。早いですね」

「ええ、土地の契約書ができましたので、早速」

鳴瀬さんは以前話していた、二層の土地利用に関する賃貸契約書を携えて来たようだった。

SECTION：

市ケ谷　ＪＤＡ本部

美晴は、ダンジョン管理課の課長ブースで、机の上に突っ伏して微動だにしない斎賀をしばらくの間無言で見ていた。彼は、彼女が提出したレポートに目を通した瞬間、ばたりと倒れたのだ。

「で、鳴瀬。これは本当の……」

がばっと身を起こした斎賀は、苦渋に満ちた顔で美晴を睨んだ。

「なんだか最近同じようなことばかり言っている気がするぞ！」

「お察しします」

「で、なんだこれは?!」

「なんだと申されましても、そこに書かれている通りです」

そのレポートには、明日、というよりも今夜遅く公開されるヒブンリークスなどというふざけた名前のサイトについての情報が書かれていた。それは碑文の全文翻訳サイトだという。

「これも冗談じゃないんだな？」

「はい。公開前のサイトを確認しました」

発見されている碑文の全訳が明日公開される？　ＷＤＡとは無関係な場所で？

斎賀は各方面からの問い合わせや突き上げを想像して頭が痛くなった。

「誰が翻訳してるんだ？」

「それは、分かりません」

　美晴は内心課長に謝りながら、首を振った。

「あの厄介なオーブをアメリカに押し付けるのにどんだけ苦労したと思ってるんだ……それが、なんだ？　誰とも知れない誰かが翻訳して、あまつさえ一般に公開される？」

「やはりまずいでしょうか？」

　なにしろ西側の連合チームは何千億円もこれにつぎ込んだのだ。無関係だと言い張っていても、ドメインやサーバーの契約情報から、Dパワーズの関与が疑われるのは仕方がないだろう。

「いや、すまんな。今のはただのグチだ。あれは安全保障という観点から落札されたアイテムだから、このサイトがあろうとなかろうと、必要であることに変わりはないさ。このサイトに本当のことが書かれているなんて、〈異界言語理解〉を持っていなければ、決して分からないだろう？」

「それはそうですが……」

「むしろこれにWDAが関与していた方が、各国の恨みを買っただろうな」

　そういう意味では、DAを巻き込まなかった連中のやり方は卓見だったと言えるのかもしれない。

　そんなことを考えていたかどうかは疑問だが。

「しかし――」

　付帯資料として添えられた主な碑文の抜粋には、RUから出たと言われる資料にあったものがすべて含まれていたが、資料には書かれていなかった内容が追加されていた。RUの資料とは違う内容。それが逆に、文書の信憑性を高めているように思えた。RU22-0012の翻訳に含まれているそれは、おそらくはＲＵが故意に伏せたであろう情報に見えたからだ。

「――鉱石のドロップね」

「三好さんは、来年一月上旬に〈マイニング〉のオークションを開かれるそうです」

「開かれるそうですって……どうやって？」

美晴はそう訊かれたところで、ただ首を横に振ることしかできなかった。

「それで明日公開される代々ダン情報局に、〈マイニング〉を持っているモンスターが確認されていて、現在検証中なんて先行情報を差し挟むつもりだったのか」

斎賀は同時に提出されていた資料に手を置きながらそう言った。

「一体、なんのハッタリなのかと思ったぞ。それで対象は？」

「それはまだ。ただ来年早々には分かると思います」

「そうか」

果たして三ヶ月前に情報を伏せたロシアがそこまで進んでいるだろうか？

「うちも落札に参加するべきだと思うか？」

「え？　しかし用途はともかく予算が……」

「〈異界言語理解〉の手数料がちょっとな。ある程度金を使っておかないと、税金で酷い目に遭うことになりそうなんだ」

そう言ってから、まだ誰も見たことすらないオーブを狙って取得してオークションを開くなどという、常識的に考えてありえない出来事を受け入れている自分に気が付いて苦笑した。

ともかく今は、こいつの余波をどう受け流すかを考えておかなければならない。斎賀は始まったばかりの週の行く末を思うと、働く前から疲れ切った気分になっていた。

二〇一八年　十二月二十五日（火）

SECTION：

代々木八幡　事務所

二〇一八年のクリスマスイブの深夜。

東京の空には地上の明るさに負けない星々が瞬いて、放射冷却による強い冷え込みが、寄り添う恋人たちの気分を盛り上げていた。丁度、子供たちの枕元にプレゼントが届けられている頃、USから行われた一件のアクセスが、その日、世界を震撼《しんかん》させた物語の始まりを告げた。

二〇一八年十二月二十五日、日本時間の午前零時。最初にアクセスしてきたそのユーザーは、興奮したように、あちこちのページを飛び回っていた。

「きっと、モニカですよ、これ」

三好がリアルタイムのアクセス解析を眺めながらそう言った。

俺たちがこのURLを直接教えたのは、モニカと鳴瀬さんだけだ。鳴瀬さんは昨日JDAに報告しただろうが、基本がお役所仕事のJDAがアクセスしてくるのは、きっと今日の就業時間になってからだろう。モニカは日本時間の零時をじっと待っていたに違いない。

すぐに俺の携帯が震え、モニカに教えた連絡先から転送通知が届いた。

そこには、たった一言、“AWESOME!”とだけ書かれていた。どうやら、彼女も気に入ってくれたようだ。そうして、その数分後には、USから大量のアクセスが発生し始めた。

「モニカの通信を監視していた連中か、報告を受けたDADの当該部署あたりかな？」

「最初はそうだと思いますけど、ＩＰは急激に全米に広がっていますから、どっかの掲示板かＳＮＳにでもポストした人がいたんじゃないでしょうか」

向こうの時間は、まだ二十四日の昼前だ。

§

そのサイトを友人からネタとして知らされた男は、あまりの内容に、思わずreddit(注17)にサブミを投稿した。タイトルは『頭がおかしい、だが魅力的なサイトを発見した！』だ。説明のコメントには、「製作者の苦労と想像力は並じゃないぜ！　ハラルト・シュテンプケの遺稿をまとめた、〝鼻行類(注18)の構造と生活〟に熱狂したやつら、必見だ！」と記されていた。

そのサブミは、一瞬で大量のＵＶを集め、すぐにトップページの先頭まで駆け上がった。

しばらくは、そのよくできたサイトの中身の感想や、面白いことが書いてあるページなどが話題になっていたが、そんな中、ひとりの男が投稿した、たった一つのコメントが世界を混乱に叩き込む嚆矢《こうし》になった。

「おい！　信じられるか？　Ｄカードを持ってる友人と試しにパーティを組んでみたんだよ。そうしたら、俺たち……テレパシーが使えたんだＺＥＥＥＥ!?」

そのコメントを読んだ人たちのファーストインプレッションは、ほぼ一〇〇％の人が「何言ってんだ、このバカ」だった。

一瞬で付けられた何百ものコメントの大部分がそういった意味を違う言葉で言い換えたものだったが、なにしろ実際にDカードを所有している人間の数は、それなりにいる。そのコメントが事実を語っていたということが証明されるまで、それほどの時間はかからなかった。

「なんだか、試験のカンニングに使えるんじゃ、なんて話になってますよ？」

「確かになぁ……合格確実のやつにリーダーをやらせて、同時に試験を受けたりしたら防ぐのが難しいだろう」

「受験番号をランダムに発行するくらいが精一杯ですかね？」

（注17） reddit
アメリカの大規模掲示板。

日本で言うところの分類された個々の掲示板をサブレ（subreddit）、スレッドをサブミ（submission）と呼ぶ。UVは気に入ったものに、DVは気に入らないものに投票する仕組みで、トップページには、その時点で高いポイントを集めたサブミが順位順に列挙される。

（注18） 鼻行類の構造と生活
ハラルト・シュテンプケ（著）『鼻行類の構造と生活（Bau und Leben der Rhinogradentia)』より。

ドイツの動物学者、ゲロルフ・シュタイナーが、鼻で歩く架空の生物である鼻行類について書いた本。ハイアイアイ群島に現地調査に向かったまま行方不明になった友人のハラルト・シュテンプケの遺稿をまとめたものという体裁になっている。

ビジュアルといい、シュテュンプケやハイアイアイ群島の最後といい、魅力的なギミックに溢れた本。日本でも「鼻行類」というタイトルで出版された。

　つまり、試験会場を物理的に分断するってことか。二十メートル以上の距離を確保するのは意外と難しそうだが、低コストで考えられる対策はそれくらいしかないだろう。

　後は、試験中に、ＷＤＡに登録している人物のＤカードをパーティを組んでいないか確認して預かっておくくらいだろうが、スキルが明示されているＤカードは、携帯預かりなんかよりも、ずっとプライバシーが問題になりそうだ。

「それ以前に、Ｄカードを持っていないと嘘をつかれたらそれまでじゃないですか？」

　確かに、Ｄカードを所有しているかどうかを調べることは難しい。現時点では、受験者の自己申告以外で調査する方法はないだろう。

「各国のダンジョン協会に、受験者がＤカードを所有しているかどうかを問い合わせる窓口が必要になるかもしれないな」

「世界中で行われている試験の数を考えたら、そんなの事実上不可能じゃないですか」

　確かにそうだ。いちいち全受験者のカード所有を問い合わせられたとしても、それに答えるための時間やコストは非常に大きなものになるだろう。ＷＤＡの探索者データベースへアクセスするＡＰＩを作成して、調査側に開放するという方法しか考えられないが、それだって無制限にアクセスさせるわけにはいかないはずだ。

「こりゃステータス計測デバイスより先に、Ｄカード所有の有無をチェックするデバイスが必要になるかもなぁ……先日の話じゃ、なにかの値がゼロになるんだろ？」

「そうですね。Ｄカード所有の有無を確認するだけなら、その部分を取り出して、比較的安価に作れちゃうんじゃないかと思いますけど――」

三好は、何かを思いついたかのように言葉尻を濁した。

「ますます新人類を検出するための、人類分断ツールっぽくなるって？」

俺は、数日前に三好が言っていたことを思い出して、そう言った。

一度新人類になってしまえば、二度と旧人類に戻ることはできない。さすがに原理主義者による抹殺が横行したりはしないと思うが。

「いえ、そういうんじゃなくって、今年のセンター試験って、一月の十九日と二十日だなって」

「センター試験？　……ああ?!」

「クリスマス発表って、私たちには分かりやすかったですけど、これ、日本の大学入試には大打撃じゃないですか？」

大学入試は、日本で行われる最も大規模で重要な試験だ。なにしろ事実上、どんな人生を歩むのかが決まりかねない、大きな影響力を持つ試験なのだ。

「まずいな……」

もしも発表がもっと早ければ何かの対策をとれたかもしれないし、また、入試後なら影響は最小限で済んだのかもしれない。だが、あとひと月未満で、この規模の試験にどんな対策ができると言うのだろうか？

「今年の受験って――」

「荒れそうですよね」

俺たちは顔を見合わせると、お互いに、嫌な汗を額に浮かべるしかなかった。

「あー、サイトに書かれている内容が『実は全部真実なのでは？』って流れになってますよ」

三好はモニターを覗き込むと、露骨に話題を変えた。

「ダンジョンシステムのパーティ作成はインパクトがあるからな」

もっとも、これのおかげで、今後Ｄカードが頻繁に利用されるようになったりすると、それはそれで、ちょっと困るのだが……。

「単に知らない人とパーティを組まなきゃいいだけじゃないですか？」

心配する俺を尻目に、三好がこともなげに言った。

よく考えてみればその通りだ。仮に試験にＤカードの提出が必要になったとしても、いまさら試験を受けるようなこともないだろう。

しばらくアクセスログを眺めたり、あちこちの掲示板を覗いていた三好が、小さく欠伸を漏らした。

「そろそろ寝るか？」

「そうですね。そうしましょう」

世界は動き始めた。

しかし俺たちは、そろそろベッドで夢の世界に旅立つ頃合いだった。

SECTION :

アメリカ合衆国　ワシントンD.C.

ダンジョン省、初代長官のカーティスは焦っていた。

代々木の攻防ではＤＡＤに後れを取り、Ｄパワーズなどというふざけた名前のチームに所属しているＧランクのエクスプローラーに振り回された挙句、オーブの落札でも良いところがないどころか、邪魔をしたと邪推される始末だ。

あまっさえ、今度は、そのチームの拠点を調査しようとしたエージェントが二名、日本政府から送り返されてきたのだ。

「くそっ」

カーティスは小さく悪態をついた。

それなりの予算を費やした結果、証明できたことと言えば、自前の実動部隊が間抜けの集まりだということだけだったからだ。

そうして再び信じがたい情報が、目の前で報告されていた。

「それで？」

髪を短く刈り上げ、シンプルなスーツに身を包んだ三十前の男が、ボスの機嫌の悪さに冷や汗をかいていた。

「例のロシアから公開された部分は、ほぼ一致していました」

「これが、仮によくできたフェイクだとしても、このサイトを作ったのは、あの資料に触れられる立場にあった者だということか？」

「その可能性もありますが、ＤＡＤからの連絡によりますと、それ以外の部分も……どうやら本物のようです」

「本物？」

カーティスは、意味がよく分からないといった顔で、眉根を寄せた。

世界に存在する〈異界言語理解〉は、今のところ、ロシアと我が国にある二つだけだ。

「ロシアがこのサイトを作ったとでも言うのか？」

「いえ、それはほぼあり得ません」

以前送られてきた翻訳情報と見比べたところ、同じ碑文の翻訳中にロシアからの資料にはない文章が追加されていたのだ。

「では、我が国が？　ＤＡＤの連中の暴走か、そうでなければプレジデントの命令で？」

「問い合わせてみましたが、ＤＡＤは無関係だそうです」

「なら、それ以外の誰かが独力で翻訳したと言うのか？　三十七億ドルのオーブを使って？」

男はその言葉に頷いた。

「おそらく。なにしろロシアの資料にない重要な文章が追加されています」

男は、The Book of Wanderersと名付けられたセクションのインデックスから、ロシアから発見された一枚の碑文をタブレットに表示した。

「そのうち、うちに最も関係が深そうなのは、これでしょうか」

「RU22-0012……鉱物資源についてか」

ダンジョン省は、内務省から派生した省だ。国内の資源を取り扱う組織だけに無関係ではいられないだろう。

その翻訳にざっと目を走らせたカーティスは、ここしばらくの失態を挽回できるかもしれない情報に歓喜した。

「これが本当なら、本腰を入れて下層探索に力を入れる必要があるな」

「それはそうですが、ネックは……」

「〈マイニング〉か」

「引き続き代々木を探索させますか?」

JDAが更新したサイトによると、すでに〈マイニング〉を持つであろうモンスターが特定されていて、検証が進んでいることが記載されていた。

「この温《ぬる》さは、ジャパンの特質だな」

そう呟いたカーティスは、代々木に残った部隊に情報を集めさせ、〈マイニング〉を採取する命令書にサインした。

SECTION：

ロシア　モスクワ　中央行政区

クルニコフは、机の向こう側から冷たい空気が吹き出しているかのように身震いしていた。単に『局長』とだけ呼ばれているカミソリのような目をした男は、黙って報告書に目を通しながら、ここのところの失態を思い返していた。

最初に起きた信じがたい報告は、ＦＳＢ（ロシア連邦保安庁）のＶ局が派遣した六名が、ダンジョンの中で気絶しているところを探索者に救助されたというものだった。

武装は完全に解除されていて発見時は丸腰だったため、特に大きな問題にもならず、簡単な聴取の後、そのまま解放されたらしい。そのまま大使館へと報告が行われた。

彼らは、自分たちに何が起こったのかを全く認識していなかった。それどころか、最後まで残っていた一人は、それが悪魔の仕業だと信じているようだった。仲間が一人ずつ消えていき、最後は生暖かい死の息遣いが聞こえたかと思うと、その瞬間意識が闇に溶けたと報告していたのだ。

次の信じがたい報告は、ＳＶＲ（ロシア対外情報庁）の『防壁』が、五人も日本の警察機関に捕らえられたというものだった。

つまり彼らは自決することもできない状態だったということだ。被害者がいなかったため、建前上、五人は単なる銃刀法違反での逮捕ということになっている。

日本はスパイ天国だ。そう重い罪にはならないだろう。もっとも彼らのスパイとしてのキャリアは終わったようなものだが……。

　そうして妨害に失敗した結果が、ここに如実に表れていた。

「それで、同志(注19)クルニコフ。このサイトで翻訳された内容は？」

　クルニコフは、震えそうになる手を意識の力で押さえつけながら、ほぼ間違いのない内容だと、答えるしかなかった。

　ロシアでやむを得ず〈異界言語理解〉を使用させられたイグナートは、無学な鉱山労働者出身の探索者だった。翻訳させるためには、まず、基本的な知識から教えなければならなかったため、非常に効率が悪かった。

　説明を受けた男は、ＲＵ22-００１２のページを見ながら、「つまり我が国のアドバンテージは、ゼロになったと言うことかね？」と確認した。

　額に汗を浮かべながら頷くクルニコフに、さらなる追撃が行われた。

「すでに三ヶ月になるが、我が国における〈マイニング〉の採取状況は？」

　そうは言われても、普通は何が持っているのかも分からない未知のスキルオーブを取得することなど、ダンジョン攻略局が総出でかかったところで何年かかるか分からない代物だ。しかし、彼に向かってそんな発言が許されるはずがなかった。

「げ、現在、土属性を持っているであろうモンスターを中心に、鋭意探索中であります」

　つまりは見つかっていないどころか、何がそれをドロップするのかすら分からない状況だということだ。

『局長』は、机に肘をついて、目の前で両指を組み合わせ、親指同士をぶつけながら上目遣いにクルニコフを見た。

「代々木はパブリックダンジョンだったかな？」

「はっ、そうです」

「では、探索チームを派遣したまえ」

ＪＤＡのページにある情報が正確だとしたら、少なくとも代々木には〈マイニング〉をドロップするモンスターが存在しているのだ。それがいるのかどうかも分からないダンジョンを攻略させるよりもはるかに効率的だろう。

「ＲＵＤＡ（ロシアダンジョン協会）を介して、ＪＤＡに連絡を入れます」

「急ぎたまえよ」

「はっ」

クルニコフは敬礼をして退出した。

Ｖ局や『防壁』をどうにかできるような一般人は存在しない。

それでも失敗したということは、ダンジョンの中に限って言うなら、人間相手の工作員や諜報員《ちょうほう》では、探索者には及ばないということだろう。それならこちらも探索者を送り込むしかないということだ。

『局長』は椅子から立ち上がると、特殊な熱線反射ガラスになっている窓から外を見下ろした。うっすらと積もる雪に道行く人々が残した跡がいくつも線のように残っていた。

もう一週間もしないうちに、ジェド・マロース（注20）がスネグーラチカと一緒にプレゼントを配って歩くだろう。せいぜい希望通りのものが貰えるように、手紙を書いておかなければ。

（注19）**同志（タヴァーリシチ）**
現在では一般的には使用されない呼びかけ。speak-russian.cie によると、その代わりになる呼びかけ自体が現代ロシア語には存在せず、例えば女性なら年に関係なく「お嬢さん」と呼びかけるそうだ。

（注20）**ジェド・マロース**
ロシアの民話に登場する雪の精。サンタクロースから宗教的な意図を剥がすのに丁度良かったので、その身代わりに抜擢され、現在までその役割を担っているロシアのサンタクロース。なお、彼がプレゼントを配るのは大晦日の夜。スネグーラチカは彼の孫娘。

SECTION：
イギリス　ダウニング街

　トラファルガー広場では、四頭の巨大なライオンを従えた海軍の英雄が、高い塔の上で帽子から冷たい雨を滴らせながら、ウェストミンスター宮殿を見透かして、フランスをねめつけていた。

　その視線の先で、国防情報参謀部内に設立されたダンジョン課の男が、コートの襟を立てて道路を横切り、ダウニング街へと入っていった。

　首相官邸ネズミ捕獲長のラリーが窓際に座って、流れ落ちる水滴越しにそれを眺めていた。

「確認しました。我が国から出た碑文もすべて翻訳されているようです」

　男はコートに付いた水滴をはたいて落としながら、そう報告した。

「ステイツが翻訳者を手に入れたのが今月の頭だ。迅速なのはいいが、外交文書ではなく、一般公開とはどういうことだ？」

「それが……アメリカは我が国とは無関係だと、外交チャンネルを使って伝えてきました」

「じゃあ、ロシアがあれを？」

　ダンジョン課の男は、首を振ってそれに答えた。

「ありえません」

　しばらく室内にはエアコンの吐き出す空気の音と、ラリーが窓を流れる水滴を追いかけて、それを叩く小さな音だけが響いていた。

「じゃあ、誰があれを？」

しばらく何かを考えていたナンバー10(注21)の主が、報告に来た男に尋ねた。

「サーバーやドメインを調査した結果、実際の所有者は、アズサミヨシだということです」

「誰だ、それは？　日本人の名前のようだが」

「以前報告した、オーブを取り扱うオークションハウスの責任者です」

「なんだと？　噂のオーブハンターか？」

「はい」

オーブを取り扱うオークションサイトの登場は、それが現れた瞬間から、一斉に世界の耳目を集めていた。

しかし、そんな怪しげな出来事に、最初から食いつく国家の運営者はいない。だが、ＪＤＡがそれを規制しなかったという一点において、懐疑的ながらも、そこから目が離せなかった関係者は多かった。なにしろ、もしも本当にオーブの保存が可能なのだとしたら、場合によっては世界が変革するかもしれないほどのインパクトがあるのだ。適材を適所に利用できるということは、それだけ大きなアドバンテージだった。

「そして、今度は異界言語の翻訳だ？」

(注21)　ナンバー10
ダウニング街10番地のこと。イギリスの首相官邸。

「本人が翻訳しているかどうかは分かりません」

「ステイツかロシアの機密情報をハックして公開しているとでも？」

「分かりませんが、そうではないと思われます」

ロシアの翻訳とは文章が違うし、アメリカのものとも違うのだろう。もしもそうでなければ、あの二つの国が黙っているはずがない。

「そのアズサとかいう人物は調べたのか？　どこかのエージェントという線は？」

「それがなんと申しますか……」

彼女の経歴は簡単に辿ることができた。何も隠されてはいなかったし、まったく怪しげなところもなかった。しかし不思議なことに、会社を辞めてＤＡの商業ライセンスを取得した辺りから、突然世界に頭角を現し始めたのだ。

「何か特殊なスキルでも取得したのだと思うかね？」

「それが最も分かりやすい説明だと思いますが、その内容となると想像もできません」

「それに未確認情報ですが、ロシアのイリーガルを返り討ちにしたという話もあります」

「なんだと？　一般人がか？」

「日本の組織に守られている様子はないそうです」

信じがたい報告を受けて、男はしばらく考えていたが、気を取り直したように質問を続けた。

「それで、サイトの内容は事実なのか？」

結局重要なのはそれだけなのだ。誰が翻訳したのかはこの際関係がないと言っても良かった。

「以前ロシアが発表した部分は、ほぼ一致していました」

「ステイツは何と？」

「確認中だそうです」

男は、五ポンド札の裏側で恨みがましい目つきで唸《うな》っているライオン然とした元首相にちなんだシガー(注22)を、ダブルブレードのギロチンカッターでフラットカットすると、シガーマッチでそれに火をつけた。それをゆっくりと口に含むと、優しいパンの香りのようなまろやかな煙を噛みしめた。

「サイトにあった、Dカードを使ったパーティの結成は試したか？」

「試しました」

「結果は？」

「……書かれていた通りでした」

男は、灰皿にシガーを置くと、電話機を引き寄せて受話器をあげた。

モノリスのような形をした電話など、スマートとはほど遠い。男はそう考えていた。

（注22）シガー
五ポンド札の裏には、唸るライオンと銘打たれたチャーチルの肖像画が描かれている。チャーチルは長さが二十センチ程度で、太さは二センチ弱の大型シガー。チャーチル首相が好んでいたためこの名前が付いた。

SECTION：

代々木ダンジョン エントランス

『おいおい、ヨシムラ。あれはねーだろ』

その日、代々木ダンジョンのエントランスで、俺はサイモンに捕まった。

『あれ？』

『とぼけるなよ。天国から漏れてるサイトだよ』

『どうして、俺たちに関係があると？』

『どうしてって、ドメインの所有者がアズサじゃねーか』

三好が自分の名前でドメインを取得するはずがない。確実にＷＨＯＩＳは代理公開(注23)になっているはずだ。

『今どきＷＨＯＩＳはリセラーが代理公開してるでしょう？　なのにどうして？』

俺が横目で彼を睨みながら、そう言うと、彼は、はっ、と鼻で笑って、それには答えずに話を促した。

『言っておきますけど、我々は場所を貸しているだけですよ』

『ほう』

『第一、あのサイトの制作者が誰であれ、ＵＳは大して気にしないでしょう？』

スキルオーブは、それをいつ誰が取得するのか予想はできない。

〈異界言語理解〉にしたところで、取得した誰かを抹殺して歩くなんてことはできないだろうし、いつかは取得した誰かが情報を公開することも織り込み済みのはずだ。

『気にしない？　三十七億ドルも突っ込んでか？』

サイモンが試すような顔でそう突っ込んできたので、俺は小さく肩をすくめた。

『各国と連携して落札した時点で、ＵＳは、情報そのものを独り占めしようなんて考えていないでしょう？』

アメリカがあのオーブを手に入れたかったのは、ただ、その情報の真偽を自分の国で確かめるための手段が欲しかっただけだろう。その内容を秘匿することで利益を貪ろうと考えているなら、各国で連携したりするはずがない。予算だって無理をすれば一国で十分賄えたはずだ。

俺が突っ込むと、サイモンはあっさりとそれを認めた。

『まあな。実際、翻訳を誰かが公開したとしても、それに異を唱えることはないだろうな。そもそも、俺たち現場にとっちゃ、どうでもいいレベルの話だし』

そう言った後、彼は『本来ならな』と真顔で付け足した。つまり、それが気に入らない勢力があるってことだろう。

（注23）　代理公開
ＷＨＯＩＳ情報は、ドメイン管理者の公開情報。

プライバシーの問題が生じたため、現在ではリセラー（ドメイン登録受付業務を行う事業者）が住所や氏名・電話番号を代理で公開するサービスが普及している。

『USも足並みが揃っていないってことですか?』

『民主主義の国には、幅広い意見が存在できるってだけの話さ。もっとも今は、どの国もそれどころじゃないだろうぜ』

ヒブンリークスのサイトには、〈マイニング〉があるということだけしか書かれていなかったが、同日更新されたJDAの代々ダン情報局には、それが代々木で確認されたかのような記述があったのだ。しかも近日中には、特定された情報も公開されるようだった。

自分たちが十分に〈マイニング〉を確保する前に、パブリックな代々木で、その情報を公開しちゃうところが、鳴瀬さんたちの凄いところだ。政府が口を出せない建前にはなっているのだろうが、怒られないのだろうかと不安になるレベルだった。

『日本の懐の広さには恐れ入るよ。またまた世界中からエクスプローラーが集まってくるな』

『対象モンスターが公開されるのを待って、自国のダンジョンで探してもいいんじゃ?』

『あのな、仮にそのモンスターが存在しているダンジョンが自国にあったとしても、そいつが〈マイニング〉をドロップするとは限らないだろ?』

なにしろオーブのドロップ率は低い。どうせなら、ドロップが確定している場所で狩りたいと思うのが人情だ。宝くじは一等が当たった売り場で買いたいと思うのと似たようなものか。

『おかげで俺たちも、しばらくは代々木にいることになりそうだぜ?』

サイモンは、片目をつぶって敬礼すると、仲間たちの待つ場所へと戻っていった。

SECTION :

アメリカ合衆国　ワシントンD.C.

世界一の大国を率いているその男は、ウエストウィングの角にある楕円形の部屋で、行方不明になった後発見された船の木材から作られたデスクに座り、翻訳された碑文の中に、ザ・リングに関する内容が存在しないことに安堵《あんど》のため息を漏らした。

もしもダンジョンが、気まぐれにそのことを記したりしたら、場合によっては世界中から非難される事になりかねない。できることなら、それは避けたかった。

せめて、自分の任期が終わるまでは。

二〇一八年　十二月二十六日（水）

SECTION：

代々木八幡　事務所

　ヒブンリークスが世界を大きく揺さぶっていた日の午前中、我らが事務所の玄関には、褐色の美少女が嬉しそうに笑いながら立っていた。

「ハイ、ケーゴ」

『やあアーシャ久しぶり。元気だったか？』

『日本で、魔法を掛けてもらったからね。今は、毎日が楽しいよ』

『そりゃ良かった。まあ入りなよ』

　アーシャが、靴を脱いで事務所へと入ると、ソファに案内した三好が訊いた。

『それで、いつまで日本に？』

『二十九日までかな。もっといたいんだけど、新年は家族で過ごさないとパパに殺されちゃう』

『あれ？　ヒンドゥー教の新年ってディワリじゃないんですか？』

『ディワリ？』

『あれ、先輩知りません？　毎年横浜でもイベントやってるじゃないですか』

　それを聞いたアーシャが補足した。

『横浜とムンバイは姉妹都市だからね』

　そうだったのか。しかし、年中会社にいた俺には無縁の世界だな。ＨＡＨＡＨＡ……自分で言って泣きそうになるが。

『なに寂しいことを言ってるんですか。まあ、宗教的なお祭りですよ』

『クリスマスみたいなもんか』

『まあそんな感じ。ただ、由来はヒンドゥー教だけでもいくつもあるからなぁ』

基本はラクシュミーに関連付けられるけれども、場所によってはカーリーに関連付けられたりして、地域によっても異なるらしい。いずれにしても、無知に対する知識の勝利のように、暗闇に対する光の勝利という意義自体は変わらないということだ。

そうしてこの祭りの四日目が、いわゆる新年として位置付けられているらしい。

『でも、インドは、元はイギリスの植民地ってこともあって欧米式の新年って概念も根付いているよ。特にうちはムンバイだし』

ディワリの本場は北インドらしい。もっともヒンドゥー教のお祭りだから、ムンバイでも派手にお祝いはするそうだ。

『以前は、一晩中クラッカーと花火で大変だったけど、少し前から規制されちゃって』

去年はインドの最高裁がディワリ期間中の爆竹の販売を禁止したそうだ。もともと大気汚染を名目に始まった規制らしいが、産業界などで、色々と綱引きが行われているということだ。

『爆竹や花火で大気汚染って……』

『まあ、それくらい使われるわけ』

『凄いな』

　どんだけ使えばそんなことになるんだろう？　想像もできない。

『そういうわけで、二十九日までってところ』

『なら、二十九日はスペシャルな場所に案内しますよ！』

「スペシャルな場所？」

　全然聞いていなかった話に、俺は思わず眉をひそめた。こいつがこういう言い方をするときは、大抵とんでもないことをしでかしたりすることが多いのだ。

「まあまあ、先輩。任せておいてください」

　いや、なんだか目茶苦茶不安になるんだが……。

『しかし、あのパパリンがよく一人での日本滞在を許しましたね』

『パパもそろそろ子離れしなくっちゃね』

　いや、できるかなぁ、あの人が？

『それで、泊まるところはどうするんです？』

『今はリッツだけど、今日からは――』

　アーシャが、上目遣いで三好の方をちらりと見る。三好は苦笑して、いいですよと頷いた。

『リッツみたいなサービスを期待されても困りますけど』

『きゃー、アズサ、ありがとう！　私、友達の家って泊まったことがなくって』

　あの怪我をしたのがいつなのか正確には知らないが、(注24)セカンダリースクールまでに事故に遭って、引きこもっていたとしたらそうなるだろう。

最悪教育は家庭教師でどうにでもなるだろうが、友人との触れ合いはそうはいかないのだ。

せっかくの日本だ。数日だけど、楽しんでいってもらおう。

『そう言えば、ケーゴたちは、アルトゥム・フォラミニスを知ってる？』

『アルトゥム・フォラミニス？』

アーシャの口から、奇妙な名前を持った宗教団体が飛び出してきたことに困惑した俺は、眉根を寄せた。

『聖女様が、セレブな人たちを癒やして回ってるって噂の？』

『それそれ。詳しいの？』

確か三好が、宗教法人を隠れ蓑《みの》にうまく回復魔法をマネージして、オカルトに傾倒している偉い人たちに守ってもらうってのが賢い立ち回りだとか言ってたやつか。

『いや、噂を聞いたことがあるだけだな。それが？』

『パパがあちこちで私のことを聞かれたとき、ケーゴたちはあんまり有名になりたくなかったみたいだから、魔法使いに治してもらったって煙に巻いてたの』

『魔法使い?!』

（注24）　セカンダリースクール
インドだと、十四歳くらいから通う学校。

アーシャだとインターナショナルスクールに通っていたかもしれない。

その話、どっかで聞いたことがあるぞ……。

『先輩。もしかして、モニカがサイモンさんから聞いたのって――』

『――あのおっさんが原因か！　その話、結構広まってる？』

『大分少なくなってるけど、一時は社交界で一番の話題のネタだったよ』

あのおっさん、何してくれちゃってんの⁈

『それで、その話とアルトゥム・フォラミニスに何の関係があるんです？』

『私も当事者だし、それなりに、その話題を振られたの。もっとも大抵の人は魔法使いの話で軽く笑って次の話題に移るわけ』

『会話のとっかかりみたいな――軽妙な社交界トークってやつですか？』

『まあ、そんな感じ。顔合わせやご機嫌伺いみたいなパーティーの会場で、真剣に突っ込んでくる人は、普通いないから。でも――』

中には、東京での出来事について、根掘り葉掘り、時には不躾だと思えるほどの勢いで尋ねて来た人たちがいたらしい。そうしてそれが――

『その教団の関係者だった？』

アーシャは黙って首を縦に振った。

空気の読めない奴が爪弾《つまはじ》きにされるのは、どんな集団でも同じようなものだ。ただ、爪弾きにされたりしたら最後、ＥＵのアッパークラスを相手に商売ができなくなるような集団に向かって、そういった行動をとるというのは確かに異常だ。

『その人たちが訊いてきたのは、要約すれば「誰が魔法を掛けたのか」ってことだったの』

どうも俺たちに強い興味があるようで、態度が熱っぽくて気味が悪かったらしい。

『それに、本来彼らはヨーロッパの後、北米に進出するつもりだったみたいなんだけど、それが急《きゅう》遽《きょ》、東京に変更された感じなの』

どうしてそんなことをアーシャが知っているのかは分からないが、これが社交界で話をする人たちの情報網ってことなのかもしれない。ただ無駄に金を使ってるって訳でもないのだろう。

『それを伝えるために、わざわざアーメッドさんにくっついて、日本に？』

『遊びに来たかったってのも本当。じゃあちょっとチェックアウトしてくるね！』

アーシャは照れたようにそう言うと、身を翻して、玄関へと駆けて行った。

どこからともなく現れた黒塗りの高級車が門の前へと停車すると、彼女はその車の後部座席へと乗り込んで、こちらへ向かって手を振った。

「あれって、どこかで待機してるのかな？」

俺はその手際の良さに感心しながら、三好に向かって苦笑した。

「先輩。うちの周りって、さっきまでアーシャの護衛っぽい人で一杯でしたよ」

「なんだと？」

「エージェント・スミスみたいな人たちですね」

「比較的平和な日本でこれじゃ、子離れは当分先だな」

「親心ってやつですよ」

「あのおっさんは、それが重すぎる。周囲の連中と揉《も》めたりしないかな？」

「そこまでは面倒見切れませんよ。護衛が民間だとしても、イギリスあたりとは連携が取れてるんじゃないかとは思いますけど……」

「ああ、あの執事男」

初めてアーシャと会った時、まるで執事のようにくっついていた、高そうなスーツに身を包んでいたイギリス軍の関係者っぽい男を思い出した。

「で、スペシャルな二十九日はともかくさ、今日と明日と明後日はどうするんだ？」

「そうですねぇ。彼女の立場なら美食の限りも尽くしているでしょうし、今日のところはゆっくり疲れを癒やしつつ、シェフ芳村の料理を堪能していただいてですね」

「おい……」

「外国人向け観光スポットなら、両国国技館・歌舞伎座・雷門に築地——は閉まっちゃいましたから豊洲ですか。後は銀座や原宿ですかね？」

「国技館や歌舞伎座って、こんな年の瀬までやってんの？」

三好が素早くキーボードに指を滑らせた。

「残念ながら。国技館は、大晦日にさだまさしのコンサートをやるくらいですし、歌舞伎座の十二月大歌舞伎は、なんと今日が千秋楽です」

「ダメじゃん……」

「豊洲はずっとやってるはずですけど」

「だけど観光客向けの飲食店舗エリアで食べるくらいだろ？　アーシャが二階の窓越しにマグロのセリを見て喜ぶかな？」

「築地だと傍で見られましたけど、豊洲は二階の通路から覗くだけですからねぇ」

さすがにそれじゃだめだと思ったのか、見学者用のデッキも用意されているらしいが、利用可能になるのは来年からだということだ。

「なら浅草寺ですかね。雷門の底にある龍の彫り物なんかは写真じゃあんまり見られませんし」

「あの通り、下手《へた》したら外国人の方が多いもんな。こないだ通ったら驚いたよ」

「そういう意味では、ゴールデン街も欧米の人が多いらしいですよ、最近」

「アーシャって未成年じゃなかったか？」

「前回会った時は十九だったはずですけど……誕生日っていつなんでしょうね？」

「待て、それってフラグじゃないだろうな」

「いやー、さすがにあのパパリンですよ？　誕生日に放置とかありえないと思いますけど」

「いや、だから、突然乱入してくるとか……」

「やめてくださいよ」

仮にもインド経済界の重鎮だ。日本の各種パーティーを放り出して、娘と遊ぶために突入してくるなんてことは――

「やりかねないな」

「やりかねません」

むしろこの非常識な時期に、ディズニーを貸切ったりしそうで怖い。

「ぎ、銀座でお買い物は、たぶん全然目新しくないでしょうから、原宿ですかね？」

フラグになりかねない話題を振り切って三好が露骨に話題を変えた。

「お前、竹下通りとか詳しいの？　俺は全然知らないぞ」

「裏原のレストランしか知りません」

「それでも、俺よりは詳しそうだな」

「あそこのクレープ屋さんには憧れもあるんですが……」

「憧れ？」

「先輩、あそこで注文して食べる勇気あります？」

うーん、周りはみんな若い子ばかりだよな。下手すりゃ一回りくらいは違うわけだ。おっさんがそれに交じってクレープをかじる……うう、酷い絵面だ。

「無理」

「ですよね！」

「いや、お前は一応セーフなトシじゃないの？」

「一度拗《こじ》らせちゃうとダメですね。これが自意識の発露ってやつでしょうか」

「そういうもん？」

「そういうもんです」

一度ダメそうって思っちゃうと、なにか意識の変化がない限りダメってことかな。

「ま、まあ、戻って来てからアーシャに希望を訊いてみればいいか」

俺たちは、結論を先送りすると、もの凄いことになっているヒブンリークスのアクセスログを解析し始めた。

SECTION：

駒場　大学入試センター

東大駒場キャンパスの横から始まる、駒場通りの終わりに近い場所に、高い生垣に囲まれて、門前に警備員が常駐している物々しい建物が建っている。植木に囲まれ、ほとんど目立たない位置にあるため、探さなければ見つからない看板には『大学入試センター』と書かれていた。

守衛に朝の挨拶《あいさつ》をしながら、その門を通過した一人の男が、少し前を歩いていた男に声をかけて足早に駆け寄った。

「よう。おはよう」

「ああ、おはよう」

二人は肩を並べると、早速昨日から始まった騒動を話題にした。

「例のDカードにまつわる話、聞いたか？」

「ああ。たった一日で、事業第一課にも結構な問い合わせがあったぞ」

それは、Dカードを利用してパーティを組むと、テレパシーが使えるようになるなどという、一見馬鹿げた話だった。しかし、どうやらそれが本当のことらしかった。

つまり優秀なものが一人いれば、カンニングなどやりたい放題だということになる。大学入試センターにとって、まさに青天の霹靂《へきれき》だった。

「問い合わせ？」

「多かったのは、どう対策をするのかという問い合わせだな。それに関する手続きの変更等に関するものが主立ったところだが——実際は、まったく対策をしないなら、Dカードを所有していない受験生が著しく不利になるのではないかって懸念だ」

「対策ね……もしもまったく未対策だってことになったりしたら、どこかの予備校あたりが組織的に利用するかもしれないな」

「予備校じゃなくても、高校の友人同士でなんてこともありえるよ」

「得点調整でなんとか、なんて話じゃないからなぁ」

「だが、いくら今年のセンター試験が、実施日が最も遅くなる日程だとはいえ、今から対策を施すことは現実的に不可能だろ？」

そもそもどんな対策を施せばいいのかすら、現時点でははっきりしないのだ。

しかし、事は二次試験にも関わってくる。大学入試センターは、主にセンター試験を実施する機関だが、大学の入学者選抜方法の改善に関する調査研究なども重要な仕事の一つだった。手をこまねいているだけでは、その存在意義を問われかねない。

「テレパシーが届く距離は二十メートルらしいから、ばらばらに配置すれば」

「大抵申請された受験番号は連番で発行されるからな、席の場所の案内が大変だし……八人を二十メートル以上離せる会場は少ないだろう」

子パーティや孫パーティとの念話を考えれば、さらに現実的とはいえない方策だったが、彼らはまだそのことを知らなかった。

「明らかにおかしな得点になっているものを後から検出してペナルティを科すってのは？」

「受験番号が配置された席の情報があれば、得点と比較することで、おそらくあったであろう不正を疑うことはできる。しかし証拠にはならないだろう」

「しかしなぁ、学校の定期テストと違って受験だぞ？　相手を蹴落とすのが目的の試験なのに、わざわざ他人に高得点を取らせる理由があるか？」

「まあ社会的な力関係や……後は、考えたくはないが、カネかな」

「合格確実な学生で、医者のバカ息子を合格させたいとか……いかにもありそうだな」

「裏口よりもずっと確実だし、不正を疑われにくい。もっともその場合は少人数になるだろうから、試験への影響は少ないだろう。はっきり言えば、俺たちが関与するようなことじゃない」

「受験生には申し訳ないが、不正の範囲が小規模でこちらも何も気がつかなかった、ということになればな」

彼らは仕事としてこの作業をしているだけで、個々の学生のことなど普段は考えていない。できるだけ非難を浴びるような波風は立たないほうが良いに決まっているのだ。

「だが、そいつは少し希望的観測すぎるだろう」

事は受験だ。つまり一生を左右する可能性がある試験なのだ。ばれないことが分かっている不正なら、誰だってそれを利用したくなるだろう。

「大体、こいつはどの部署の管轄になるんだ？」

「事業部と総務部に広く関わりそうだ」

「総務？」

「ＪＤＡあたりとの共同研究となれば、研究支援係あたりの管轄だろ」

「二次だってたった一ヶ月先なんだぞ？　共同研究なんて悠長なことを言ってる場合か？」

「だが、始めなければなにも解決しない」

「そりゃそうだ。はぁ……こいつは忙しくなりそうだな。だが、うちの方針が決まらないと対応できないぞ？」

「おそらくＪＤＡへは、すでに問い合わせが行っているはずだ」

「その返事を待ってってところか」

「そうだな。もしかしたら、向こうはすでにそういう検出ができる機器を持ってるかもしれないだろ？　そうでなくても、住所氏名年齢あたりの情報で、ＷＤＡカード所有の有無を判定できるようにしてくれるかもしれないさ」

男たちはただでさえ忙しいこの時期に巻き起こった大問題に、暗い気持ちになりながら肩を落としてビルへと入って行った。

SECTION :

市ヶ谷　ＪＤＡ本部

「Ｄカード取得者を識別したい？」

ＪＤＡ市ヶ谷本部のダンジョン管理課では、課長の斎賀のところに、ひとつの問い合わせが届いていた。

「はい。大学入試センターから、試験会場で、受験生がＤカードを所有しているかどうかを判断する方法があるかという問い合わせが来ています」

大学入試センターからの連絡は、時期的に考えて間違いなく念話の件だろう。

昨日パーティシステムの情報が公開されて以来、いずれ来るだろうとは思っていたが、対応の初動が早い。さすがに入試前だけのことはあるようだ。

「分かった。法務とシステム管理にも話を回して、会議室を押さえてくれ」

「分かりました」

なにしろ、世の中には、それこそ無数の試験が存在している。ここできちんと食い止めておかないと、社会制度そのものが崩壊する危険性だってあるのだ。

公開直後から、誰もが予想していた事態だと言うのに、ＪＤＡとしてすぐには何の対策も打てそうになかった。なにしろダンジョンが社会に及ぼす影響を受け持つ部署などないのだ。

せいぜいが広報部くらいだろうが、これは明らかに広報とは異なっている。無理矢理こじつければ一種の予防法務だが、あれは基本的に従業員の不祥事防止の意味合いが強い。

「どう考えても最終的には、うちに回ってきそうな案件だよな……」

ダンジョン管理課は、ダンジョンの管理だけやっていたいところだが、実際は、探索者の管理も業務の範疇《はんちゅう》だ。その延長で、というのは十分に考えられた。

「ダンジョンが社会に及ぼす影響を事前に予測して、その影響を最低限に留《とど》めるなんてのは、ダンジョン庁の仕事だと思うんだがなぁ……」

§

三時間後、ＪＤＡの小会議室では、問い合わせがあった内容が実現可能かどうかの会議が開かれていた。あの後、ダンジョン庁と文科省からも同様の問い合わせがあったため、すべての関連部署が出席していた。

「ある人物がＷＤＡ会員かどうかは開示しても問題ないと思われます。ＪＤＡ以外がダンジョンの入り口を管理する場合、入ダン条件の確認にカードの提示を求められますから、それに準ずるものとして取り扱えるでしょう」

法務の職員が、手元の資料を見ながらそう言った。

「もっとも問い合わせに対応するコストをどうするのかという問題はありますが」

なにしろ、今回の問い合わせは、短期間に多数のリクエストが発生するはずだ。平常時にそんな問い合わせを捌《さば》けるだけのキャパが用意されているはずがなかった。

それを聞いた、システム管理部の職員が手を挙げた。

「ちょっといいですか」

「世の中のIDカードはすべからくそうですが、WDAIDは、登録された人間を管理するためのIDです。したがって、そのIDの持ち主が誰かということは判定できても、ある人間がWDAIDを持っているかどうかを判定することは、かなり難しいと思います」

彼は参加者の面々を見回して言った。

「今回の場合、おそらくは名前や生年月日で検索されることになるでしょうが、同じ日に生まれた同姓同名の人間がいたとしたら当然誤動作します」

なにしろ今回は対象が受験生なのだ。生年月日が同じなんて例は大量にあるだろう。確率的に考えても、浪人を考慮しなければ、誕生日が同じ人間は1500人以上いるのだ。

「登録住所まで一致すればさすがに本人でしょうけど、逆に言えば、登録住所と現住所が異なっていればマッチしませんし、入力ミスがあっても当然マッチしないことになります」

類似住所のデータをすべて表示して、人間による確認を行うという手もあるが、プライバシーの保護という観点からは、そんなUIを作るわけにはいかないのだ。

それに、登録者には自分の個人情報に変更があった場合、それをJDAに通知する必要があるが、仮に通知を忘れたところで何か罰則があるというわけではなく、単に郵便物が届かなくなるくらいの問題しかない。ＪＤＡから会員への郵便物は今のところ、最初のカードの送付以外はゼロだ。

つまり、住所の変更を忘れていたり、行っていなかったりする例がないはずがない。

彼は、机の上で組んだ指先を、神経質そうに動かしながら「所有の有無を証明する場合、そうとうザルになりますよ」と断言した。

「第一、現場で、かつ入力でチェックするのは相当無理がありませんか？　例えばセンター試験の受験票には、名前と性別、それに誕生日と顔写真しかありません。住所を聞き取って手作業で入力するなんて、狂気の沙汰《さた》ですよ」

二次試験に限っても、会場によっては四千五百人を超える受験生がいる。手作業で確認するとなると、一人二十秒が掛かったとしても、のべ二十五時間が必要なのだ。

それを全国七百ヶ所に近い場所で一斉にやる？　少しコストを考えただけでも投げ出したくなる案件だ。

「現実的には受験番号入力でしょう。それで、センターから検索に必要なキーワードを取得後、ＪＤＡに問い合わせをするシステムというのが考えられます」

「それって法的に大丈夫なんですか？　約款の変更なしに入試センターから直接個人情報を引き出したり、向こうにそういった情報を渡したりできるものですか？」

法務の男は黙って議論を聞いていたが、法的な部分に話が触れると手を挙げて口を開いた。

「この場合ＪＤＡは、問い合わせに対して単にＷＤＡＩＤを所有しているかどうかを答えるだけですので、冒頭で述べましたとおり現状ままで合法です」

「いっそのこと、願書受付を締め切った段階で、まとめて問い合わせを貰って回答すれば、システムへの瞬間的な負荷もなくなって万々歳ですけど」

システム開発部の男がそう言って、諦めるように肩をすくめた。

「もっともその後にＷＤＡカードを取得されると、意味ないですけどね」

ＪＤＡへの問い合わせが終わったと思われる頃、試験日ぎりぎりでＤカードを取得するという技が一度だけなら使えるわけだ。

「もっとも問題はＤカードなんですよね？　ＷＤＡＩＤを持っていてもＤカードを持っていない人はいるでしょうし、ＷＤＡカードを持っていないＤカードの所有者も、実は結構いるかも知れませんよ？」

ＪＤＡの立場からすれば、そんな人間がいては困るのだが、ＷＤＡが設立されたのはダンジョンの出現よりも後だ。いないとは言い切れない。とは言えセンター側も、そこまでは要求しないだろう。なにしろそんな特殊な人間はさすがに少数だろうからだ。

だが、ＷＤＡカードを取得しただけで、一度もモンスターを倒していない人間は、もっと沢山いるかもしれなかった。ＷＤＡカードを持っているがＤカードを持っていないことの証明は、今回の方法では不可能だ。

「やはり、受験生の自己申告に任せるしかないのでは」

「後日の調査時に、申告に嘘がある場合は減点するなり失格にするようなルールを作って周知してもらうしかないですよ」

「結局現場での確認は難しいということですか？」

斎賀はそれまでの議論をまとめるように言った。

「そうですね。あらかじめこちらでサービスとＡＰＩを用意して、向こうのコンピューターから直接問い合わせを勝手に実施してもらうのが、我々の対応としては現実的じゃないですか？」

窓口は用意したから。利用はそちらで工夫してね、というわけだ。

「うちで協力できる事があるとしたら、受験前の一定期間、受験生に向けたＷＤＡカード発行を停止するくらいでしょう」

事前調査方式を採用した場合、センターからの問い合わせ以降に、ＷＤＡカードを取得するという穴を塞ぐための措置だ。

だが、それにしたところで浪人生の場合は年齢で弾くことができないから、ＪＤＡから入試センターの願書情報にアクセスできない限り取りこぼしは出るだろう。仮にアクセスができても願書申請時と異なる住所で登録されれば弾くことは不可能だ。

「分かりました。ご意見を聞かせてもらえて助かりました。結果の詳細はうちの課でまとめてから各部署に送らせてもらいます。必要なら正式なプロジェクトを立ち上げることになるでしょうから、各部署ともよろしくお願いします」

そうして、斎賀の言葉と共に、会議は閉会した。

参加者たちは、口々に雑感を述べながら、会議室を出て行った。

「しかし、ついにこういう日が来たんだな」

「まあな。なにしろSFやファンタジーの現実化に、旧態依然の、と言っちゃ可哀想《かわいそう》か。現代の社会システムそのものが対応し切れてないんだから、過渡期にはそうとう色々あるだろうよ」

「非探索者が、松明《たいまつ》を持って押し寄せてくるのだけは避けたいね」

「やめろよ、スケープゴートとして火あぶりにされるのは嫌だぞ」

それを聞くともなく聞いていた斎賀は、全く同感だねと、内心相づちを打っていた。

そうして、誰もいなくなった会議室で、彼は椅子に深くもたれかかりながら、今の会議の議事録を眺めていた。

「Dパワーズのステータス計測デバイスみたいに、その場でぱっと結果の出る判定装置でもあればな……」

Dカードの研究はほとんど進んでいない。

というより、素材がありふれたものだと分かってからは、研究そのものが表立っては行われていなかった。存在そのものがファンタジー過ぎてとっかかりがなかったし、カードそのものの利用ができない上に、WDAカードが普及した現在では研究自体の価値が下がっていたからだ。もっともパーティシステムの公開で、再び復権してくる可能性はあるだろうが。

所有を判定する装置など夢のまた夢——

「待てよ?」

そう言えば、以前鳴瀬が計測デバイスの報告をしてきたときに、その欠点について何か言っていたような……

斎賀は素早く立ち上がると、足早に会議室を出てロビーへと赴いた。そこでスマホを取り出すと、すぐに美晴に電話をかけた。

「はい、鳴瀬です」

「斎賀だ」

「課長？」

「鳴瀬、こないだDパワーズのステータス計測デバイスの欠点について何か言ってたよな。ほら、非探索者の計測がどうとか」

「ああ。ステータス計測デバイスは、Dカードを取得していない人間のステータスは計測できないそうです。弱点というか、Dカードを取得していない人にはステータスがないそうですよ」

「それだ！」

「は？　課長？」

「あ、いや、後で説明する。助かったよ」

「いえ、お役に立てたなら幸いです。それでは」

斎賀は自分のデスクに戻ると、問い合わせに関する書類を書き始めた。なにしろ事がDパワーズ案件だったため、自分でやるしかなかったのだ。そうしてそれを書き上げたときには、すでに退勤時刻を過ぎていた。

「そう言や連中、公開アドレスへのメールなんか、ろくに見ちゃいないんだったたか」

斎賀はそう呟くと、それを美晴のアドレスへと送信した。

もしもこいつが上手く行くようなら、連中は社会の救世主になれるかもしれなかった。

「だが二次まで考えても、一ヶ月と少しか……」

もっとも、仮にこれが上手く行ったとしても、救世主呼ばわりは断固拒否されることだろう。連中の嫌そうな顔を想像しながら、斎賀は楽しそうに破顔した。

SECTION：

代々木八幡　事務所

　ホテルをチェックアウトしたアーシャが、うちの事務所に戻って来たのは、あれから二時間ほど経った頃だった。

『ただいまー。何を話してたの？』

　それは丁度、どこへ案内しようかと、三好と話していた矢先だったのだが、さすがに、この後すぐどこかへ出かけるというのは、時間的にも体力的にも辛いだろう。

『いや、アーシャは日本で行きたい場所があるのかなってさ』

『行きたい場所？』

『ほら、雷門とか銀座とか、豊洲やスカイツリーとかさ』

『うーん……アキハバラ？』

　秋葉ぁ？　そいつは盲点だ。

「一応、東京を代表する観光地と言えば言えますね」

　二次元美少女の巨大な垂れ幕が堂々とビル壁面に溢れているような街並みは、世界広しといえどもここだけだろう。最近は大分減った気もするが。

「ラジカンと万世と、ＵＤＸか？」

「もっとディープにジャンク通りとかじゃないんですか？」

「カリー、行きたいです」

「カリー？」

『東京で一番カリー屋さんが集まっている街だって聞いたんだけど』

そう言われれば、駅を中心に、東も西も、ついでに南の神田川を渡った先まで、カレー屋だらけなのは確かだ。東京で一番かどうかは知らないが。

『いや、いわゆる日本のカレーは、インドのカリーとは大分違うんじゃないか？』

『インド人として、日本のカリーを確かめなければ！』

「カレーはなぁ……」

「あれ？　先輩、カレー嫌いでしたっけ？」

「いや、そんなことはないけどさ。カレーってさ、凄く不味いやつは分かるけど、凄く美味いってよく分からないっていうか……」

「ああ、カレーって、美味しい方のランク付けが難しいですよね」

「不味くないカレーは全部そこそこ美味しい気がする」

「さすがは国民食です」

「ワット？　だめですか？」

『いや、カレーって、どこが美味いのかなって話してたんだよ。ほら、どの店に行こうかって』

『全部に決まってるでしょ！』

『全部？　って、全店ってことか？』

いやいや、いくら何でもそんなに食べられるわけないだろう。何店舗あると思ってるんだよ。

『一人で回ったら食べられっこないし。二軒でダウンするのが目に見えるでしょう？』

まあそうだろうな。だけど、アキバのカレー屋って十軒じゃきかないぞ。

『だけど、全部食べてみたいの！』

話を聞いてみると、ネット友達だったアメリカのナードに、アキバのカレーは色々あって楽しいんだぜと吹き込まれたらしい。当時は食べに行くのを諦めていたけれど、ちょっとうらやましかったらしい。

『だから今回は天国(注25)からマナってやつなわけ』

彼女がにっこりと笑いながら、俺と三好を指差した。まさか――

『三人で一皿をオーダーして回るってことか?!』

そうしないと、とても全店は回れない。どっかで一杯の掛けそばめいた美談をやられたら死にそうになるだろうし、普通にやったら営業妨害だよな。

『先輩。ヒンドゥー教は食の汚《けが》れを気にしますから、さすがに回し食いは拙《まず》くないですか？』

それを聞いたアーシャが笑いながら言った。

『そこらへん、うちは緩いから』

『じゃあ、最初にアーシャが口をつけるようにすれば大丈夫か。さすがに3人でシェアするから皿くれとは言えないしなぁ……』

『こっそりマイスプーンを持って行きましょう！』

「しかし、ちょっと営業妨害っぽくないか？」

「普通にやったらその通りですけど――」

「なにかアイデアがあるのか？」

「任せてください！　アキバならではの解決方法があります！」

はあ？　秋葉ならではの解決方法だ？

三好は自信満々な顔で、ネットにアクセスしたり、あちこちに電話したりし始めた。

『アズサ、何やってるの？』

『三人で一皿を注文して歩いても許される、秘密のテクニックを手配してるんだってさ』

「おー、ジャパニーズヒギ」

アーシャは胸の前で手を組み合わせて、祈るようなポーズで感動していた。

§

（注25）　**天国からマナ**
manna from heaven. 英語の成句。日本語だと「渡りに船」。

「はい！　ここに取り出しましたるは、レーザーカッティングされたステンシルシートと無地のTシャツとパーカー」

山ほど荷物を持って帰って来た三好が、袋からそれらを取り出しながら俺たちにプレゼンしていた。

「それにアクリル絵具と――そしてこれが今回のキモ！」

そうして、三好がジャーンと言いながら取り出したのは、少し白く濁ったような半透明の液体が入った瓶だった。

「なんだそれ？」

「ファブリックメディウムですよ」

メディウムとは、絵具に混ぜて色々な質感を与えたりするための媒体だ。ファブリックメディウムは、アクリル絵具に混ぜて布の着色に使うための媒体で、布への定着力を高め、洗濯時の色落ちを防ぐアイテムらしい。

「それでこうやって……」

三好はステンシルシートをTシャツに固定すると、アクリル絵具とファブリックメディウムを混ぜたものをそれに乗せるように塗り付けていった。

「で、完成！」

そう言って三好が持ち上げたTシャツの胸には、もの凄くダサいゴシック体で『カレー大王』と書かれていた。なんだそれは……。

『ねえねえ、ケーゴ、あれってなんて書いてあるの?』

そう言えば、アーシャは漢字がちゃんと読めないんだった。

「えーっと、"Curry the Great" かな」

「先輩。それじゃカレーさんっていう王様がいるみたいですよ。"great King of Curry" じゃないですか?」

「それじゃ、カレーの王様だろ」

『えーっと。あれには、カレーダイオウって書かれていて、意味は……まあ、カレーが大好きな王様くらいかな?』

「おー、カレーダイオウ!」

『でも、王って男性だぞ?』

『そこはぬかりありません』

そう言って、次に三好が絵具を乗せたTシャツには、『カレーの王女様』と書かれていた。

『これは?』

『カレーが大好きな王女様って意味ですよ』

『誰がどう見ても、カレーの国の王女様だろ、それは。しかもちょっとパクリ臭いし』

『アキバテイストですよ!』

『それは誤解を招くからヤメロ』

それを聞いたアーシャは、アキバテイスト! イッツグレートなんて、興奮していた。

『それで……まさかこれを着てカレーを食いに行くだけとか言うんじゃないだろうな？』

それだけで、三人で一皿が正当化されるとはとても思えなかった。

『違いますよ。最後はこれです！』

やたらと細かいステンシルをパーカーの背中にくっつけると、そこに色を乗せる。そうして完成したパーカーの背中には『祈願　アキバ一周カレー行脚』と書かれていた。
(注26)「どっかで見たような文章だな」
「アキバの住人はイベント好きですよ。これでみんな納得してくれますって。後はほら、お昼の忙しい時間とかを外せば、ネタとして見てくれますよ」

「だけどなぁ……ウィスキーのボトル片手に『フフフ……俺はお祭りごとには興味がない。ひとりでだまって食うのが好きな男だ』とか語り始めそうだぞ、これ」

「そこはサングラスでもかけて素顔を隠しておけば大丈夫ですよ」

褐色美女を連れた怪しげなサングラスの男女三人が、アキバ一周カレー行脚のパーカーでカレーを食べて歩くのか。しかも三人一皿オーダーで……。

「確実にＳＮＳのネタにされそうな気がするぞ」

『ケーゴ、ケーゴ。これを着てればＯＫなの？』

『ばっちりですよ！』

『そうかなぁ……』

ノリノリで張り切る二人を横目に、俺は何か見落としがあるような気がして仕方がなかった。

SECTION :

西新宿

そのメールを受け取った時、鳴瀬美晴は西新宿の弁理士の事務所を訪れた帰りだった。

ダンジョン絡みの知的所有権は、各国の特許庁のような機関と提携して、ＷＤＡが一括して管理することになっているが、それに関わる手続きの詳細を、三好に頼まれて調べていたのだ。

「ええ……」

歩道の邪魔にならない場所で開いたそのメールには、Ｄカード取得者を判別するための機器制作をＤパワーズに依頼できないかという話が、ＪＤＡのスケジュールを中心に書かれていた。

「しかも、今年の大学入試合わせ?!」

美晴が考えても、そんな馬鹿なと思えるスケジュールだったが、最後には「全部任せるから、なんとか説得してくれ！」の一言が付いていた。

「なんとかって言われてもなぁ……」

美晴が少し考えただけでも、このスケジュールには無理があった。Ｄパワーズはステータス計測デバイスに関わる知的所有権をまだ申請していないのだ。なにしろ、丁度いましがた、美晴が弁理士の元を訪れたのは、その手続き方法を調べるのが目的だったのだから間違いない。

この機器を、このスケジュールで作るとなると、知的所有権が認められる前に機器そのものが出回ってしまうことになるのは確実だ。

「そんなのありえないよね」

とは言えこれは仕事なのだ。美晴は仕方ないかとため息を吐くと、丁度やって来たタクシーに乗り込んで、ドライバーに代々木八幡交差点と告げた。

（注26）どっかで見たような文章
矢口高雄（作）『釣キチ三平』より。
魚紳さんが初登場時に着ていたフィッシングベストの背中に書いてある言葉。
この時「どうして釣らないのか・・・?」というセリフがあるのだが、
絶対「どうした」の間違いだと思う。しかし何十回増刷されても修正されないので
ひょっとしたら正しいのかもしれない。非常に気になるセリフだ。

二〇一八年　十二月二十七日（木）

SECTION：

代々木八幡　事務所

その日、事務所への階段を下りると、三好が難しい顔をして、ＰＣの前で腕を組んでいた。

「おはよう。早いな」

「おはようございます。まあ、ちょっと」

「アーシャは？」

「疲れてたんでしょう、まだ寝てますよ」

「まあ、アキバのカレー屋が開くのは、どうせ昼頃からだろうしな」

「それにしても先輩。昨日の鳴瀬さんの一件、どう思います？」

「Ｄカードチェッカーの件か？」

「です」

「どう思うったってなぁ……開発はともかく、製作って物理的に可能なのか？」

「一部ならともかく、センター試験全体をフォローするのは、そうとう困難ですよね」

センター試験の本試験会場は、全国に七百近くある。点字問題試験場を除けば、大体一会場あたり百名から四千人を超える規模まで様々だ。

「受験者数で言うなら、大体五十七万人以上ですからね。百人に一台用意したとしても、五千七百台必要になるわけです」

「今年のセンター試験は、一月の十九日と二十日だ。機器の配布や準備を考えたら、生産に使えるのは、まあ二週間だろうな」

「正月休みを計算しないところが、先輩のブラックなところですよね」

「いや、緊急なら普通だろ⁉」

「それが、そうでもないんですよ。お盆と年末年始は特に。それはともかく、どう思います？」

「製作にどのくらいかかるのかも分からないし、ここは引き受けない方が無難だろ」

　ＪＤＡだって無茶を言っているのは分かってるはずだ。

「普通ならその通りだと思います」

　普通なら？　ずいぶん意味深だな。

「さて先輩。次はこれなんですが――どう思います？」

　そう言われて、三好の席に近づいた俺は、モニターに表示されているのがメールソフトの画面だということに気が付いた。それは、たった一日というよりも昨夜の夜遅くから今朝方にかけて、五百通を超えるメールが到着していることを示していた。

「なんだそれ、ｓｐａｍか？　適当にフィルタリングして捨てちゃえよ」

「やった後なんですよ」

「なんだと？」

「これは正当なメールサーバーから送られてきたメールだってことです。しかも受け取ったのは、商業ライセンスにくっついているパーティ用アカウントなんですよ。ついでに言えば非公開」

「つまり？」

「ここには重要なお知らせが届くので、適当なフリーアドレスと違って無視できないってことです。しかも、アカウントはほとんど意味のない文字列ですから、辞書的な攻撃でもないんです」

要するにそこに届いたメールは、そのアドレスを知っていないと出せないし、しかもきちんと確認する必要があるメールだってことだ。

「それで内容は？」

「さあ？　メールの利用者はサブジェクトくらいまともに書いてほしいですよね！」

そこに到着していたメールの半分には意味のないサブジェクトが——「初めまして」だの「こんにちは」だの、多少はましだが意味のないことではどっこいの「お問い合わせ」などと——書かれていた。

三好はやさぐれた視線で、「サブジェクトを本文の1行目だと思ってる人って、頭が悪いんですかね」なんて言い出す始末だ。

「おいおい。そういう物議を醸しそうな発言はやめろよ」

俺は苦笑しながらそう言ったが、大量のメールがある時に、そういうサブジェクトを見るとゴミ箱に捨ててやろうかという気分になるのは非常によく分かる。

そして三割はサブジェクトが空だった。スマホ用のメーラーには、そもそもちゃんとサブジェクトを書くようにできていないものがある。いきなり本文への入力画面になるわけだ。訓練なしでいきなり使わされたら、サブジェクトを飛ばしてしまっても仕方がないのかもしれない。

さらに一割に至っては「Re:」と書かれていた。メーラーの返信ボタンを押してメールを書いたのだろうが、「意味分かってんですかー！」と三好が発狂していた。

数通くらいなら我慢というか、うるさく言わずに無視する部分ではあるのだが、さすがに何百通も処理しなければならない状況では発狂しても仕方がない。少なくとも処理を後回しにされることは覚悟するべきだろう。

三好はきちんとしたサブジェクトのメールを開きながら、「メールに長たらしい時候の挨拶を入れる奴はクソ」などとぶつぶつ呟いている。キテるなぁ。

そこにはビジネスのマナーという謎領域があるから仕方がないのだとしても、せめて意味段落で括って読み飛ばせるようにしてほしいのは確かだ。

「これが、下りて来た時難しい顔をしてた原因か」

「そうです。サブジェクトを見て、いくつか読んでみた限り、これらは全部Dカードを取得している人とそうでない人を見分けるデバイスに関する問い合わせみたいなんです」

差出人が、大学入試センターだの各大学の入試事務室だののようだったので、やはり入試と関係があるのだろう。

「しかしおかしくないか？　だって俺たちが鳴瀬さんからその話を聞いたのは、昨夜の遅い時間だぞ？　どうして、そんな話がうちに直接来るんだ？　しかもそのアドレスは非公開なんだろ？」

「うちが、Dカードの取得者に関するチェック技術を持っているかもしれないということが、どこかから漏れたってことでしょう。それだけなら翠先輩のところってこともあり得ますけど、タイミングとアドレスのことを考えると、漏洩元《ろうえい》は確実にＪＤＡでしょうね」

「まさか鳴瀬さんが？」

「彼女の場合は〈異界言語理解〉まで使わされて、言ってみればずぶずぶですからね。それはないと思いますよ」

「いや、お前、ずぶずぶって……って、待てよ？」

これは、本来なら断るべき案件だ。だが、日本中の大学から懇願されたとしたら？

「おまっ、これ断れるのか？」

「そこなんですよ」

俺たちがどういった主張を展開しようと、断られた側から見れば、俺たちはただ社会の崩壊を看過しただけに過ぎない。何しろ救済する手段はあると知られている、いい、いる、のだ。下手をすれば、社会を崩壊させた悪者扱いされかねない。

「ＪＤＡが、私たちが断ることを見越して、そうできないようにリークしたとするなら、なかなかの策士――」

「いや、本当にそんな奴がいたら、ただのバカだろ」

「――やっぱ、そうですよね」

なにしろ、俺たちは、極言すれば大学や文科省に睨まれたところで何にも困らないのだ。

しかも、Ｄカードチェッカーを作らないって訳じゃなくて、すぐには作れないというだけの話だ。

いずれ作ることは間違いないだろう。なにしろこれはステータス計測デバイスなんかよりもずっと大規模な商売になるだろうからだ。

「どうせ俺たちがそれを作った時、世界はそのアイテムを買わざるを得ないんだろ？」

「簡単に代替えの手段が見つかるとは思えません」

そもそも現実的なコストで実現可能な代替え案があるのなら、こんなメールがどかどかと送られてくるはずがないのだ。

「鳴瀬さんの泣き落としの方がよっぽど効果がありそうですよ。特に先輩に」

むっ、俺ってそんなに……ちょろそうだな、そう言われれば。

「実際、Dカードの所有の可否だけなら、特定のセンサーの値を畳み込んで、計算可能な領域に収まるかどうかだけを考えればいいんですから、相当簡単な構造にできるとは思いますけど」

「問題は数か？」

「それもありますけど、たぶんダンジョン特許の出願と取得が間に合いません。これを強行されたら製品が先に出ますよ」

「ん？　だけど出願してさえいれば、後発で出願されたとしても先発の特許が有効だろ？　異議申し立てにしたって、うちの製品が先に出るなら問題ないんじゃないのか？」

「特許についてはその通りです。でもね先輩。これって場合によってはインサイダーみたいなことが起こりそうな気がしませんか？」

「インサイダーだ？」

インサイダーは、例えば会社の関係者が株価に重要な影響を与える情報を得たとき、それが公表される前に、株などの売買を行うことをいう違法行為だ。

「情報が流れるタイミングといい、断りにくそうな状況を作って製品化を強制されそうな点といい、なんだか胡散臭《うさん》くないですか？」

「そりゃまあ、確かにできすぎてるとは思うが……」

「もし、これが偶然じゃなくて、誰かが仕掛けているとしたら、腹が立ちません？」

「ええ？　うーん。まあ俺たちを掌の上で踊らせようなんてことを考えている奴がいたとして、その通りになったら、確かに業腹だが……」

「ですよね！　お返ししたいですよね！」

俺は、敢然とそう言いながら満面の笑みを浮かべる三好を見て、すべてが偶然で、そういう人がいませんようにと誰にともなく祈りをささげた。

「……ついでに世界が平和でありますように」

ともかく、後は鳴瀬さんと話を詰めようということになった。メールの返信はもちろんスルーだ。今のところは。

『おはよー』

そうこうしているうちに、アーシャが起きて事務所へと下りて来た。

『おはよう。よく眠れたか？』

『うん。今日は？』

『アキバカレーの日だろ？　昨日のコスプレで、秋葉原を回るぞ』

『うん！　準備してくる！』

そうして意気揚々と三人で出かけた秋葉原だったが、すぐに、肉の入っていないカレーがあまりないことが判明して、実に難しいかじ取りを迫られることになるのだった。

そうしてその日俺たちは、アキバの星になったのだ。

掲示板【ダンジョンの】ヒブンリークス１【秘密をあげる】

1:名もなき愛読者 ID:P12xx-xxxx-xxxx-0133
世界には色々な不思議が起こるものさ。
ほら４千億円もするオーブを使った情報が、無償で公開されているなんて信じられるかい？
２０１８年のクリスマスに届けられた神様からのプレゼント。
果たしてこれは本物なのか?! 真偽を確かめられるのは、世界でたった二人だけ。
信じるも信じないも最後は君しだいだ！
次スレは 930 あたりで。

2:名もなき愛読者
乙＞1

3:名もなき愛読者
早速立ったか。

4:名もなき愛読者
瞬殺の予感

5:名もなき愛読者
一通り読んだけどさ。なんなのテレパシーって。

6:名もなき愛読者
redditなんかじゃ、もう結構検証されてるぞ。それは「事実」だ。＞5

7:名もなき愛読者
これ、もう生きていくのにＤカード必須じゃね？
持ってないとクラスのテレパシー網からハブよ？ 死ねと言われているのと同じだよ？

8:名もなき愛読者
パーティは最大８人編成なので、大構成にはできないんじゃないの？

9:名もなき愛読者
それが、子パーティが作れるという話がある。

10:名もなき愛読者
子？

11:名もなき愛読者
ちょっと待て。それって、無限に作れるのか？　子の子みたいに。

12:名もなき愛読者
１億総テレパシスト時代が！

13:名もなき愛読者
いや、20メートルの距離制限があるんだから、無理だろそんなのw

14:名もなき愛読者
それな。
もし距離制限がなかったら、夜中に寝ている間に、頭の中で誰かが囁くとか、もうね。

15:名もなき愛読者
学校の教室って、昔は７メートル×９メートルで、今は最低９メートル×10メートルらしいから、授業中、隣のクラスと話せるな。
壁とか関係あるのかね？

16:名もなき愛読者
障害物はほぼ無視だってさ＞15

17:名もなき愛読者
そりゃ凄いな＞16

18:名もなき愛読者
向こうじゃカンニング問題が随分クローズアップされてたぞ。

19:名もなき愛読者
まあ、一人賢い奴が必要なわけだが。

20:名もなき愛読者
ちょっとネットと似てるよな。一人の賢い奴の考えがあっという間に広がって、全員がそのレベルになっちゃうみたいなところが。

21:名もなき愛読者
しかしこれ、替え玉ならぬテレパシー受験とか、凄い金になりそうな……

22:名もなき愛読者
犯罪です＞21
通報しますた。

23:名もなき愛読者
顧客を探すのが大変よ？　後、全国模試でせめて１００位以内くらいにはいなきゃいけないという壁が……＞21

24:名もなき愛読者
選ばれしものの職業！＞21

25:名もなき愛読者
入学するより、毎年受験した方が金になりそうだｗｗ＞21

26:名もなき愛読者
これ、早いうちに対策をうたないと、大変なことになるんじゃないか？
奇しくも来月はセンター試験だぞ？

27:名もなき愛読者
今頃、受験生がＤカード取得に躍起になってそうだなｗ

28:名もなき愛読者
そりゃ、協力してくれる奴がいればでしょ？

29:名もなき愛読者
予備校とか、まとめて送って受験番号を連番にすることで教室を占有しようとしたりするんだよ。
そこに難関校志望の連中を集めてだな、全員でセンター試験を……そして、入学成績を……
なんてことが現実に起こるかもよ？

30:名もなき愛読者
予備校の成績上位者に、Ｄカード取得の実習ができたりしてなｗ

31:名もなき愛読者

洒落にならないが、実はもうあるらしい

32:名もなき愛読者

マジで?!

33:名もなき愛読者

もちろん、本来は受験とは違う、Ｄカード取得のためのコースなんだけど、今回の件で一気に意味合いが変わっちゃった気がするよな。

34:名もなき愛読者

大学を受験するような高校生で、Ｄカードを取得している奴は少ないだろうから、ＪＤＡが３月までＤカード取得を禁止すれば防げるんじゃね？

35:名もなき愛読者

何で判断するんだよ。年齢か？ ＞34
それだとしたら、浪人生優遇になっちまうぞ。事実上完全な対策はないだろ。

36:名もなき愛読者

すべてのＤカード取得を禁止すればいいじゃん。

37:名もなき愛読者

国外はどうするんだよ。あとすでに持っている奴を優遇ってことか？

38:名もなき愛読者

それ以前に、一浪すれば解決だろ。

39:名もなき愛読者

そいつは……凄いな。だが１年もあったら対策されるんじゃね？

40:名もなき愛読者

どうやって？　１年でＤカードを所有しているかどうかや、パーティを組んでるかどうかを検出する何かが登場するなんてのは、ちょっと甘すぎないか？

41:名もなき愛読者

じゃあ、司法試験なんかの資格試験は、今年が大チャンスってことだな！

42:名もなき愛読者
口頭試問を入れれば防げるんじゃね？

43:名もなき愛読者
後は小論文も効果的だよな。まさか全員同じって訳にはいかないだろうし。

44:名もなき愛読者
窓際なら、回答者が外にいるって可能性も！

45:名もなき愛読者
20メートル圏内に、資料を広げてるやつがいたら怪しいっての！

46:名もなき愛読者
テレパシーは確かにインパクトがあったけど、マイニングも相当だろ？

47:名もなき愛読者
だがあれは、まだ何がマイニングをドロップさせるのかが分かってないからなぁ。話はそれからじゃね？

48:名もなき愛読者
金がドロップするという、50層は遠いしね。
なにしろまだ21層だよ？＞代々木の攻略

49:名もなき愛読者
しかし鉱石って何が出るんだろうな？
マイニングを手に入れたら、20層で狩り続けるだけで結構な実入りになるかな？

50:名もなき愛読者
貴金属ならそうだけど、鉱石だからなぁ……もしも鉄鉱石とかだったら、持って帰るだけ無駄って感じだぞ？
＞49

51:名もなき愛読者
鉄鉱石www

52:名もなき愛読者
何が落ちるのかって、ガチャみたいなものなのかな？　それなら、最初にドロップさせる奴の責任は重大だ！

53:名もなき愛読者
大人しく誰か49人が代々木でマイニング持ちになるのを待つでござるよ。

54:名もなき愛読者
いつになるんだよ、それ……

55:名もなき愛読者
そんなやつが50層に行けると思うか？ ＞53

56:名もなき愛読者
無理でござる（´・ω・｀）
しかし、いつかは！(｀・ω・´)

57:名もなき愛読者
orz

58:名もなき愛読者
そのまえに、何がマイニングを落とすのかを見つけなきゃいけないわけだが……

59:名もなき愛読者
それが遠い……

60:名もなき愛読者
ああ、やんぬるかな。

61:名もなき愛読者
とてもすぐには手に入りそうにないマイニング話はともかくさ、食料の話ってマジ？

62:名もなき愛読者
それな。

63:名もなき愛読者
ついに……アマ層で……ドロップが！ ｗｋｔｋ！

64:名もなき愛読者
だけどなぁ……５億人とか、一体いつになるんだよ。

65:名もなき愛読者

多分一瞬。

66:名もなき愛読者

ええ？

67:名もなき愛読者

微博(◆注27)で話題になってたけど、なんか、成人は全員探索者登録させられる制度みたいなのができるかもってよ。

68:名もなき愛読者

早！　もう翻訳されてんのかよ?!

69:名もなき愛読者

いや、ヒブンリークス英語あるし。
reddit経由で流れてきて、あっという間だったらしいぞ。

70:名もなき愛読者

近場にダンジョンがないときはどうするんだ？　中国って……既知のダンジョンは一つだけだろ？

71:名もなき愛読者

村単位で運んでくれるらしい。

72:名もなき愛読者

マジ？

73:名もなき愛読者

もう全部あいつ（中国）一人でいいんじゃないかな（ＡＡ略

74:名もなき愛読者

確かに中国だけで届きそうだ。

75:名もなき愛読者

内容からすれば、インドやアフリカも追従するだろ。

76:名もなき愛読者

いやいやいやいや。ダンジョンって世界中で80個くらいしか見つかってないからな。

今の探索者数って、大体１億人くらいだろ？　３年で１億人登録しようと思ったら、１ダンジョン当たり毎日１０００人以上なんだぜ？

77:名もなき愛読者
まあ、最初の頃は凄かったからな。代々木なんて、毎日がコミケ状態よ？

78:名もなき愛読者
コミケは３日で50万人だからな。当時の映像とか見ると、確かに代々木もそんな感じだ。

79:名もなき愛読者
80ダンジョンで４億人ったら、１ダンジョン当たり５００万人だぞ。毎日１万人登録しても２年近くかかるから。
中国だけでやろうと思ったら、毎日１００万人登録しても、４００日かかるんだからな。10万人なら約11年かかるよ？

80:名もなき愛読者
確かに。分母がいても、時間と効率が問題か。

81:名もなき愛読者
だからさ、どんなに頑張っても１～２年はかかるんじゃないの？

82:名もなき愛読者
なるほどなぁ。ちょっと期待してたんだが。＞アマ層のドロップ

83:名もなき愛読者
分かる

84:名もなき愛読者
じゃあ、探索は、しばらくはマイニング探しが熱いのかな。

85:名もなき愛読者
だな。

86:名もなき愛読者
後は、セーフ層やセーフエリアの探索か。

87:名もなき愛読者

あー、見つけたら速攻拠点を作りたいよな。どのくらいの広さがあるのかは知らないが。

88:名もなき愛読者

え、早いもの勝ちなの？

89:名もなき愛読者

ＪＤＡが土地利用に関するルールを発表しそうだけど。

90:名もなき愛読者

発表まえに占有すればＯＫじゃね？　日本は法の遡及ＮＧだし。

91:名もなき愛読者

日本はそうでも、ダンジョン内のルールは各国ＤＡ管轄だから。

92:名もなき愛読者

近代国家や組織が、法の遡及なんか――あ、……いや、なんでもない。

93:名もなき愛読者

しかし32層以降だぞ？　代々木の攻略は、まだ21層だろ？

94:名もなき愛読者

これで代々木の最下層が31層だったら泣ける。

95:名もなき愛読者

世界のトップレベルが一堂に集まって来てるから、すぐに進むんじゃね？＞攻略

96:名もなき愛読者

それって、異界言語理解の関係だろ？　もう帰国するんじゃね？

97:名もなき愛読者

それな。>96
自衛隊のチームＩに頑張ってもらおう。

98:名もなき愛読者

なんという他力本願www

99:名もなき愛読者
だけどさ。ヒブンリークスって、誰が翻訳してんだ？

100:名もなき愛読者
何をいまさら。

101:名もなき愛読者
常識的に考えれば、ロシアかアメリカだが……

102:名もなき愛読者
そんな連中が、わざわざダンジョンドメインで情報を一般公開するわけないじゃん。

103:名もなき愛読者
やったとしても、アメリカならgovドメインだろうな。

104:名もなき愛読者
ま、少なくとも俺ではないよ。

105:名もなき愛読者
俺様でもない。

106:名もなき愛読者
麻呂とも違うぞよ。

107:名もなき愛読者
いや、もういいからw

（注27）　微博（ウェイボー）

正しくは、新浪微博（SHINRAN Weibo）中国最大のSNSで、中国版ツイッター。

二〇一八年　十二月二十九日(土)

SECTION：江東区　有明

「いや、三好。いくら日本らしいところったって、本当にここへ来るか？」

「もちろんですよ。ある意味もっとも日本らしい場所じゃないですか？　ここ」

潮の香りが微《かす》かに漂う、りんかい線の駅を出た瞬間、俺たちは圧力を感じるほどの人の群れに遭遇した。

『ケーゴ、あれは何？　人だらけなんだけど……』

まだ開会まで時間があるにも関わらず、やぐら橋の手前には、一体どこから集まって来たんだと思うほど多くの人間がずらりと並んでいた。

『日本で一番人が集まる、コミック関係のフェスティバルなんだってさ』

『へー』

『そう、世界中のオタクの聖地、日本が誇るコミックマーケット(注28)ですよ！』

『よく分かんないけど凄そう』

アーシャが目を輝かせながらそう言った。

三好はそのまま列の横を歩いて行くと、巨大な人の群れを尻目に、ワシントンホテルの前を左に折れた。

「おい、三好。列の後ろは向こうだぞ？」

「大丈夫です。サークルチケットを貰っておきましたから」

目標は、東館横のサークル入り口Bらしい。やぐら橋はもう少ししたら通行禁止になるかもしれないから下から行きますとのことだ。

「それってルール違反じゃないの？」

「もちろん金銭やそれに準じる対価でのやり取りは禁止されてますけど、厚意による譲渡ですし、ちゃんと手伝いもしますから大丈夫ですよ」

「ふーん。しかしお前、変なところに顔が広いな」

「最初に酷い目に遭わされたサークルのおかげですね」

「サークル？」

「先輩。うちの大学にはマニアってやつが沢山いてですね、ちょっと話を聞いてあげると、延々と付き合わされたりするんですよ」

三好がやれやれといった様子で首を振った。

「ゲームの場合はさらにプレイさせられますからね。繋がってたモニターを見て、４：３でブラウン管の十四インチなんて、まだあったのかって驚きましたよ」

ヤバい。うちの昔のアパートにある４：３で二十一インチブラウン管のことが知られたりしたら、何を言われるか分からないな。もっとも電源を入れたのは限りなく昔の話だから、今でも映るかどうかは不明だが。東京じゃ古いＴＶ一つ捨てるのも大変なのだ。

「まあそこで、ワードナーを倒しに行かされたり、ランナー君で金塊を集めに行かされたりした訳です」

マニアはホント侮れませんとか言いながら、目を瞑《つぶ》って腕を組み、うんうんと頷いている。

「というか、三好って結構ゲーマーだったんだな。初めて知ったよ」

「その当時だけですよ。サークル勧誘で捕まっちゃって、ウィズとロドランが終わったときは、すでに逃げるに逃げられなくて……対戦格ゲーとかはやりませんでしたし」

まあ、それなりに楽しかったですけどねと作った笑顔が、ちょっと引きつっていた。

ゆりかもめの高架に沿って、それなりに広い歩道を歩いて行くとすぐ、右手に特徴的な四角錐《すい》を四つ並べた建物が見えてくる。日本最大の国際展示場、東京ビッグサイトだ。

「とりあえずチケットを貰ったサークルに挨拶して、そこで目的の人物が見つかればいいですけど、いなければコスプレエリアへ探しに行くことになります。その後は、適当に見て回って雰囲気を楽しんでください」

（注28）コミックマーケット
日本最大の同人即売会。

サークルチケットは、参加サークルとして一般とは別に入場できるチケット。

ジャンルコードは、出版物を分類してそれが何に属するのかを表すコード。

ちなみに432はハイキュー。コンプエースで本作品をコミカライズして頂いている、平未夜さんがどこかにいたに違いない（想像）

合体ブースは、二つのサークルが隣り合わせの場所に配置してもらえるシステム。

芳村も三好の話すことがよく分かってないので、よく知らない人は気分を味わおう。

「楽しめるかねぇ……」

「大丈夫そうですよ？」

アーシャは、歩きながら楽しそうに分厚いカタログを見ているようだった。漢字は読めないはずだが大丈夫なのかな？

『コミックを描く人たちが、こんなにいるんだ』

『ほとんどがアマチュアだけどね』

『今は、プロも企業も一杯いますよ』

『凄い！　で、そんな人たちが集まって、何をするの？』

『何って……自費出版した作品の即売かな？』

『ええ？　こんなに大勢の人たちが、自分で本を作ってるわけ？　紙の？』

『まあそうなるのかな』

『ほへー』

彼女は、大げさに驚いていたが、確かに個人が作る紙の本のタイトル数は、もしかしたら日本が飛びぬけて多いのかもしれない。考えてみればそんな国、他にはなさそうだ。

「現在、日本で出版される書籍のタイトル数は、年間大体七万五千点だそうですけど、コミケは一回で三万五千サークルが参加して、それが年二回ありますからね。平均一冊の新刊が出たとしたら、その数は年間に出版される書籍数に匹敵しますよ」

「そりゃ凄い」

そう言って、俺は三好に近づくと小声で訊いた。

「ところで、こんな方法で入場しちゃったら、アーシャの護衛たちはどうするんだ?」

「一応、徹夜はＮＧだけど、朝四時半くらいから並んでいれば、最初に近いグループで入場できるはずだって教えておきましたよ」

「四時半?!　始発の何時間も前だろ、それ」

「周囲のホテルに泊まるとか、色々あるらしいです」

「この時期、この辺に空いてるホテルなんかあるのか?」

「先輩、向こうもプロなんですからそんなに気にしなくても」

「いや、ほら、なにしろ暴力のプロだろ?　サークルチケットのカツアゲ事件なんかがあったら嫌だなぁと……な?」

「うっ……さすがにそれはないと思いたいですけど」

ガードの世界の常識が、日本の常識とは限らない。連中、護衛対象の傍にいるためなら何でもしそうな雰囲気があるんだよな。

「えーっと、ジャンルコードは４３２だそうですから、東３ホールですね」

割とぎりぎりの時間に受付を済ませ、半券を受け取って東館に入った俺たちの視界に、アーシャの護衛グループっぽい男たちの姿がちらちらと入ってきていた。

「おいおい、すでにスタンバってるぞ?　一体どうやったんだ?」

「サークルチケットでの入場とは思えませんから、準備会直か、そうでなければ関連会社経由しか考えられませんよ。搬入か、警備かは分かりませんけど」

なるほど警備か。たしかに警備と言えば警備だ。対象が個人ってだけで。

「さすがはプロ、視点が違うな……」

考えてみれば連中は本を買うのが目的じゃない。入れさえすれば何でもいいわけだ。

「お、先輩。あそこですよ」

三好がそう言って、小柄でモード系っぽいワンレンショートの女性が座っているブースへと駆け寄った。

「雅《みやび》、久しぶり。いい天気になって良かったね」

「おー、アズにゃん、遅いよ！　もう設営終わっちゃったよ」

雅と呼ばれた女性は、弱小は部数が少ないからすぐなんだけどねと、小さく舌を出した。

「ごめん、ごめん。後、その呼び方はヤメロ。それで、しーやんは？」

「そりゃもう、見本誌出したら速攻で更衣室よ」

いつものことでしょと言わんばかりに肩をすくめた。

通常コスプレ用の更衣室の利用は十時からだが、サークル参加者は七時半から九時まで先行して利用できるのだ。

「一人参加なのに？」

「合体ブースにお任せだってさ」

「相変わらず！」

「まあね。んで、アズにゃん。そっちのおっさんと、こっちの美女は？」

「おっさんの方は、元職場の先輩で、今は……なんだろ？」

俺はおっさんと呼ばれて、ちょっと顔を引きつらせたが、すぐに気を取り直して挨拶した。

「同僚みたいなもんだな。芳村と言います。今日はチケットをありがとう」

「おお。社会人っぽい！　私は、佐《たすく》彩雅《さえ》。アズにゃんの大学時代の友人です」

雅と言っていたはずなのに、どっちかがペンネームなのかと不思議な顔をしたら、最初の出会いの時に「佐　彩雅」を、「佐彩《ささ》　雅」と誤読して以来、雅になったのだと教えてくれた。

「でもって、こっちが、インドの本物のお嬢様。アーシャって言うんだよ」

「あーしゃ、です。よろしく」

「おお、日本語しゃべれるんだ」

「はい、少し」

「英語の方が通じるよ」

「私に外国語を要求すんな」

日本人は日本語が話せればいいのだ！　と雅さんが胸を張りつつ、それでも片言英語でアーシャに話しかけていた。日本語が通じることがはっきりしているのに、なぜか拙《つたな》い英語で話しかけてしまう、日本人あるあるだ。

「で、しーやんって？」

「折原《おりはら》志緒里《しおり》って言う、先輩のアレを作る予定の子ですよ」

「おい、アレって……まさか、それでここへ?」

「やだなあ、アーシャを案内するついでですよ、ついで。腕はいいんですよ彼女。でき上がりを楽しみにしておいてください」

そう言って、アーシャと訳の分からないやり取りをしていた雅さんに聞いた。

「それで、しーやんだけど、庭園で囲まれてるとか?」

「開会前だよ?　いくら何でも早すぎるっての。更衣室が東8だから、戻ってきてないところを見ると、そこのトラックヤードあたりでレイヤー仲間とダべってるんじゃない?」

「了解。行ってみる」

「ほっといても戻ってくるよ。点検あるし」

「まあ、せっかくだからね」

『アーシャ、俺たち、これからちょっと、コスプレしてるやつに会いに行く用事があるんだけど、アーシャはどうする?』

数人のスミスが近づいてきているから、多少は自由にさせても大丈夫だろう。

『コスプレ?　行く行く。お祭りは楽しまなきゃ!』

『まだ始まってもいないんですけどね』

「おー、なんか英語話してるとインテリっぽい。アズにゃん、いつからペラペラに?!」

「理系の最新論文は、大抵英語だからね。じゃ、また後でー」

「いってらー」

コスプレエリアに入ると、アーシャはコスプレの多さに驚き、その多様さにも驚いていた。

『インドでも、そういうイベントがあるって聞いたことはあるけど、こんな大きな規模なのは、さすがにないよ』

彼女は会場を見回しながら、ふらふらと、あちこちを物珍しそうに歩いていたが、スミスの大群がくっついているようだったので、まあ大丈夫だろうと自由にさせておいた。

「おお、おお、梓殿。お久しぶりっす」

突然かけられた声に振り返ると、すらりと背の高いスタイルのいい女が、派手な黒ゴスとピンクのウィッグで現れた。

どの？

「やっほー、しーやん。元気にしてた？　で、なにそれ？」

「くくく、まど☆マギのアルティメットまどかをゴシック風にアレンジしたんすけど、わざと黒で作ってみたんすよ。梓殿の注文は二十五周年記念公演版ベースでそ？　ちょっと練習がてら」

「スカートの面倒くさいドレープとか、さすがしーやんだね」

「いいできだと自画自賛なんすけど、問題は——」

大柄な女がしゅんとしながら言った。

「——だれもアルティメットまどかだと気が付かないんす。しくしく」

「まどかとか、しーやんのキャラじゃないでしょ。もっと大人の女をやんなきゃ」

「カワイイは正義っすよ？」

「黒ならせめて、悪魔ほむらにしておけばよかったのに」

「あれをゴシックドレスにアレンジするのはちょっと無理」

俺にはさっぱり分からない会話をしている三好を新鮮に思いながら見ていると、しーやんと呼ばれた女が突然こちらに目を向けた。

「それで、これがそのをのこ？」

をのこ?

「あ、初めまして芳村です」

彼女は、三好が頷くと同時に近づいてきて、ペタペタと俺の体を触り始めた。

「え、ええ?!」

「ほほう。見かけによらずなかなかよい筋肉！」

（おい三好、こいつ大丈夫なんだろうな？）

（それが彼女の採寸なんですよ。おとなしく測られてください）

（これ、性別が逆なら、絶対セクハラで訴えられるぞ）

その後も散々体をチェックしながら、取り出したメモ帳に鉛筆で何かを書き込んでいたが、それをパタンと閉じると、んんんと背伸びをして、「むむむ～っ、創作意欲がわいてきた～！」と天を仰いだ。

「ここのところ、アニメ服ばっかで、ちょいと飽きが来てたんっすよ」

そこへアーシャが戻って来て、しーやんのコスプレをくるくると周りをまわりながら楽しそうに眺めていた。

「梓殿の知り合い？」

「インドのお姫様、かな」

「おお！　お姫様っすか」

「はい！　カレの女王様、なりました！」

アーシャは、一昨日コスプレ（？）した、カレーの王女様のことを言いたかったのだろうが、王女と女王を間違えた結果、なんとも微妙な意味になっていた。

「は？　彼の――」

と、しーやんがこちらを見た。

「――女王様になった？」

それを聞いた三好は、思わず吹き出した後、お腹を抱えて笑いをこらえている。アーシャはどうしたの、とばかりに首を傾げていた。

『あー、アーシャ。彼女は今、君が俺の女王様になったと言ったと思ったんだ』

『ええ?!』

それを聞いたアーシャは、顔を真っ赤にしながら、「チガマス、チガマス、チガイマス」と大慌てで手を振った。

「はー。それでしーやん、今後はどうするの？」

三好は指で涙をぬぐいながら、彼女に向かってそう尋ねた。

「いや〜、さすがにコスプレ女はそろそろ引退っすね。丁度平成も終わりだし」

しーやんは少し寂しそうに笑いながら、腕を組んで言った。

「幸い注文は一杯来るようになったし、コスプレ専用の服飾工房を立ち上げよっかなと」

「え？　会社は？」

「まあ、いきなり辞めるのは、金銭的にちょっと無理っすけどね」

「ならさ、しーやん」

三好がこっちを振り返る。俺は小さく頷くと彼女に念話を飛ばした。

（うちからの資本が辿れないような方法で上手くやれよ）

（了解です。そろそろ閉鎖なので、先輩は先にさっきのブースへ戻っておいてください）

（閉鎖？）

（開会前の待機時間みたいなもので、地区の出入りができなくなるんです）

（了解）

三好は、彼女をエリアの端へと誘って、何かを話し始めた。言っていることは聞こえなかったが、しーやんが驚いたような顔をしたところを見ると、おそらく出資の話だろう。まあ、俺のアレを作るってことは、うちと資本的な繋がりがあったりするとすぐにバレそうだから、翠先輩のところのようにはいかないだろうけれど。

『ケーゴ、ケーゴ。こんなのが三日間も続くわけ？　ニューイヤーズイブまで？』

『人は入れ替わるらしいけどな』

『ええ？　あのずら――――っと並んでた机の人たちが全部？』

『らしいよ』

『へー』

開会宣言が行われて、外周に人が殺到しているのを唖然《あぜん》としながら見ていると、アーシャが真面目な顔で言った。

『なんだか、ちょっと怖いね』

確かに開会直後は殺気立ってるところがあるな。だが――

『牛に追いかけられたり、でっかい丸太に乗っかって坂道を滑り下りたり、オレンジやトマトを真剣にぶつけあったりするのと大差ないさ』

『そうか。お祭りってそんな感じだよね』

『祭りって言うのは、元をただせば豊穣への感謝や祈りだからな』

収穫されるのは薄い本やグッズな訳だが。

『おー、これが現代日本のお祭り』

そう言って彼女は、近くのスペースを覗きに行った。

「先輩。なんだかアーシャが間違った方向で感動してるっぽいですけど、いいんですか？」

「ほら、外国の日本料理と銘打った鉄板焼きの店で謎の演出をやってるだろ？　あれと同じで、嘘でも楽しけりゃいいんだよ」

「そうですかぁ？」

懐疑的な顔をする三好を横目に見ながら、俺は、雅さんのスペースにある本を、なんとなく手に取って、ぱらぱらと——

「ぶーっ！」

俺は思わず噴き出すと、慌ててそれを元に戻して、涼しい顔をして座っている三好に向かって耳打ちした。

「おい、三好。この辺ってもしかして腐の人向けの薄い本なのか？」

「大体全部そうですよ？」

「なんだと？　そんなのアーシャに見せて——」

大丈夫かと言おうとしたとき、少し先から大きな声が上がった。

『な、な、なんですかー、これは⁉』

その瞬間、彼女の周りに円形のスペースが生まれ、スミスたちが動き出した。

いくら漢字が読めないとは言え、絵が潜在的に持っている伝える力は馬鹿にならない。箱入りのお嬢様が、腐向けの薄い本を見たらどうなるかなんて——

「考えるまでもなかったか……」

「すでに手遅れですけど」

くそ、こいつ、何を他人事みたいに——俺は慌ててサークルスペースから抜け出すと、アーシャのところへ駆け寄った。

『アーシャ、落ち着け！』

『け、ケーゴ？　こ、これは一体！　そうだパパに連絡して、ここを焼き払わなければ！』

アーシャは真っ赤になって、目をぐるぐると回しながらふらふらしている。

『待て！　待てアーシャ！　これは文化！　そう、文化だから！』

『ぶ、文化ー⁉』

『ほ、ほら、アーシャの国にもあるだろ？　性愛の、えーっと、カーマ・スートラとか！』

カーマ・スートラは古代インドの性愛論書の中で最も有名なものだ。

その第二部には性行為そのものについて非常に赤裸々に詳しく書かれているのだが、著者は情欲が目的ではないと、はっきりと記している。もっとも現代の汚れた心では、じゃあなんだよと思わないでもないけれど。

『ヴァーツヤーヤナの？』

（三好、ヴァーツヤーヤナってなんだ？）

（カーマ・スートラの著者ですよ、著者）

『そ、そう。ほら、ミトゥナの像も沢山あるだろ？』

ミトゥナは、よーするに男女の交合のことだ。ミトゥナの像は一言でいえば凄い格好でHしている像だと思えば大体間違いない。とは言え、強調するほど数は多くないのだが……

『そ、そう言われれば……』

よし、通った！

ちらりと周囲を見回せば、まるで舞台のように丸く開いた空間で、誰かが写真を撮ろうとスマホを向けるたびに、スミスたちがそれを遮って首を横に振っている。まあ、銃で狙撃されちゃうかもしれないところから来た連中だろうし、こんな場面の対処には慣れているだろう。

そうこうしているうちに、なんとか落ち着いたらしいアーシャは、キッと顔を上げると、『ぶ、文化なら仕方がないですね！』と言った。

『ふー。だよな』

『わ、私も日本文化を勉強しなければ！』

「は？」

いったい何を言い出すつもりなのか分からないが、俺は超絶嫌な予感に襲われた。

（これは、お嬢様テンプレ来そうですよ？）

（おま、何を他人事みたいに——）

『こ、ここからそこまで全部購入しなさい！』

アーシャが机の端から端までを指差して、スミスたちにそう命じた。

おそらく英語の分かる連中がいたのだろう。その瞬間に、おおーと言う歓声が上がった。

「いや、どこの石油王だよ……」

みるみる積み上がっていく薄い本の山に、俺はがっくりと肩を落とした。

「先輩、まずいですよ。アーシャって今日帰るんですよね？　こんな大量の本を持って帰ったら、どう考えてもごまかしようがありません。こんなことを教えたことがパパリンにバレたら、私たち

下の
僕らだ

抹殺されちゃいませんか？」

　げぇ！　そ、それがあったか！

「あ、後から送ってやるとか……」

「先輩、あのアーシャを見てくださいよ。絶対に持って帰りますって」

「うーん……」

　プライベートジェットに大量に積み込まれる薄い本の山。それをなんだと確認するアーシャのパパ。そうしてそれを見たときの反応――想像するだに恐ろしい。

「プライベートジェットの保安検査は、ほとんどないのと同じですし、ＣＩＱ（税関、出入国管理、検疫の手続きのこと）も実際はザルって言いますから、そこで問題は、たぶん起こらないと思いますが、パパリンに見つかったら……宗教的には、どうなんですかね？」

「いくら緩いって言っても、こいつは日本人にも理解されない場合があるもんなぁ……ＬＧＢＴだと言うにも無理があるだろ」

「元はやおい(注29)ですからね」

「芸術とか偶像崇拝とか向こうはどうなってるんだっけ？」

「偶像崇拝が禁止されている理由は、大抵出エジプト記ですから、ユダヤ教・キリスト教・イスラム教あたりがＮＧですね。ヒンドゥー教は神様の像がありますし、問題なかったはずです」

「え？　キリスト教って偶像崇拝ＮＧなの？　絵画も像も十字架も、あれほどあるのに？」

「プロテスタントにはないそうです。で、カトリックの場合、あれは『象徴』であって、『偶像』

じゃないんだそうです」

「へ？」

どうやら像を通して神様そのものを見ている場合は『象徴』であって、『偶像』にはあたらないのだとか。

「そこに信仰があるかどうかってことか？」

「ですかね？」

じゃあ、あれを芸術として見ているであろう大多数の人々は、実は偶像崇拝ということになって、キリスト教的にはNGってことなのだろうか……それって信者が激減するのではと他人事ながら心配になるくらいだ。

宗教はやはり難しすぎる。俺にはとても無理だな。

「システィーナ礼拝堂の天井画とかを見れば、私でも敬虔《けいけん》な気分くらいにはなれますけど――」

ええっと……今でも覚えているが、俺があれを初めて見たときの感想は、アダムのち○こ、小さいなぁだった。小学校低学年ってそんなもんだよな？　な？

「――信仰検出デバイスとか作れたら売れますかね？」

（注29）やおい
やまなし・おちなし・いみなしの略。初期のBLには性描写しかなく、ストーリーもくそもなかったので、こういう言葉が生まれた。

因みに、BLは、ボーイズラブの略。

「ま、歴史の闇に葬り去られるだろうな、絶対。大体どうやって検出するんだよ？」

「常にゼロ表示で良くないですか？」

「お前な……」

『ケーゴ、ケーゴ！　持てません！　たーすーけーてー』

『いや、アーシャ。どんだけ買ってんの』

『日本文化の研究です！　仕方がないのです！』

まさか〈収納庫〉や〈保管庫〉にしまう訳にもいかず、仕方がないので、コスプレに行ったたっきり戻ってこない、しーやんのスペースの後ろに積み上げさせてもらった。

なにしろ一サークルあたり長机半分のスペースしかないので、とても狭いのだが、彼女の荷物の大部分はクロークなので割と余裕があるのだ。

昼頃になれば出入りも自由になるらしいから、そうしたら、外で待機しているチームの車に運んでもらえばいいだろう。

「先輩。日本料理を標榜《ひょうぼう》する鉄板焼き屋じゃ済まなくなりそうですけど、どうなっても知りませんからね」

「いや、お前が現代日本を紹介するとか言って、ここに連れて来たんだろうが」

「……ビッグサイトが燃やされるよりはましだったと思うことにしましょう」

「……そうだな」

忙しそうにあちこちで本を買い集めているスミスたちの姿を目で追いながら、俺はなんというか、奇妙に非日常的な感覚に襲われていた。もっともこの空間そのものが非日常的ではあるのだが。

「しかし、連中、ここだと単なるコスプレ集団に見えるな」

「ただサングラスをかけた、黒スーツ姿の人なんですけどね」

やっと落ち着いたのか、しーやんのサークルスペースへ座らせてもらったアーシャに、俺は気になっていたことを尋ねてみた。これがNGだとパパリンに殺される可能性があるからだ。

『なあなあ、アーシャ。文化で思ったんだけど、ヒンドゥー教ってBLは大丈夫なのか？』

ミトゥナ像でも、3P、4Pは見たことがあるが、男×男は見たことがない。

『BL？』

『えーっと、何ていうか、同性愛？』

なんとなく微妙にニュアンスが異なるような気もするが、他に説明のしようがない。

『ヒジュラーとかあるし、タブーって程じゃないかな。以前はともかく、今年の夏には、最高裁判所が同性同士の性行為を違法としない判決を出したし』

ヒジュラーというのは、本来半陰陽と呼ばれる両性具有の存在で、現代では主に女装した男性がそこに属しているらしい。しかし、そんな内容が最高裁で争われるのか……。

『へー』

「意外と、セーフっぽいな」

「セーフ……なんですか？　あれ」

その後、すべてを買いあさっていく男たちの姿に、リアル石油王関係者扱いされた彼女の元に、遠くのスペースの人たちが、献上本を持ってやって来るようになったのは、それから少し後のことだった。アーシャはもちろん、それを喜んで購入していた。献上ってそういう意味だっけ？

そうして、最後は、迷惑をかけたしーやんたち合体スペースの本で余っているものをすべて買い取ると、サインを貰って、実に満足そうな顔で『また来るね！』と、迎えに来たでかいワゴンに乗って帰って行った。リモやセダンじゃない訳は、もちろん大量の段ボールを積むためだ。スミス君たちは実に有能な集団だった。

俺たちは、乾いた笑顔でそれを見送った後、ビッグサイトを後にした。

この場所は、紛れもなく世界一濃い場所の一つだった。何かの覚悟なしにここを訪れた者には、色々な鉄槌《てっつい》が下されるのだ。

その日の夜、『リアル石油王の娘さん?!』というタイトルがＳＮＳを席巻したのはご愛敬だったが、そこに登場したアーシャが、数日前に秋葉原に現れた『カレーの王女様』ではないかという考察が行われていたのには少し驚いた。

さすがはネット民だと、三好が笑っていた。

SECTION :

代々木八幡 事務所

「はぁ……なんというか凄い場所だったなぁ……ホント疲れた」

「なんです先輩、年寄りくさいですよ。みんなあれに年二回通ってるんですから」

「それだよ！　凄すぎるだろ？　大体あのクソ広い会場を一日で回るなんて不可能だろ?!」

「だから事前にカタログを片手に、綿密な戦略を立てるんですって」

「どんな戦争だよ……」

疲れ切っていた俺たちは、解散する人の群れに恐れをなして、公共交通機関を諦めると、贅沢《ぜいたく》にも有明からタクシーで帰宅した。

「あれ？　事務所に電気がついてるぞ？」

「鳴瀬さんが来てるんじゃないですか」

「そう言や翻訳が終わって、アーシャが来てから、しばらく姿を見かけなかったな」

例のDカードチェッカーの話も詰めなきゃいけなかったのに、JDAが年末年始のお休みに突入したおかげで、こちらの準備は進めることができても、あちらの受け入れ態勢はまるで進んでいなかった。社会崩壊の危機じゃなかったのか？

「アーシャと遊んでいる間に、ステータス計測デバイスの件で、知的所有権の登録方法について調べてもらってたりしましたから」

「へー、さすがは専任管理監。ダンジョン管理課が知的所有権を管轄しているとはとても思えないけど、そういうこともやるんだな」

「コンシェルジュっぽいですよね」

「なんでもお願いすれば、ＮＯとは言わないって？」

「……先輩が言うと、どうもエロおやじな成分がにじむんですけど」

「酷いな！」

俺たちはタクシーを降りて、短いアプローチを歩きながら、くだらない話をしていた。

ドアを開けた途端、あんな目に遭わされるなどとは夢にも思わずに。

「ただいまー」

玄関ポーチを上がってドアを開けると、そこには、土下座せんばかりの勢いで頭を下げる鳴瀬さんがいたのだ。

「申し訳ありません！」

「「はい？」」

その日、俺たちのパーティは、次への階段を強制的に上らされることになるのだった。

終章

エピローグ

It has been three years since the dungeon had been made.
I've decided to quit job and enjoy laid-back lifestyle
since I've ranked at number one in the world all of a sudden.

EPILOGUE

後日譚

SECTION：

渋谷区　神南

「はるやん、こいつは難しいよ」

ＮＨＫ放送センターの一角で、眼鏡をかけた小太りの男が、Ａ４の紙に印刷された企画書を机の上に放り出した。

「どうしてさ？　あの碑文サイトが公開されて以来、テレパシーを始めとして〈マイニング〉だのセーフエリアだの――来てるだろ？　ダンジョンの時代が！」

投げ出された企画書には目も向けず、身振り手振りで興奮したように語る男は、自称ダンジョン研究家の吉田陽生《よしだはるき》だ。

ダンジョンブームに乗っかろうと、そう名乗ってみたまでは良かったが、やっとこさ商売が軌道に乗りかかったところで、ＴＶからはダンジョンの文字が消えてしまった。

先日、アメリカのサイモンチームがエバンスダンジョンをクリアしてくれたおかげで、なんとか復調の兆しが見えてきたところだったのだ。

そして、この間ＪＤＡがアップした『さまよえる館』の映像は、ハリウッドの映画なんかよりもずっと迫力があって凄《すご》かった。

あれは金になる。絶対だ。あれの撮影者に協力を要請したかったが、ＪＤＡはそれを頑《かたく》なに拒み、開示してくれなかった。

「それにさ、こいつは地上波なら民放向けだろ。ちょっと飛ばし気味だし、うちじゃちょっと」

眼鏡の男は、机の上の企画書を指差しながらそう言った。

「ナショジオとかディスカバとかさ……いっそのこと、ネトフリに持ち込んでみれば？」

「そっちはコネがな。公共放送でダメなら、どっか民放を紹介してくれよ」

「そうね……中央の石塚《いしづか》あたりなら制作でやりそうかな。川口浩探検隊のリバイバルブームもあったし、あの路線なら考えるんじゃない？」

「もう十年も昔の話だろ。しかもドキュメンタリーじゃなくて、バラエティーかよ！」

「今どきダンジョンのドキュメンタリーなんか数字にならないよ」

だからお前のところに持ち込んだんだろうがと、吉田は内心歯嚙《はが》みした。公共放送は受信料で運営されている関係で、民放ほど数字を気にしないのだ。

今どき、ダンジョンのニュースにバリューは少ない。

最近でも、エバンスのクリアが話題になったくらいで、攻略の進展や取得アイテムを利用した開発などは、ほとんどＴＶでも取り上げられていないのが実情だ。

なにしろ探索は陰惨な状況になる場合も多いし、もっと単純に画がないから地味にならざるを得ないという大きな問題があるのだ。それが積み重なって現在の状況を招いていた。

「それにさ、こんな面倒な企画についてくる高レベルな探索者がいるわけ？　あいつら稼いでるらしいよ？　いいように使うには、かなり無理があるんじゃないの？　だって、目的は十層より先なんでしょ？」

「そこは一人、目をつけている奴が横浜にいるんだ」

「横浜？」

「ああ、規制されるまでずっとガチャダンに潜ってたやつでな、今はユーチューバーとかやってるから、露出にも理解があるはずだ」

「ふーん。まあ、うまく帯が取れるといいね」

「最初は特番でいいんだよ」

「とにかくこんな企画を持ち込むなら、まずはパイロットを用意した方がいいよ」

「分かってる」

「ドキュメンタリーじゃだめだと思うよ。せめてモキュな方向じゃなきゃ」

モキュメンタリーはフィクションをドキュメンタリー映像のように見せかける演出手法だ。

「分かってる」

吉田は、鬱憤《うっぷん》を溜めながら、メガネの男のご高説を承っていた。

SECTION :

インド ムンバイ

ごくり。

喉《のど》を鳴らしながら薄い本を真剣にめくっていたアーシャの耳に、廊下を歩いてくる音が聞こえた。

彼女は慌ててそれらを隠すと、先日まで読んでいた本を開いて、涼しい顔を装いながら紅茶を口にした。

ノックの後、娘の様子を見に来たアーメッドを笑顔で迎えたアーシャは、以前疑問に思ったことを博識な父親に尋ねてみた。

『ねえねえ、パパ』

『なんだい、アーシャ』

『総攻めって何だか知ってる？』

『総攻め？』

なんだろう？　ＴＯＢで競合他社が介入してきても意に介さず、ひたすら買いに走ることだろうか？

彼はちらりと娘が読んでいる本に目をやった。

それはリトアニアのウンディネ＝ラゼビチューテが書いた『魚と竜』のようだった。確か二〇一五年のＥＵ文学賞を受賞した作品だったはずだ。

彼は、それにそんな言葉が出てきただろうかと訝《いぶか》しんだが、たしか第二部に現代的な設定で三世代の女性たちが暮らすアパートの話があったはずだから、その辺に書かれていたのかもしれない。母親はエロティックノベルの作家だったが、まさかその関連の言葉だとも思えない。

『あまり聞いたことはないが、あらゆる方向から総合的に攻めることだろうか？』

『総合的？』

『そうだね。企業買収で言うなら、相手の取引銀行や取引先に合法的な圧力をかけたり、不利な情報をリークしたりして、うまく買い付けを進めるような手段まで取ることかな。それがどうしたんだい？』

『パパみたいな人が総攻めだって聞いたから』

なんだそれは？

『そういうイメージなのかな。だが、買収ビジネスでは、できるだけ角が立たないようにしているつもりだよ』

『へー。さすがパパ』

彼女は立ち上がって、父親の紅茶を淹《い》れ始めた。

『ソルデアは？』

ソルデアは、この家で世話をしてくれているメイドだ。

『今は一人になりたかったから、用意だけして下がってもらっていたの』

それを聞いて頷《うなず》いたアーメッドは、嬉《うれ》しそうに笑って言った。

『それで、アーシャが手ずから淹れてくれるとは、楽しみだね』

『ソルデアの方が上手だけどね』

『それでもアーシャの方が美味しく感じられるのさ』

『もう、パパったら』

アーシャがたてた小さな笑い声が、部屋の中にこだました。

ジェイン家の午後は、優しい日差しに包まれて、穏やかで幸せな時間が流れていた。それは永遠に続くようにすら感じられた。

少なくともアーメッドが『総攻め』について誰かに尋ねたりしない限りは。

人物紹介

It has been three years since the dungeon had been made.
I've decided to quit job and enjoy laid-back lifestyle
since I've ranked at number one in the world all of a sudden.

CHARACTERS

NAME: サイモン=ガーシュウィン

DATA: Simon Gershwin / man / age 28 / 182cm

デルタフォース出身の、DAD（Dungeon Attack Department：ダンジョン攻略局）のエース。ラテン特有の陽気で軽い態度と、ユーモアを感じさせるブラウンの瞳が人なつこさを感じさせるが人を簡単に殺せる冷徹さも併せ持っている。わざわざ三好のコーヒーを飲みにDパワーズの事務所にやって来るという図々しい態度を見せても、あまりにナチュラルでそれが当たり前のように受け入れられるお得なタイプだ。

NAME: **ジョシュア=リッチ**

DATA: Joshua Rich / man / age 30 / 188cm

少しこずるい印象をうけるが、隙のある笑顔を浮かべる彼は、サイモンチームの優秀な斥候だ。リッチマンに特有の少しけだるい雰囲気を醸し出しつつ、貴族的な態度で女性に接する彼は、ナタリーに揶揄される程度に、派手な女性遍歴をもっているようだ。いいところのボンボンが、好き勝手をしたまま大人になった好例といえるだろう。

NAME: **メイソン=ガルシア**

DATA: Mason Garcia / man / age 27 / 195cm

その名の通り槍のように敵に向かって行く、サイモンチームのフロントガードの彼は、その大きな体とは裏腹に、少し繊細な、仲間思いで気のいいヤツだ。面倒なことを考えるのは嫌いで、そういうことは全部他のメンバーに丸投げして、彼らの後をついて回る様子は、まさに森のくまさんと言えるだろう。サイモンやジョッシュと違って、出会っても食べられたりしないのが彼のいいところなのだ。

NAME: ナタリー＝スチュワート

DATA: Natalie Stewart / woman / age 26 / 176cm

サイモンチームの紅一点で、炎の魔法を巧みに使う彼女は、パパが海兵隊だったせいで12歳まで横須賀で育った。そのため日本語がペラペラだ。金髪碧眼で、日本人が考える典型的なコーカソイドの彼女は、その目を引く美貌ながら、ＤＥＡのＦＡＳＴ出身というなかなか恐ろしい経歴を持っている。美しいバラには棘が付きものなのは、洋の東西を問わないようだ。ま、最近は棘のないバラもあるんだけどね。

バティアン地下神殿模式図

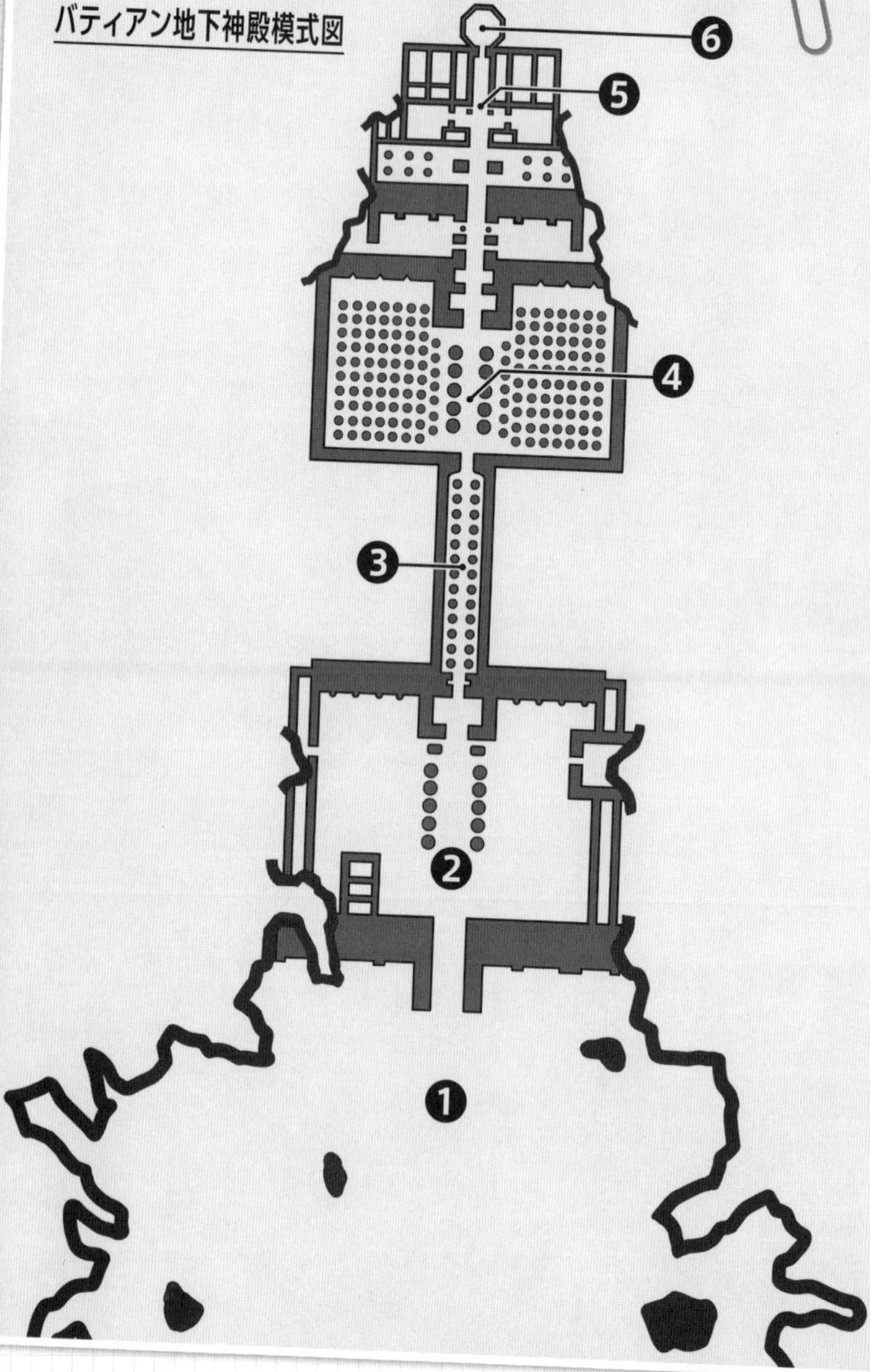

❶ 地下神殿入り口

まるで、地下の岩盤から削り出されたかのような神殿。

❷ 中庭

ゲノーモスたちに追い込まれた場所。無駄な空間って不気味だよね。

❸ 柱廊

エジプト風の柱の上にはゴシック風の尖塔アーチ。ごちゃまぜだ。

❹ 多柱室

人体を模したギリシアの柱と違い、こちらの柱は植物の写実的表現だ。

❺ 聖所の前

産道の前。つまり――以下自粛。細い道を潜って、聖所へと至る。

❻ 聖所

エンカイが復活する所(たぶん)。ここから山頂へとドナドナされた。

あとがき

あき深き、隣はなにを食う人ぞ――ばせう（偽）

天高く馬肥ゆっちゃう今日この頃、ジビエの季節がやって来て、ひとえにウエストのサイズが気になる之《この》ですが、皆さまはいかがお過ごしでしょうか。

私はと言えば、ここに、無事三巻をお届けすることができる幸運を一人かみしめています。

ハロウィンが過ぎ、ボジョレヌーボーの解禁日を迎えても一向にコロナの勢いは衰えません。

秋の日のヴィオロンのため息の、ひたぶるに身に染みてうら悲しと言わんばかりに、飲食店の閉店が相次いでいます。もはや地球上に逃げ場もなし、なるべく感染が広がる速度を落としつつ、ワクチンや治療薬の開発を待つしかないと、鐘の音に胸ふたぎ、過ぎし日のおもひでに、色かへて涙ぐんだりしちゃう訳なのであります。

特に個人的に心配なのが豊洲のクラスタで、料理人が感染したら、之もたぶんアウトだろうな。げに我は、うらぶれてここかしこ定めなく飛び散らふ、落ち葉のようなものになってしまうのであります。上田敏訳サイコー。

さて、ボジョレヌーボーと言えば、アホのような（失礼）あおりが有名で、どの年が一番すぐれているのかを、あおりを見て並べる遊びまでありますが、近年では派手なあおりが影をひそめてしまい寂しい限りです。ぜひ百年に一度のとかやってほしいですよね。「今年は、百年に一度の年」うん、確かにその通り、間違ってない。

：

とにかく、暗い話の多い今日この頃、少しでもこの小説が慰めになれば幸いです。

本編ではとうとうパーティ情報が明らかになり、おかげでテレパシーが世界を震撼させてしまいます。各種の試験にとって、現状防ぎようのない、まさに癌と言える能力です。

本編では時期のこともあって、主に受験の問題が取り上げられますが、これが本当に問題になるのは資格試験でしょう。

受験はあくまでも序列を作るための試験ですから、優秀な人間が自分のライバルになる人たちのために答えを教えるなどということは、自分の合格を目的にしないアルバイトか、もしくは対象がごく少数の場合しか考えられません。

もっとも、優秀な学生は、受験生を持つ開業医あたりに売り込んで、数人纏めて超高額バイトに勤しむかもしれません。大学生でもセンター試験（来年からは、大学入学共通テストですね）を始めとする入試は受験できるため、四回ほどやればウハウハです！　もっとも、毎年難関大学を辞退していたらバレそうですし、自分の大学の自分の学部が受験できるのかどうかは知りませんが。

それに、受験のための知識って一年も経てば結構忘れてしまうのもネックです。私はそれを、大学時代の家庭教師で痛感しました。

高三の家庭教師は目茶苦茶大変で、報酬はまあまあなのですが、まじめにやると準備に時間が取られて大変なのは教員と同じ。実際の時給は大幅に下がります。あとは、突然予定になかった面倒な問題を質問してくる生徒がいて、ごまかすのに苦労したものです。いや、回答に三十分くらいかかりそうな問題を二時間の授業時間中に持ってこられても困るよ！

がんばれ私！

閑話休題。

それに反して、資格試験は、あくまでも能力が一定の水準に到達しているかどうかを測る試験です。皆が満点を取っても許されるこの試験は、まさに先述のアルバイトにぴったりで、司法試験の短答式試験なんかには絶大な威力を発揮することでしょう。

初めは、ついポロリと本音をこぼしてしまったりして社会が大混乱に陥るんじゃないかと思ったりもしたのですが、よく考えてみたら、パーティを組まなきゃいいだけなので、それほど大きな影響はないですよね。ゆえに、その辺はあまり深く突っ込まないつもりです。

それよりも国際プロジェクトで、言語の壁がなくなる方がずっと影響が大きいんじゃないかと思います。英語はうまく話せないけど非常に優秀な研究者なんて実は山ほどいますから。

そもそも母国語じゃないと、思考が十全にできないのは普通のことですし、無理に外国語で会話させて、能力を落とすくらいなら通訳を雇った方が効率がいいと思うんだけどなー。

ついでに、外国語が話せるというだけの詐欺師みたいな人も駆逐されることでしょう。そういう人がいるかどうかは知りませんが。本当ですよ？（笑）

もっとも、ネット越しだと役に立たないというのは大問題なのですが……。

さて。ネットに掲載されている版を読まれている方は、お気付きかと思いますが、この巻から話が大きくずれ始めています。

ＷＥＢ版ではあまり登場する機会がなかった氷室氏も、ＢＬＡＣＫ三好に脅されて、これからは、……

きっと、活躍してくれそうな気がしますし、一巻で芳村にうさんくさい扱いされたダンジョン研究家も、テンコー氏を巻き込んで代々木の物語に参戦してきそうな勢いです。

さらに、斎藤さんと御劔さんは、実社会に出た高ステータスの人間がどうなってしまうのかを、ところどころで体現してくれるに違いありません（たぶんね）。

おかげで、変更点リストが大変なことになっていて、自分で書いているにも関《かか》わらず、何か間違いがありそうで不安になる有様です……。

次巻ではついに合同会社Ｄパワーズが立ち上がり、ブートキャンプが始まります。株式会社でなくなってしまったのは、合同会社の方がＤパワーズの運営設定上、都合が良かったからです。

それから、実は私、イザベラとキャシーが結構好きでして、キャシーが活躍するはずの次巻をとても楽しみにしています。ああ、もっと活躍させてあげたい！　ジャンケンだけじゃなくて！

ついでにイザベラさんも、繰り上げて登場させて、もうちょっと芳村君に絡ませてあげたいものです。キスを切っ掛けに、夢で男を操るファム・ファタール。ほら、カッコイイよね？　ところで二〇一九年の夏コミに、アーシャはやって来るのでしょうか？　そうしてパパリンは総攻めの意味に気が付くのか！？

それでは、また次巻でお会いしましょう。

二〇二〇年　十一月吉日　　之貫紀

著: 之貫紀 / このつらのり

PROFILE:

局部銀河群天の川銀河オリオン渦状腕太陽系第3惑星生まれ。
東京付近在住。
椅子とベッドと台所に強いこだわりを見せる生き物。
趣味に人生をオールインした結果、いまから老後がちょっと心配な永遠の21歳。

DUNGEON POWERS 紹介サイト
https://d-powers.com

イラスト: ttl / とたる

PROFILE:

九つ目の惑星で
喉の奥のコーラを燃やして
絵を描いています。

ダンジョン・
ブートキャンプ
始動！
ＤＡＤからやってきた、美しくも苛烈な教官現る！ 会見で明らかになったＤパワーズの探索者支援事業に沸き立つ世界。初心者を鍛え上げて、目指せ２０層?! 読めないはずの碑文に記された、紛う方なきアルファベット。タイラー博士が碑文に残した謎の言語の正体とは？ ２０１９年、芳村はダンジョン攻略の決意を新たにする！
2021年夏 発売予定

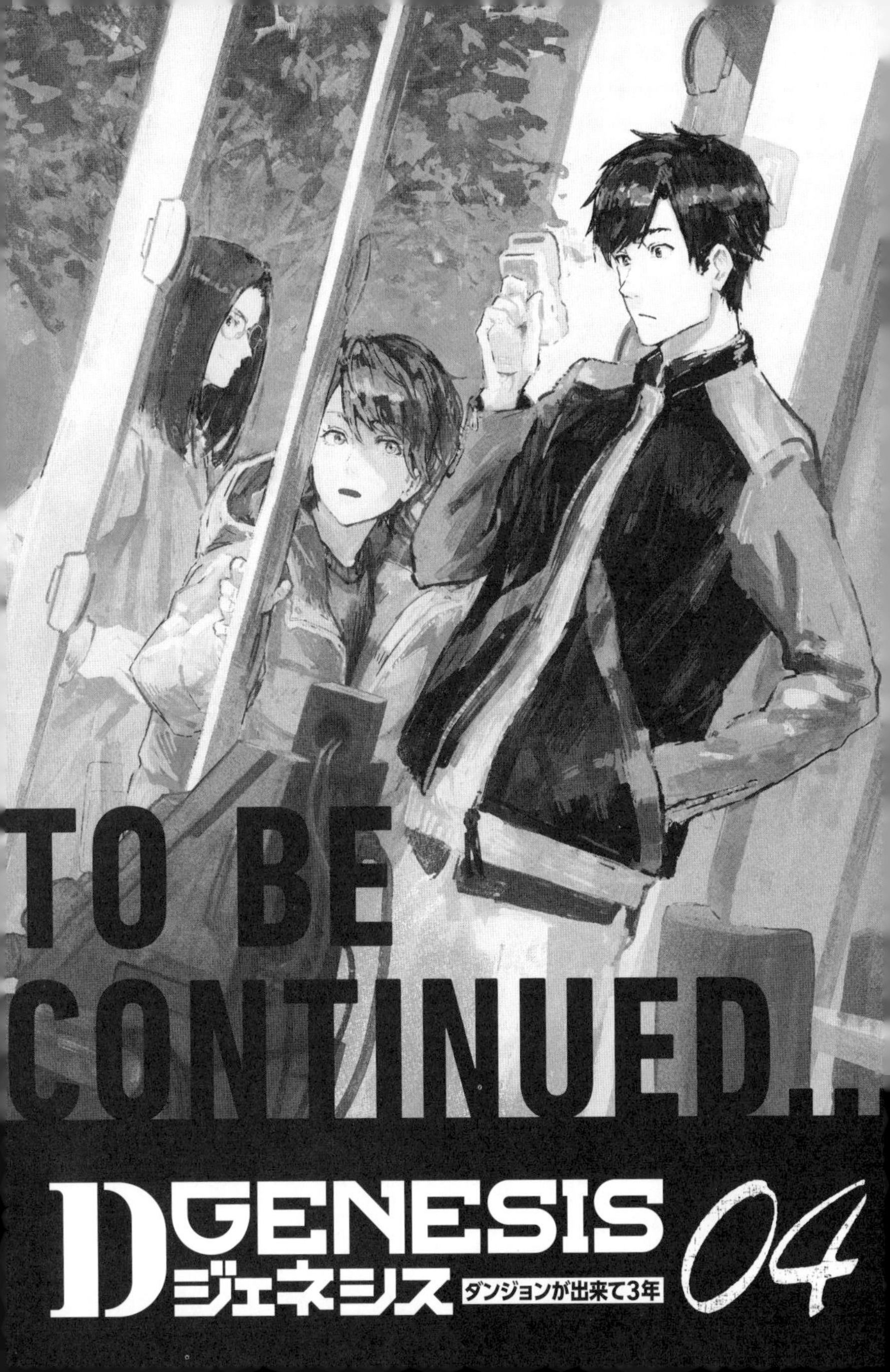
TO BE CONTINUED...
DGENESIS
ジェネシス
ダンジョンが出来て3年
04

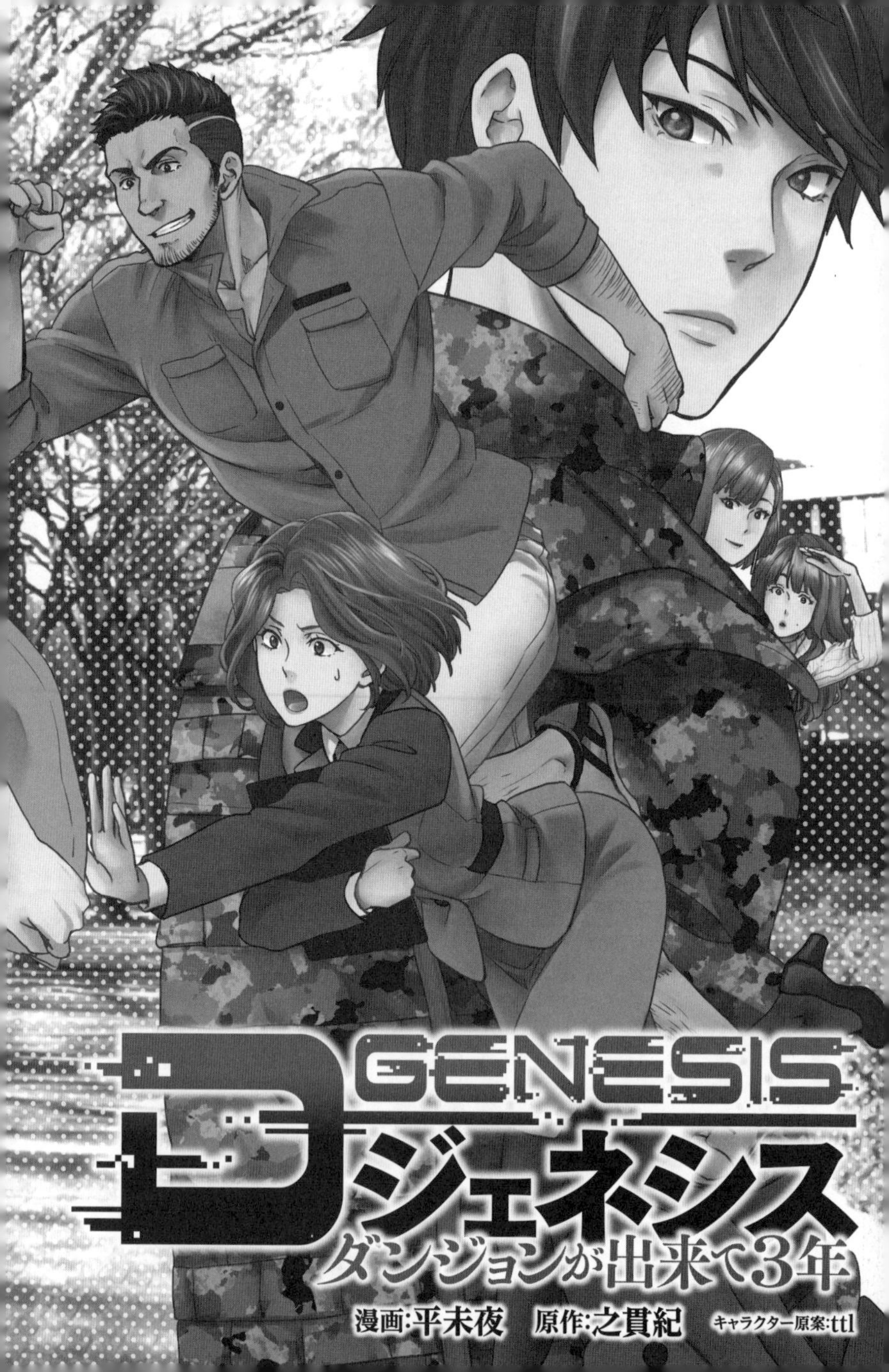
GENESIS
Dジェネシス
ダンジョンが出来て3年
漫画:平末夜　原作:之貫紀　キャラクター原案:ttl

毎月26日発売!!
メディアミックスコミックマガジン
コンプ・エース
にて
コミカライズ版
大好評連載中!!
コミックス第②巻好評発売中!!
KADOKAWA
B6判／定価本体704円（税10％込）
Kadokawa Comics A